Das Buch

Erotisch offenherzige Bekenntnisse aus der sittenstrengen Zeit des 19. Jahrhunderts vereint die vorliegende Sammlung pikanter Geschichten. Drei Schwerenöter enthüllen ihre gemeinsamen nächtlichen Eskapaden in London; Polly, die Tochter eines Gastwirts in einem kleinen englischen Marktstädtchen, läßt den Leser an ihren erotischen Abenteuern und Amouren teilhaben; eine französische Dame von Welt bekennt ihre Sinnenfreude; Fanny Hills Tochter packt ebenfalls aus und ein gewisser Walter offenbart in diesem Lesebuch der Lust sein geheimes Liebesleben.

Die Perle

Folge zwei

Ein erotisches Magazin
und andere
galante Raritäten

Herausgegeben von Hans-Ulrich Seebohm

Ullstein

Besuchen Sie uns im Internet:
www.ullstein-taschenbuch.de

Umwelthinweis:
Dieses Buch wurde auf chlor- und säurefreiem Papier gedruckt.

Originalausgabe im Ullstein Taschenbuch
1. Auflage November 2007

Anonymus: *Drei Busenfreunde* und *Abenteuer und Amouren einer Wirtstochter*
aus Anonymous: *The Boudoir*
Anonymus: *Die Perle, Dolly Morton, Fanny Hills Tochter*
aus Anonymous: A Man With A Maid & Other Victorian Stories
Walter: *Mein geheimes Leben*
aus: *Victorian Erotic Tales*
Übersetzung aus dem Englischen: Hans-Ulrich Seebohm
Anonymus: *Sinnliche Bekenntnisse einer französischen Dame von Welt*
aus: *Le Boudoir*
Übersetzung aus dem Französischen: Hans-Ulrich Seebohm
Umschlaggestaltung: HildenDesign, München
Titelabbildung: © Sabine Schönberger
Satz: Pinkuin Satz und Datentechnik, Berlin
Gesetzt aus der Berkeley Oldstyle
Druck und Bindearbeiten: Ebner & Spiegel, Ulm
Printed in Germany
ISBN 978-3-548-26832-3

Inhalt

Drei Busenfreunde

Eine Geschichte aus dem Londoner Alltag

KAPITEL 1

Der junge Mann vom Lande

Charles Warner, der Sohn eines reichen Grundbesitzers in den Midlands, war soeben in der Stadt eingetroffen und hatte Wohnung in der Gower Street genommen zu dem Behufe, das Studium der Medizin aufzunehmen, denn da er nur ein jüngerer Sohn war und ihm somit kein Anteil an dem Grundbesitz zustand, war seinem lustigen alten Herrn nichts Besseres eingefallen, womit sein aufgewecktestes Bürschchen, wie er Charlie scherzhaft nannte, am ehesten seinen Weg in der Welt machen würde.

»Sei ein guter Junge, Charlie; bleib bei deinem Beruf, und ich werde dir mit zehntausend Pfund zu einem guten Start verhelfen, wenn du ein Mädchen mit ein paar Piepen heiratest; das ist das einzige, was ein jüngerer Sohn tun kann. Sollte ich vorher sterben, werde ich dir die Summe in meinem Testament hinterlassen. Als Unterhalt zahle ich dir dreihundert Pfund im Jahr, die auf fünfhundert erhöht werden, wenn du volljährig wirst. Aber paß auf, wenn du Schande über mich bringst oder dich in Schulden stürzt, dann werde ich dich ohne einen Penny auf die Straße setzen oder dir eine Passage nach Australien bezahlen, um dich loszuwerden. Mein Junge«, fügte er schließlich hinzu, mit Tränen in den Augen und einem leichten Beben der Lippen: »Du bist immer mein Lieblingssohn gewesen; dein alter Vater rechnet darauf, daß du dich von den Mädchen und von schlechter Gesellschaft fernhältst.«

Er dachte über diese letzten Abschiedsworte seines Vaters nach, als er nach dem Tee am Kaminfeuer saß und auf seine beiden Vettern wartete, Harry und Frank Mortimer, die ihm geschrieben hatten, daß sie vorbeikommen wollten, um zu sehen, wie ihm die Räumlichkeiten gefielen, die sie ihm besorgt hatten, und ihn anschließend auszuführen.

Er klingelte, um den Teetisch abräumen zu lassen, und sofort erschien eine bemerkenswert hübsche junge Dienstmagd.

»Und wie ist dein Name? Ich werde nämlich im Hause wohnen und würde gern wissen, wie ich dich anreden soll. Ich bin ja so froh, daß Mrs. Letsam ein hübsches Mädchen hat, das den Untermietern aufwartet.«

»Fanny, Sir«, entgegnete das Mädchen und errötete bis zu den Haarwurzeln. »Ich muß alle Herren hier bedienen, und es ist ganz schön mühsam, den ganzen Tag die Treppen rauf- und runterzulaufen.«

»Nun«, sagte Charlie, »ich werde nicht öfter nach dir klingeln, als es unbedingt sein muß, allerdings ist es kein Wunder, wenn manche von ihnen dich so häufig belästigen, und sei es nur des Vergnügens wegen, dein hübsches Gesicht zu sehen. Ich nehme an, es schickt sich hier in London nicht, die Dienerschaft zu küssen, was ich zu Hause oft getan habe; die Mädchen waren älter als ich und seit langem daran gewöhnt.«

»Aber nein, Sir, das dürfen Sie nicht, das dürfen Sie wirklich nicht, wenn Mrs. Letsam das wüßte, sie würde mich im nächsten Moment vor die Tür setzen«, rief Fanny mit unterdrückter Stimme aus, als hätte sie Angst, daß jemand sie hören könnte, und wandte ihr Gesicht von seinem unerwarteten Begrüßungskuß ab.

»Willst du damit sagen, daß du etwas gegen einen Kuß von einem Jungen wie mir einzuwenden hast? Was ist denn schon dabei?«

»Ich – ich weiß nicht; ich kann es nicht sagen«, stammelte Fanny. »Aber das ist so ganz anders als bei den alten Knaben von unten, die mir hinterher immer eine halbe Krone* geben, damit ich nicht rede.« Hier wurde sie ganz fürchterlich rot. »Ich – ich wollte damit nicht sagen, daß ich bezahlt werden möchte, sondern daß Ihr so anders als die seid; die sind alt und häßlich, aber Ihr –«

Mehr brachte sie nicht heraus, denn Charlie preßte seine Lippen auf ihren rosigen Mund, wobei er sagte: »Nun dann, gib mir einen Kuß zur Vergebung. Wenn wir nur beide gute Freunde bleiben und du dich um meine geringen Bedürfnisse kümmerst, so werde ich dir Bänder und andere derartige Kleinigkeiten kaufen, damit du an mich denken kannst, wenn du sie trägst.«

Seine einzige Antwort, als sie seinen Kuß erwiderte, war ein sehr seltsamer Blick; dann entschlüpfte sie ihm, nahm ihr Tablett und verschwand.

»Ich habe Glück«, sagte Charlie zu sich selbst. »Mag Papa mir noch so sehr predigen, mich von den Mädchen fernzuhalten, aber Polly und Sukey zu Hause haben mich nicht umsonst geküsst. Sowohl der Anblick dieser hübschen Fanny als auch die Gedanken an die letzte Nacht, als Polly und Sukey mich zum letzten Mal zwischen sich hatten, erwecken in mir gewisse Gefühle. In der Tat, diese Fanny hat mir einen irischen Zahnschmerz** verpasst. Ist ja ganz nett, daß der gute alte Herr Papa mich warnt, aber, wie es so schön heißt, der Apfel fällt nicht weit vom Stamm, denn ich weiß zufällig, daß er einem Mädchen Zwillinge gemacht hat, bevor er achtzehn war, und von zu Hause weggeschickt werden mußte, um dem Skandal aus dem Weg zu gehen.«

Da klopfte es plötzlich an seiner Tür.

---

* 2 ½ Schilling (zu damaliger Zeit: 1 Pfund = 20 Schilling à 12 Pence; 5 Schilling = 1 Krone).

** Schmerzhafte Dauererektion.

»Kommt rein, Jungs, ich weiß, daß ihr das seid«, rief Charlie, der seine Vettern erwartete, doch zu seiner Überraschung war es wiederum Mademoiselle Fanny, die eintrat.

»Bitte, Sir, da sind zwei junge Herren für Mr. Warner, sie haben ihre Karte heraufgesandt.«

»Und wo ist die Karte, Fanny?« fragte Charlie und streckte ihr seine Hand hin, um das Stück Pappe entgegenzunehmen.

»Nun, ich freue mich, sie sind früh dran«, sagte er und ergriff sie beim Handgelenk, »zumal ich dadurch Gelegenheit zu einem zweiten Kuß bekomme!«

»Schämt Euch, Sir; Ihr werdet sie doch nicht in der Halle warten lassen wollen.« Sie versuchte sich seiner Umarmung zu entwinden.

»Einen Augenblick, Fanny, ich will dir nur sagen, es sind meine Vettern, die oft hierherkommen werden und sehr viel besser aussehen als ich, also mach mich nicht eifersüchtig, indem du auch nur Notiz von einem von ihnen nimmst. Jetzt aber bitte sie herauf, und zwar schnell, dann lauf nach einer Flasche Schampus, und behalte das Wechselgeld für dich«, sagte er und reichte ihr einen Sovereign*. »Wir müssen bei ihrem ersten Besuch meine neue Behausung einweihen.«

Es erübrigt sich, all die Begrüßungsworte und Erkundigungen der Vettern bei ihrer ersten Begegnung wiederzugeben; doch später, als der Champagner geöffnet wurde, fragten Harry und Frank, ob Charlie zu müde zum Ausgehen sei, und setzten hinzu: »Du brauchst nicht zum Schlafen hierher zurückzukehren, sondern kannst bei uns übernachten, denn wie du dir ja denken kannst, wird unser alter Herr nur allzu erfreut sein, dich am Morgen beim Frühstück begrüßen zu können. Wir kennen drei lustige

* Goldmünze von 20 Schilling.

Schwestern – kleine Putzmacherinnen –, die in der Oxford Street arbeiten, gar liebestolle Mädchen, und da drei zu zwei nicht so recht paßt, wirst du die Party eben vervollständigen. Sie wohnen in der Store Street, nicht weit von hier, und wenn wir gegen neun Uhr hinkommen, werden sie uns erwarten und sich freuen, dich kennenzulernen; es ist unheimlich lustig und gar nicht teuer, wir brauchen nur für das Abendessen zu sorgen. Die Mädchen halten zu große Stücke auf sich, um Geld zu nehmen, gegen Schmuck und schöne Kleider haben sie allerdings nichts einzuwenden. Keine Derbheiten, keine unflätigen Ausdrücke, und sie gestatten Freiheiten nur, wenn das Gas gelöscht ist.«

»Ich bin dabei«, erwiderte ihr Vetter, »und wie findet ihr meine kleine Dienstbotin hier?«

»Charlie, das dürfte ein Glücksfall sein«, gab Harry zurück, »es ist ja so praktisch, ein nettes kleines Mägdelein zu haben, mit dem man manchmal schlafen kann, oder ab und zu mal mit ihr auf dem Sofa Dampf ablassen, das hält einen davon ab, zuviel auszugehen. Mein Rat, Charlie, lautet, nicht zu schnell zu leben und dein Geld aufzusparen für eine besondere Gelegenheit – sagen wir so alle zehn Tage. Wer zuviel draufmacht, kommt mit seinem alten Herrn nicht mehr so gut aus, der meckert dann nur noch. Unser Herr Papa aber denkt nur Gutes über uns, weil wir immer vor halb zwölf zu Hause sind; den Ausgleich schaffen wir uns mit den Dienstboten zu Hause, die Haushälterin halten wir bei der Stange, indem wir sie abwechselnd heimlich vögeln. Einmal hat sie uns beide im Schlafzimmer der Madchen erwischt, da haben wir sie in das ihre geführt, um sie zu bitten, uns nicht zu verraten, und indem wir sie küßten und ihr sagten, was für eine gute Figur sie habe (sie war halb ausgezogen, als sie kam, um bei den Dienstmädchen nach dem rechten zu sehen), nahmen wir uns die eine oder andere Freiheit heraus. Als ich sah, daß sie so richtig bei der

Sache war, machte ich mich davon und überließ es Frank, sie aufs Bett zu rollen. Er muß seine Sache wohl recht gut gemacht haben, denn sie behielt ihn die ganze Nacht bei sich.«

»Ach, Charlie, ich hätte nie gedacht, daß eine Frau von fünfzig noch so gut beisammen ist, so wie sie ihre Beine über meine Arschbacken warf und ihr Becken nach oben drückte, um jedem Stoß meines Johannes zu begegnen. Sie war ein Muster an Schlüpfrigkeit und entzog mir bis zum Morgen den letzten Tropfen Saft«, bestätigte Frank die Worte seines Bruders. »Du mußt sie selbst mal ausprobieren, ein blonder Bursche wird nach uns beiden dunkelhaarigen Knaben ein Festschmaus für sie sein, und Angst vor Alimenten braucht man bei ihr nicht zu haben, denn sie ist jenseits von Gut und Böse. Aber ich glaube, alle wirklich warmblütigen Frauen werden je älter, um so heißer. Bei den dienstbaren Geistern benutzen wir zur Sicherheit Pariser, sonst würden wir bald ihre Arbeit verrichten. Sie wollen soviel ›davon‹, wie sie es nennen, wenn wir zu ihnen aufs Zimmer kommen oder sie auf einen Tropfen Brandy und ein bißchen ›davon‹ bei uns hereinschlüpfen; es gibt nichts Besseres als guten Brandy, um dich in Stimmung zu bringen, aber trink niemals Gin, mein Junge, sonst wird sich dein Ding stundenlang nicht aufrichten, denn er hat eine derart niederdrückende Wirkung.«

Ein paar Stunden gingen mit derartigen Gesprächen schnell dahin, sodann begab man sich in die Store Street, wo Charlie den Sirenen vorgestellt wurde, von denen ihm seine Vettern erzählt hatten.

KAPITEL 2

Drei hübsche Putzmacherinnen

Mein Vetter, Charlie Warner, gerade vom Lande hier eingetroffen, um Medizin zu studieren. Miß Bessie, Annie und Rosa Robinson, drei so hübsche und liebliche kleine Putzmacherinnen, wie du sie noch nie gesehen hast oder je wiedersehen wirst«, sagte Harry, der nach ihrer Ankunft die Vorstellung übernommen hatte.

Die beiden Brüder küßten alle drei Mädchen, und es erschien angebracht, daß Charlie nicht zögerte, ihrem Beispiel zu folgen. Er begann mit Rosa, der Jüngsten, einer zarten, güldenhaarigen kleinen Schönheit von siebzehn Lenzen; dann kam Annie mit ihrem hellbraunen Haar und haselnußfarbenen Augen und schließlich Miß Bessie, ein Engel von zwanzig Jahren mit kastanienbraunem Haar und einem Paar derart leuchtender Augen, daß sie das Herz eines jeden gefühlvollen Jungen geradezu brechen konnten, zumal wenn er keinen festeren Charakter als unser junger Held besaß, der alle Mädchen eher als Spielzeug denn als der wahren Liebe würdige Wesen betrachtete.

»Was für ein leckeres Essen der Gastwirt Euch geliefert hat – Geflügel, Zunge und Champagner –, es hat uns auf etwas recht Ungewöhnliches eingestimmt, und wir freuen uns so, Mr. Warner kennenzulernen; außerdem wißt Ihr, daß es Eifersucht hier nicht gibt, und sein heller Teint steht in entzückendem Kontrast zu Euch beiden eher dunklen Gentlemen«, sagte Annie und fuhr fort: »Und Ihr, Frank, sollt heute abend mein Partner sein, da Harry letztes Mal mein Kavalier war; und ich freue mich so, daß Mr. Warner für Rosa da ist, obwohl Bessie und ich deswegen ziemlich eifersüchtig sein werden, aber wir können ja warten, bis wir das nächste Mal an der Reihe sind.«

»Dies ist der lustigste Ort, den ich kenne«, sagte Harry und führte Bessie zu ihrem Platz am Tisch; »alles steht bereit, und nichts wird abgeräumt, bis wir weg sind; keine Lakaien oder Hausmädchen, die uns bedienen und jedes Wort mithören. Wir können tun und lassen, was wir wollen.«

»Nicht ganz, Sir«, warf Annie ein, »selbst wenn das Licht aus ist, müßt Ihr Euch benehmen.«

»Wir haben heute etwas mehr Zeit für unsere Séance im Dunkeln«, sagte Frank; »wir gehen mit Charlie ins Theater und zum Essen zu Scott's, deshalb erwartet man uns nicht vor halb eins oder so, und die Haushälterin wird so lange aufbleiben und auf ihre Belohnung warten, ist es nicht so, Harry?«

»Was soll denn das heißen«, schmollte Rosa und setzte eine verschlagene Miene auf; »oh, diese beiden Burschen sind gräßlich, als ob sie noch mehr ›davon‹ wollten, wenn sie nach Hause kommen.«

»Oh, sie verrät nie etwas, deshalb küssen wir sie«, entgegnete Frank.

»Erzählt das Eurer Großmutter. Als ob Ihr küssen könntet, ohne Euch noch weitere Freiheiten zu gestatten, Sir«, sagte Annie.

Derartige Schäkereien begleiteten das gesamte Abendessen, während Charlie den Schwestern einer nach der anderen die schönsten Komplimente machte, ohne einer von ihnen den Vorzug zu geben; gleichzeitig jedoch versuchte er auf eine subtile Art und Weise, so gut er konnte, sich besonders Rosa gegenüber angenehm zu machen, die offensichtlich sehr von ihm eingenommen war.

»Es ist so nett, Euch für mich zu haben«, sagte sie schelmisch, als das Mahl beendet war, »aber seht zu, daß Ihr nicht zu frech werdet, wenn sie das Gas auslöschen.«

Etwas in ihren tiefblauen Augen und ihrem Blick feuerte seine Gefühle so an, daß er unter dem Tisch ihre Hand nahm und sie in seinen Schoß legte, unmittelbar über dem empfindlichsten Glied des männlichen Organismus, wofür er umgehend belohnt wurde durch den sanften Druck ihrer Finger, der ihm anzeigte, daß sie sich der delikaten Aufgabenstellung wohlbewußt war. Die anderen waren zu tief in ähnliche Handlangungen verstrickt, um Charlie und Rosa wahrzunehmen, also öffnete er flink zwei oder drei Knöpfe seiner Hose und führte ihre Hand an die Stelle. Gleich darauf wurde er gewahr, daß sie die nackte Wahrheit erfaßt hatte, die unter der köstlichen Fingerei derart zu flattern begann, daß nur wenige Bewegungen ihrer zarten Hand eine derart ekstatische Wonneflut herbeiführten, daß Rosa davon völlig überrascht war, und die heimliche Anwendung eines Mouchoirs* zur Reinigung ihrer verschleimten Finger notwendig wurde, während sie gleichzeitig bis an die Haarwurzeln errötete und ganz verwirrt dreinschaute, und er spürte, wie ihre Gestalt von einem vernehmbaren Beben erschüttert wurde. Glücklicherweise drehte Bessie in diesem Moment gerade das Gas ab, und instinktiv begegneten sich die Lippen von Charlie und Rosa in einem langen, leidenschaftlichen Kuß. Zunge an Zunge schwelgten sie in einer glückseligen Umarmung.

Er konnte ein leichtes Rascheln hören und ein oder zwei tiefe Seufzer, so als seien die Gefühle der Damen ziemlich aufgewühlt.

Praktischerweise stand in einer Nische gleich hinter Charlies Stuhl ein Sofa, und Rosa schien ihn so gut zu verstehen, daß er im Schutze der Dunkelheit einen strategi-

---

* franz. = Taschentuch.

schen Umzug auf dieses zweckdienlichere Möbel bewerkstelligen konnte. Dort hatte er das entzückende Mädchen eng an seiner Seite, den rechten Arm um ihre Taille, während seine linke Hand auf der Entdeckungsreise unter ihren Kleidern auf keinerlei Widerstand stieß. Welch bemooste Schätze seine Finger untersuchten, während sie ihrerseits einen Arm um seinen Nacken gelegt hatte und mit den warmen Berührungen ihrer rechten Hand seine aphrodisischen Untersuchungen in den Regionen der Seligkeit großzügig zurückzahlte. Seine feurigen Küsse wanderten von ihren Lippen über Gesicht und Hals, bis es ihm durch ein wenig Manövrieren gelang, von den wogenden Halbkugeln ihres Busens Besitz zu ergreifen. Wie sie vor Ekstase erschauerte, als seine Lippen einen ihrer Nippel umfaßten und sanft an dem köstlichen Bissen sogen; wenige Augenblicke dieser erregenden Tändelei waren bereits zuviel für sie. Sie ließ sich auf der Couch zurücksinken, so daß er naturgemäß die entsprechende Stellung einnahm, und fast schneller, als man braucht, es niederzuschreiben, war der letzte Akt der Liebe eine vollendete Tatsache.

Dann folgten köstliche Küsse und andere Spielereien; kein Teil ihrer Person wurde vernachlässigt, und als sie zum Finale die taufeuchten Lippen der eigentlichen Liebesgrotte seinen warmen Zungenschlägen überließ, wurde sie derart von sinnlichen Gefühlen übermannt, daß sie vor Verzükkung fast schrie, als der Höhepunkt wieder und wieder kam, in einer schnellen Folge, wie sie nur bei Mädchen ihres Alters möglich ist.

Sie waren zu sehr vertieft, um von Bessie und Annie mit ihren Partnern irgend etwas zu hören oder zu bemerken, aber jetzt herrschte eine fast vollkommene Stille in dem Apartment, bis sich schließlich Harry vernehmen ließ, indem er sagte: »Ich denke, die Geister haben jetzt lange genug Zeit gehabt, sich zu amüsieren; wie wäre es mit etwas Licht?«

Darauf einigte man sich, und sie verbrachten einen weitere halbe Stunde mit den Damen, bevor sie sich für diese Nacht von ihnen verabschiedeten. Es war ein Liebesfest gewesen, wie Charlie es sich nicht besser hätte vorstellen können, und es fiel ihm gar nicht leicht, dahinterzukommen, was für eine Art Mädchen diese drei Schwestern wohl sein mochten, die sich verschämt dagegen sträubten, Licht auf ihre Aktivitäten fallen zu lassen, und doch so freizügig mit ihren Partnern umgingen, wie es die käuflichen Angehörigen der Halbwelt auch nicht besser hätten tun können.

»Was für ein Schatz du bist«, flüsterte Rosa Charlie zu, als er einen Abschiedskuß von ihr entgegennahm, »aber ich werde dich nächstes Mal nicht bekommen, es sei denn, es gibt eine Ausziehtollerei im Dunkeln.«

Bessie drängte sie, am Sonntag zu einem frühen Tee zu kommen und dann einen langen Abend zu verbringen, sie würden dann zu ihrem Amüsement ein hübsches Spielchen vorbereiten. Darauf einigte man sich dann unter zahlreichen süßen Küssen und *au revoirs* etc.

KAPITEL 3

Mrs. Lovejoy und die Dienstmädchen am Bloomsbury Square

Es war fast ein Uhr früh, als die Jungen heim zur Mortimer Mansion am Bloomsbury Square gelangten.

»Wie spät Ihr kommt«, sagte Mrs. Lovejoy, die Haushälterin, als sie ihnen die Tür öffnete, »und Ihr habt Master Charlie mitgebracht. Ich freue mich so, ihn zu sehen; Euer Vater ist schon vor Stunden zu Bett gegangen, und ich dachte, Ihr möchtet vielleicht ein zweites Abendessen nach Eurem Austernessen bei Scott's. Deshalb habe ich oben bei mir eine Kleinigkeit angerichtet, wir dürfen es nur nicht zu spät werden lassen.«

»Du bist ein Schatz«, sagte Harry, »wir werden ganz leise an Papas Tür vorbei nach oben schleichen und dich küssen, wenn wir gesehen haben, was du für uns auf Lager hast.«

Da Mr. Mortimer ein recht stattlicher Herr war, der das Treppensteigen verabscheute, lag sein Schlafzimmer im ersten Stock; Harrys und Franks Zimmer war eine Etage höher, wo auch die Schwestern schliefen, wenn sie Schulferien hatten; die beiden Dienstmädchen und Mrs. Lovejoy waren ganz oben einquartiert.

»Hier ist mein Kuß«, sagte Frank, als er beim Eintritt in Mrs. Lovejoys gemütliches Zimmer eine Wildpastete und eine Flasche Burgunder zu ihrer Erfrischung angerichtet sah.

Harry und Charlie umarmten ebenfalls der Reihe nach die amouröse Haushälterin, die vor Bewegung erbebte, als sie den sinnlichen Kuß des letzteren entgegennahm.

»Er bleibt nur diese eine Nacht, es hat also keinen Sinn, dein Interesse auf meinem Cousin zu richten; außerdem, kannst du dich nicht mit Frank und mir begnügen?« flüsterte Harry ihr zu.

»Aber Ihr seid so untreue Jungs und zieht jederzeit Mary Anne oder Maria mir vor«, erwiderte sie verdrossen.

»Ja, aber Charlie ist auch nicht besser; er ist noch nicht einen ganzen Tag in London und hat sich schon an die hübsche Fanny in seinem Quartier herangemacht; oh, sie ist ein richtiges kleines Luder, Mrs. Lovejoy.«

Das zweite Abendmahl war bald verzehrt, und Mrs. Lovejoy hatte gerade heißes Wasser und Spirituosen auf den Tisch gestellt, damit sie, wie sie sagte, noch einen Schlummertrunk nehmen könnten, als an der Zimmertür ein leises Klopfen zu vernehmen war, begleitet von einem unterdrückten Gekicher draußen.

Harry, der erriet, wer es war, rief: »Herein!«, als auch schon die beiden Dienstmädchen mit einem breiten Grinsen in ihren Gesichtern hereinmarschierten, nur halb bekleidet – mit Petticoats, Strümpfen und Hausschuhen, Hals und Busen aber waren frei.

Als sie Charlie erblickten, liefen sie puterrot an, doch Mary Anne, eine rundum stramme Brünette, faßte sich schnell und sagte: »Wir bitten um Verzeihung, Mrs. Lovejoy, aber wir dachten, nur Master Harry und sein Bruder seien hier, und wir hatten solchen Durst, daß wir nicht schlafen konnten, deshalb nahmen wir uns die Freiheit, um ein wenig Was-auch-immer zu bitten, um unsere Kehlen anzufeuchten.«

»Dann feiern wir jetzt eben eine Party«, entgegnete Frank; das ist nur unser Vetter Charlie, ziert euch also nicht, sondern kommt rein und macht die Tür zu.«

»Gentlemen lassen normalerweise keine Damen ein, zumal wenn sie nur halb bekleidet sind«, sagte Maria, eine sehr hübsche und wohlentwickelte junge Frau mit hellbraunem Haar, rosigen Wangen und einem Paar tiefblauer Augen voller Schalk, die einen regelrecht durchbohrten.

»Nein, aber Damen lassen Gentlemen ein«, ließ sich Charlie vernehmen; »kümmert euch nicht um mich.« Und damit erhob er sich und zog die letzte Sprecherin zu sich auf den Schoß. »Ich schätze, uns steht jetzt ein bißchen Spaß bevor.«

Die Haushälterin war sichtlich verärgert über diese Störung, aber Harry küßte sie lachend und flüsterte ihr etwas ins Ohr, das eine beruhigende Wirkung zu haben schien, denn sogleich bot sie den beiden Mädchen etwas Limonade und Brandy an. Sie verfügte über ein sehr gemütliches Apartment, das ebenso ausgestattet war wie das kombinierte Wohn- und Schlafzimmer eines Junggesellen; das Bett stand in einer Nische, und außer Sofa, Tisch etc. standen noch zwei Sessel im Zimmer.

Harry nahm das Sofa in Beschlag, Mrs. Lovejoy auf dem Schoß und eine seiner Hände an ihrem Busen unter dem Morgenmantel, während ihre Hände, oder zumindest eine von ihnen, sich weiß Gott wo befanden und ihm offensichtlich beträchtliches Vergnügen bereiteten, nach dem Glitzern in seinen Augen und der Art, wie er sie streichelte, sowie den häufigen Küssen zu urteilen, die sie untereinander austauschten.

Charlie bewunderte und spielte mit dem Busen von Maria, die ihn hin und wieder wärmstens küßte und ganz und gar unmißverständliche Anzeichen ihres wachsenden Wunsches nach einer engeren Bekanntschaft von sich gab.

»Wir werden morgen früh niemals auf die Beine kommen, wenn Ihr uns weiterhin vom Zubettgehen abhaltet; schickt die Mädchen jetzt lieber fort«, sagte Mrs. Lovejoy.

So wünschte ein jeder gute Nacht, und nur Harry, der der Haushälterin noch etwas mitzuteilen hatte, blieb zurück. Frank und Mary Anne verschwanden rasch im Dunkel des Korridors draußen, und Charlie, der nicht wußte, wo er schlafen sollte, bat Maria, ihn zu seinem Zimmer zu führen.

»Ihr werdet bei mir schlafen, mein Lieber, wenn Ihr denn könnt, und ich werde Euch nicht wachhalten«, flüsterte sie und gab ihm einen höchst sinnlichen Kuß; dann nahm sie seine Hand und führte ihn in ein sehr sauberes, aber einfach möbliertes Schlafgemach.

»Mary Anne kommt heute nacht nicht zurück, also werdet Ihr mein Bettgenosse sein. Ich schätze, daß sich Master Frank inzwischen in all ihre Geheimnisse einführen läßt.« Mit diesen Worten löschte sie die Kerze, die angelassen worden war, und hüpfte ins Bett, wohin Charlie ihr folgte, nachdem er, so schnell er konnte, seine Kleider abgelegt hatte.

»Ich habe eine Spritze zum Ausspülen, deshalb habe ich keine Angst, während Harry und Frank immer diese Pariser aufziehen. Findet Ihr die gut?« fragte Maria, als sie ihre Arme um ihn schlang und ihn fest an ihren bebenden Busen drückte.

»Hab so was noch nie im Leben benutzt«, entgegnete Charlie, »was mich betrifft, so verderben einem derartige Dinge den ganzen Spaß.«

»Wißt Ihr«, fuhr Maria fort, »Mary Anne und ich lagen hier, dachten nach, unterhielten uns und schmusten miteinander. In der Tat waren wir so erregt, daß sie ein Spiel vorschlug, das die Mädchen einen ›Flachf—k‹ nennen, als wir hörten, wie Mrs. Lovejoy Euch mit in ihr Zimmer nahm. Da beschlossen wir, daß sie Harry und Frank nicht für sich allein haben sollte, wobei wir jedoch nicht ahnten, daß da noch jemand war; und nun die Vorstellung, einen Schatz wie Euch in den Armen zu halten!«

Das Mädchen zitterte regelrecht vor plötzlich aufflammender Leidenschaft; sie lag auf der Seite und schmiegte sich an Charlie, dessen Impulsivität allerdings aufgrund seiner vorangegangenen Betätigungen während der letzten vierundzwanzig Stunden doch etwas zu wünschen übrigließ. Er genoß aber dennoch die Situation, die niemand, der noch nie an der Seite einer liebenden, erwartungsvollen, wollüstigen jungen Frau gelegen hat, richtig einzuschätzen weiß. Ihre Hände wanderten überallhin, und sie führte eine von seinen zu jener geheiligtesten Stelle von allen, die er glühend wie einen Schmelzofen und seiner Berührung gegenüber derart empfindlich vorfand, daß sie »Oh! Oh!« seufzte und beinahe einen Sprung machte, als sie seine kitzelnden Finger verspürte, die sich in dem üppigen Gestrüpp seidigen Haares ergötzten, das den Zugang zum Eingang ihrer Liebeslaube fast versperrte. Nie im Leben hatte Charlie eine schlaflosere Nacht als diese verbracht, denn ungeduldig ob seines langen Zögerns, den Anfang zu machen, warf sie herausfordernd ein Bein über seine Hüfte und führte Mr. Warner, dessen Zauberstab sie mit flinken Fingern bereits fit gemacht hatte, auf kürzestem Weg an sein Ziel, so daß er nicht die geringste Schwierigkeit hatte, die innersten Nischen ihrer feuchten Höhle zu erforschen, die, nach ihrem überquellenden Zustand zu urteilen, ein regelrechter Brunnen der Liebessäfte war. Dann ritt er das lebhafte Streitroß, bis er, erschöpft von dem schnellen Galopp, herunterfiel, nur um festzustellen, daß Maria die Stellung gewechselt hatte, und so gab es für ihn keine Nachtruhe bis sieben Uhr früh. Beim Frühstück zeugte sein Aussehen nur allzu deutlich von der nächtlichen Orgie, so daß Mr. Mortimer über die drei jungen Burschen herzog und ihnen vorwarf, es zu toll getrieben zu haben, wobei er jedoch bemerkte, er hoffe, daß sie sich in Zukunft zurückhaltender aufführen würden, für eine erste Nacht in der Stadt sei es ja noch verzeihlich.

KAPITEL 4

Charlie zu Hause – Frau Wirtin und Dienstmagd

Unser Held war froh, daß er am nächsten Abend zu Hause bleiben und sich ausruhen konnte. Er fühlte sich so ausgelaugt, daß er sich mit der hübschen Fanny auf nichts weiter einließ als einen milden Scherz und einen Kuß. So zeigte sich denn ein eher schmollender Ausdruck in ihrem Gesicht, als sie ihm nach dem ihrer Meinung nach entschieden lauen Kuß eine gute Nacht entbot.

»Er ist nicht so frisch wie bei seiner Ankunft hier, aber vielleicht werden seine Lebensgeister zur Frühstückszeit zurückgekehrt sein«, grübelte sie und begab sich nach unten in die tiefer gelegenen Regionen des Hauses. »Ich hoffe nur, daß Mrs. Letham ihn nicht beim Wickel kriegt!«

Charlie war so erschöpft, daß er bereits gegen zehn Uhr zu Bett ging, und er hatte einen so heilsamen Schlaf, daß er ziemlich früh erwachte und sich frisch wie eine Lerche fühlte; gleichzeitig fand er sich in jener besonderen, gehobenen Stimmung, welche die meisten jungen Burschen verspüren, wenn sie morgens die Augen aufschlagen.

»Mein Johannes ist wieder ganz der alte«, freute sich Charlie, als er die Bettdecke zur Seite warf, um die großen Proportionen jenes Teils seiner Anatomie in Augenschein zu nehmen, der dem Dienst am schönen Geschlecht geweiht ist. Dann, als er im Schein der Lampe, die er angelassen hatte, auf seine Uhr blickte, rief er aus: »Mein Gott, wie früh; erst halb fünf. Ich werde mich mal draußen im Korridor nach einem Abenteuer umschauen, vielleicht findet sich hier ja auch Fannys Gemach, da dies das oberste Stockwerk ist; höher kann sie nicht gehen, und weiter unten ist sie wahrscheinlich auch nicht.«

So geschwind, wie der Gedanke gekommen war, schlüpfte er auch schon aus dem Bett, nahm die kleine Lampe in die Hand, öffnete leise seine Tür und trat in den Korridor hinaus, einen langen Gang mit drei oder vier weiteren Zimmertüren neben denen zu seinem eigenen Apartment. Er lauschte an der ersten, und als er dort nichts hörte, ging er weiter zur nächsten, die leicht offenstand; er hielt einen Moment inne und vernahm dann das laute, stentorische Atmen eines tiefen Schläfers. Indem er mit der Hand die Lampe abschirmte, stieß er die Tür sanft auf, und wen sah er? Seine dicke Wirtin, Mrs. Letsam, die mit angezogenen Knien und offenem Mund in ihrem Bett auf dem Rücken lag. Trotz ihrer Masse war Mrs. L. das, was mancher als ein Prachtweib bezeichnen würde, nicht älter als vierzig, mit einem sehr angenehmen Gesicht und schönem braunem Haar. Ihr offenes Nachthemd ließ den Blick frei auf die ganze Pracht der Halbkugeln ihres reifen Busens, so weiß wie Schnee und geschmückt mit den verführerischsten Erdbeerknospen. In Wirklichkeit war es nur ein Hemdchen, kein richtiges Nachtgewand, in dem sie schlief, so daß neben dem Busen auch ein kräftiger, aber wohlgeformter Arm seinem suchenden Blick ausgesetzt war und ihn neugierig auf andere, noch ungesehene Reize machte, so daß er beschloß, seine Neugier durch eine manuelle Nachforschung unter der Bettdecke zu befriedigen. Er drehte seine Lampe herunter und stellte sie vor der Tür im Korridor ab. Dann kniete er im Dunkeln neben dem Bett nieder und führte seine Hand unter die Bettdecke, bis sie ihren Schenkel berührte, wo er sie liegen ließ, bis sie warm wurde. Anschließend setzte er, am ganzen Körper zitternd, seine Erkundung fort. Seine Berührungen schienen die Schläferin auf wunderbare

Weise zu erregen, denn nach ein oder zwei leichten unwillkürlichen Zuckungen streckte sie sich ganz aus und drehte sich gleichzeitig mit etwas, das ganz nach einem tiefen Seufzer klang, auf die Seite, worauf Charlie seine schamlosen Finger zurückzog, gerade als er den Ausfluß der Seligkeit zu spüren begann, der auf seine erregenden Berührungen folgte.

»Sie wird denken, es war ein Traum; wahrscheinlich hat die alte Dame nicht oft solche Gefühle«, lachte Charlie innerlich, während er aus dem Raum schlich und nicht ahnte, daß Mrs. Letsam hellwach geworden war und, kaum war er weg, aus dem Bett stieg und in den Korridor hinauslugte, um zu sehen, wer das gewesen war.

»Ha, Mr. Warner, Ihr wart das, nicht wahr? Ich werde nicht lange brauchen, um Euch diesen Spaß heimzuzahlen!« sagte sie zu sich selbst, als sie zurück in ihre Schlafstatt stieg. »Ich wünschte, der liebe Junge wäre zu mir ins Bett gekommen; seine Berührungen haben mir das exquisiteste Vergnügen bereitet.«

Währenddessen hatte Charlie eine Tür am Ende des Korridors erreicht, die sich sofort öffnete, als er den Türknopf drehte. Und tatsächlich war es Fannys Zimmer, denn da lag das Objekt seiner Begierde in unruhigem Schlaf, die Bettdecke hatte sie fast völlig von sich gestoßen. Was für ein Anblick sich einem für derlei Dinge empfänglichen Jüngling hier bot! Sie war fast unbedeckt, die rechte Hand ruhte auf jener Stelle, von der so viele Männer, die sich gern über das schöne Geschlecht lustig machen, behaupten, daß alle Frauen sie instinktiv im Schlaf schützen, aus Angst, unwissentlich einer Schändung zum Opfer zu fallen.

Wie auch immer sich das verhalten mochte, jedenfalls lag Fannys Hand dort, aber Charlie mutmaßte, daß sie da – nach den aufwühlenden, ruhelosen Träumen des Mädchens zu urteilen – nicht so sehr zum Schutz, sondern zwecks Anwendung ihrer Finger lag, denn sie murmelte leise: »Nicht! Bitte nicht! Ihr erregt mich so. Oh! Oh!«

Obwohl er seine Lampe abschirmte, so daß das Licht nicht in ihre Augen fiel, konnte er alles sehen – ihre lieblichen Schenkel und den bebenden Liebeshügel, verschattet von einem seidenweichen goldfarbenen Flaum, und ein Finger verschwand zwischen den schönen Lippen des denkbar rosigsten, taufeucht im Licht der Lampe glitzernden Schlitzes.

»Himmel noch mal! Was für eine Gelegenheit!« sagte sich Charlie. »Vielleicht kann ich ihr eine angenehme Überraschung bereiten.«

Gedankenschnell löschte er die Lampe, die er auf einen Tisch stellte, dann tastete er sich im Dunkel zum Bett, wo die hübsche Fanny lag: Sie war sich seiner Anwesenheit nicht bewußt.

Da die Schläferin den größten Teil der Bettdecken abgeworfen hatte, fiel es ihm nicht schwer, sich neben sie zu legen; er küßte die einladenden Halbkugeln ihres festen, prallen Busens, ohne sie dabei zu wecken. Sie stöhnte nur leise zärtliche Worte hervor – als ob sie sich von jemandem gestreichelt fühlte, den sie überaus liebte. Seine rechte Hand schob die ihre beiseite und nahm Besitz von der zarten Spalte, die sie gleichzeitig gehütet und gedrückt hatte. Dann legte er sanft ein Bein über ihres und preßte seine nackte Person eng an ihren Leib. Welche Schauer wohliger Erwartung seine Gestalt durchschossen – er zitterte von Kopf bis Fuß! Die Versuchung und die Stärke seiner Gefühle ließen keine weitere Verzögerung zu. So preßte er seine Lippen in einem langen, sinnlichen Kuß auf die ihren, während er sie mit dem einen Arm umfangen hielt, derweil der andere auf die köstlichste Art und Weise mit dem manuellen Vorspiel des Angriffs auf ihre jungfräuliche Festung weiter unten beschäftigt war.

»Fanny«, wisperte er, als sie unbewußt seine Küsse erwiderte. »Ich bin es, mein Schatz; läßt du mich jetzt ein?«

Erst fürchtete er, sie würde schreien, und so versiegelte er ihre Lippen mit einer erneuten Serie feuriger Küsse, was ihr den Atem zu nehmen schien. Sie sprach nicht, wirkte aber völlig außer Fassung; tiefe, langgezogene Seufzer entrangen sich ihrer vor Erregung wogenden Brust, während sie mit den Händen schwache Versuche unternahm, seine stürmischen Finger hinwegzuschieben. Doch dann gewann die Begierde die Oberhand über das Schamgefühl; ihre Erwiderung seiner mutwilligen Küsse wurde glühender, und ihre Beine gaben allmählich seinen Bemühungen nach, zwischen sie zu gelangen, und statt sein Vordringen abzuwehren, schlang sie ihre Arme um seinen Körper.

»Bei Jupiter«, dachte Charlie. »Ich bin nicht der erste; es geht zu leicht bei ihr!« Doch zu seinem Entzücken stellte er dann fest, daß die Zitadelle ihrer Keuschheit zuvor noch nicht erstürmt worden war; der Rammbock der Liebe mußte kräftig zustoßen, bevor eine genügend große Bresche geschlagen war, um das Eindringen zu ermöglichen. Welche Seufzer, welche gemurmelten Worte der Liebe und Zärtlichkeit mischten sich in ihr schmerzliches Stöhnen.

»Mein Schatz, du bist jetzt eine Frau«, flüsterte er liebevoll nach Beendigung des ersten Aktes und küßte sie wieder und wieder.

»Oh, Charlie, was für ein Engel du bist; du warst so sanft zu mir. Wie sehr ich dich jetzt liebe; und du wirst mich nun für immer lieben, nicht wahr, mein Liebster? Aber du kannst ... du kannst mich nicht heiraten, ich weiß.« Sie schluchzte hysterisch, als ihr dieser Gedanke plötzlich in den Sinn kam. Unser Held tat alles, was in seiner Macht stand, um sie zu trösten, ihm fiel aber nichts Besseres zur Erreichung dieses Zieles ein, als den Vorhang zum zweiten Akt in diesem Drama der Liebe zu heben.

»Ich weiß nicht, was mich in meinem Traum so aufgeregt hat; aber, mein Lieber, ich schlief mit dem Gedanken an dich ein und nehme an, ich wollte dich bei mir haben. Deine Küsse haben mich so unruhig und flatterig gemacht, seit du hier im Hause bist. Niemand zuvor hat mich so durcheinandergebracht«, bekannte sie ihm in ihrer Schlichtheit, während sie bis zum Tagesanbruch miteinander spielten und sich küßten. Dann riet sie Charles, sich von seiner neuen Liebe zu verabschieden und in seine eigenen Räumlichkeiten zurückzukehren, aus Angst vor Entdeckung.

Charlie war so sehr in Fanny verliebt, daß er sie, als sie ihm das Frühstück heraufbrachte, bedrängte, die Vergnügungen der letzten Nacht umgehend zu wiederholen.

»Wie könnt Ihr es wagen, Sir, bei Tageslicht so zu mir zu sprechen?« entgegnete sie da und wies seine kühnen Avancen zurück. »Was ich vielleicht im Dunkeln tue, ist keine Entschuldigung hierfür. Mrs. Letsam beobachtet mich wie eine Katze und achtet streng darauf, daß ich nicht einen Moment zu lange in den Zimmern der Untermieter verweile.«

Nur äußerst ungern ließ er sie ziehen. Da er nach dem Frühstück nichts Besonderes zu tun hatte und sich ziemlich schläfrig fühlte, versuchte er, ein Nickerchen auf dem Sofa zu machen, doch gerade als er am Eindösen war, ertönte ein leichtes Klopfen an der Tür, und auf sein »Herein!« – wer anders konnte es sein als die Wirtin mit seiner Nachtlampe in der Hand.

Ein breites Grinsen zog sich über ihr volles, rundes, gutaussehendes Gesicht, das ihr wunderschönes Gebiß aus perlweißen Zähnen sehen ließ.

»Mr. Warner«, sagte sie und setzte sich ganz vertraulich neben ihm auf das Sofa. »Ich hätte nicht gedacht, daß Ihr solch ein Lebemann seid, der meine Dienstmagd nur zwei Tage nach seiner Ankunft hier vernascht. Sagt kein Wort;

ich weiß alles, ich habe die Flecken im Bett des Mädchens gesehen und Eure Lampe in ihrem Zimmer gefunden; Ihr werdet ganz schön in der Klemme sitzen, wenn sie in andere Umstände kommt!«

Ihre Augen blitzten, und sie richtete ihren Blick so neugierig auf gewisse Teile seiner Person, daß Charlie sofort sah, daß er keine andere Wahl haben würde, als die korpulente, aber dennoch nicht unansehnliche vierzigjährige Dame zu befriedigen, um Unannehmlichkeiten zu vermeiden.

»Meine liebe Mrs. Letsam, wie können Sie mich derartiger Dinge beschuldigen? Also, wenn Sie das gewesen wären –«, sagte er lachend.

»Genau das ist es eben, Mr. Warner, Ihr habt meine reiferen Reize verschmäht für ein junges Ding wie Fanny. Was denn, bitte schön, hattet Ihr letzte Nacht in meinem Zimmer zu suchen – als könnte ich schlafen und nicht aufgeweckt werden durch die unverschämte Hand, die Ihr unter meine Bettdecke schobt. Ich sollte einen Wachtmeister rufen und Euch wegen unzüchtiger Handlung anzeigen.«

Ihre weiche Hand hatte sich auf Charlies Schoß gelegt, unmittelbar über seiner Nadel, die unter dem Druck gleich kräftig zu pulsieren begann.

»Und mit diesem Ding hier lauft Ihr vor einer Lady davon? Ich werde mir jetzt ebensolche Freiheiten herausnehmen, junger Herr«, sagte sie und machte sich daran, sein männliches Juwel in Besitz zu nehmen, das sich nun, als sie seinen Morgenmantel aufschlug, in all seiner Pracht entfaltete.

»Der Schatz! Jetzt gehört er mir! Welche Schönheit!« rief sie aus, beugte sich über ihn und drückte heiße, wilde Küsse auf den Kopf des hoch aufgerichteten Gefangenen. Unter derartigen Berührungen begann Charlie sogleich zu seufzen und zu stöhnen, nie zuvor hatte er solch eine ekstatische Erregung verspürt. Es war fast ein neues Gefühl für ihn;

einen einfachen Kuß oder zwei von einem hingerissenen Mädchen, das soeben die Wonnen, die ein solcher Schatz spenden konnte, genossen hatte, verstand er als Zeichen einer übergroßen Begierde, doch die Zungenküsse und der Druck der saugenden Lippen dieser mutwilligen Frau eröffneten eine derart neue Quelle der Lust, daß er unter ihren Zärtlichkeiten fast in Ohnmacht fiel.

»Da«, sagte sie, »du Schatz, das ist meine Art zu lieben, und sie ist allen vulgären, direkten Genüssen haushoch überlegen. Ihr könnt Fanny so oft haben, wie Ihr wollt, nur laßt mich ab und zu ein wenig von Eurem Honig saugen; diese Freude ist das einzige, was mich an Männern interessiert; außerdem bin ich noch nicht so alt, muß mich also in acht nehmen.«

Charlie küßte sie auf den hübschen Mund und erklärte ihr, wie froh er sei, in ein so freundliches Haus gekommen zu sein. »Ich habe nie zuvor einen solchen Genuß verspürt, Sie können also versichert sein, daß ein Kuß oder die geringste Berührung mich in einen Zustand versetzen wird, Ihren Erfordernissen angemessen und hoch aufgerichtet zu begegnen«, fügte er hinzu. Feurig küßte er sie, als sie sich erhob, um zu gehen. »Niemand hat mich bisher so erregt wie Sie. Wurden Sie je vom Blitz getroffen? Ich habe gehört, daß solche Menschen bei einer Berührung eine elektrisierende Wirkung haben.«

»Nein, mein Lieber«, entgegnete sie lächelnd und zeigte dabei ihre lieblichen Zähne, die ihn so faszinierten. »Trotz meiner stattlichen Figur bin ich erst dreiunddreißig und habe das Pech, einer besonders warmherzigen Familie zu entstammen. Also, bis zum nächsten Mal.«

KAPITEL 5

Die Sirenen vom Hyde Park

Der Leser kann leicht erraten, daß Charlie nach dem Abtritt der lüsternen Mrs. Letsam ziemlich aufgewühlt war. Er verbrachte den Tag mit Lesen, auch schrieb er einen Brief an seinen Vater, in dem er ihm mitteilte, wie nett die Mortimers gewesen seien und wie sehr ihm seine Unterkunft gefalle, die sie ihm besorgt hatten. Er ging früh schlafen, wurde jedoch aus seinem gesunden Schlummer geweckt durch warme, feuchte, leidenschaftliche Küsse auf seinen Lippen. Er spürte eine weiche, geschmeidige Gestalt, die sich an ihn schmiegte, und hörte die geflüsterten Worte: »Mr. Warner, mein lieber Charlie; ich bin gekommen, um den Besuch zu erwidern, den du mir gestern nacht abgestattet hast. Es war so schön, und ich konnte einfach nicht einschlafen bei dem Gedanken, daß du hier allein bist.«

Es war unmöglich, auf eine derart liebevolle Einladung nicht zu reagieren.

»Es ist wirlich nett von dir, Fanny, so in mein Bett zu kommen, denn es beweist, daß du mich ein wenig liebhast; ich fühle mich recht müde nach unserem Spaß letzte Nacht, deshalb schlage ich vor, daß du diesmal den Herrn spielst; setz dich auf mich und verhilf dir selbst zu dem Leckerbissen, von dem ich weiß, daß alle Mädchen darauf ganz wild sind; dann brauche ich einfach nur auf dem Rücken zu liegen und kann es geruhsam angehen lassen.«

»Es gefällt mir, daß du sagst, ich habe dich müde gemacht«, lachte sie; »aber du weißt noch nicht, daß ich sie heute morgen an deine Tür habe klopfen sehen, dann habe ich gelauscht und euer ganzes Spielchen verfolgt. Aber ich bin nicht eifersüchtig, besonders da ich hörte, wie sie sagte, du könntest mich so oft haben, wie du willst, solange du ihr nur in einer gewissen Weise zu Gefallen bist. Was war das denn, mein Lieber, ich habe nicht ganz mitbekommen, was du mit ihr gemacht hast; sag es mir, komm, sei ein lieber Junge.«

»Es ist ein sehr seltsamer Geschmack, den sie hat, der mir aber gefällt. Sie mag es nicht, wenn ein Mann sie auf die übliche Weise besteigt, lieber lutscht sie seinen Apparat und schluckt jeden Tropfen seines Liebessaftes, wenn er kommt. Wie würde dir das gefallen, Fan? Für mich hat es sich sehr gut angefühlt.«

»Igitt! Das muß eklig sein. Was meinst du? Einmal hat ein Mädchen mit mir geschlafen, die meine Spalte geküßt und geleckt hat, und es hat mir ein komisches Gefühl gegeben, aber ich selbst habe es bei ihr nicht getan.«

Danach machten sie sich ernsthaft ans Geschäft; Fanny bestieg ihn wie gewünscht und ritt bald auf Charlies aufgebäumtem Kriegsroß, bis sie das Lebenselixier dreimal seinen pochenden Lenden entzogen hatte, wobei ihre vermischten Säfte eine regelrechte Flut rund um die Wurzel von König Priapus* verursachten. Schließlich schliefen sie einer in des anderen Armen ein und schlummerten bis zum Morgengrauen, als Fanny aufstehen mußte, um ihren häuslichen Pflichten nachzukommen.

Charlie, der von seinen Vettern gehört hatte, daß nachts in den Parks viel Jux und Tollerei getrieben wurde, beschloß, sich das selbst einmal anzusehen, und da er am Freitagabend

* Gott der Fruchtbarkeit in der griech. Mythologie. Sohn des Dionysos und der Aphrodite.

keine besonderen Verpflichtungen hatte, schlenderte er bis Marble Arch und betrat von dort den Hyde Park. Er nahm den Weg Richtung Knightsbridge, erreichte den Fahrweg, der zur »Serpentine«, dem sich durch den Park schlängelnden See, führte, spazierte die Uferpromenade entlang und beobachtete die Paare, die auf den Bänken saßen und einander herzten und kosten.

Schließlich begegnete er in der Nähe des Tors zwei jungen, gutaussehenden Mädchen, die sich ganz cool rechts und links bei ihm einhakten. »Komm mit uns, mein Lieber, und fühl mal unsere kleinen, weichen Mösen«, sagte die eine.

Charlie hatte kaum etwas einzuwenden und saß bald auf einer ungehobelten Bank im dunklen Schatten einer großen Ulme.

»Wieviel wirst du uns geben, mein Schatz? Meine kleine Schwester ist zu verschämt, um für sich zu sprechen; du weißt, hier im Park wird immer im voraus bezahlt, wir werden so oft von gemeinen Kerlen geprellt, die sich einen richtigen Bums nicht leisten können.«

Charlie gab jedem der Mädchen einen Schilling und versprach ihnen einen weiteren, wenn sie ihn zufriedenstellten.

Sie waren zwei wirklich hübsche junge Mädchen, wie sie der Parklüstling nur selten zu Gesicht bekommt, denn die dunklen Pfade und Bänke waren meist mit alten, verbrauchten Weibern besetzt, die einer Prüfung unter den Gaslaternen der Straßen nicht standhalten würden.

Es bedurfte kaum einer tastenden kleinen Hand in seiner aufgeknöpften Hose, um sein übliches wildes Feuer in Gang zu setzen. Ein jedes der Mädchen (sie waren nicht älter als dreizehn beziehungsweise fünfzehn Jahre alt) legte ihm seine Arme um den Hals und küßte ihn, wobei die Ältere wisperte: »Du bist ein netter junger Bursche, so ganz anders als die schmutzigen alten Kerle, die wir für gewöhnlich hier auflesen, ich hätte es furchtbar gern, daß du mich richtig nimmst; meine kleine Schwester hier weiß noch nicht, wie das überhaupt geht; sie beherrscht bisher nur die Handbedienung, aber ich gehe gern richtig zur Sache, weißt du, wenn ich denn mal einen properen jungen Kerl wie dich erwische. Wir können nur dienstags und freitags weg. Am Dienstag wirst du uns im Green Park finden; dort wirst du eine Menge Spaß erleben, und man kann jederzeit wieder heraus. Im Hyde Park werden wir eingeschlossen und müssen dann über das Tor klettern.«

Er spürte, wie ein Schauer der Begierde sie überlief, als sie dies sagte, während eine ihrer Hände mit seinen Anhängseln zu spielen begann, während ihre kleine Schwester gleichzeitig auf delikate Weise seinen darüber befindlichen Schaft manipulierte. Ihre Kleider waren vorne geschlitzt, so daß seine beiden Hände Beschäftigung fanden; auf der einen Seite erforschte und befummelte er das erste seidige Moos vor der Grotte der Älteren, auf der anderen den noch unbehaarten Schlitz ihrer kleinen Schwester. Die Lage war alles in allem zu pikant, um längere Zeit anzudauern. Der ekstatische Moment kam fast augenblicklich, und seinerseits spürte auch er, wie der weibliche Tribut an seine amourösen Berührungen, die er ihnen so großzügig und exquisit gewährte, beiderseits seine Finger benetzte.

Unser Held war so angetan, daß er jedem der Mädchen eine halbe Krone gab, als er sie zum Abschied küßte und ihnen versprach, die Verabredung am Dienstag zur gleichen Zeit einzuhalten.

»Ihr seid ein Schatz«, sagte die Jüngere, Betsy. »Wollen wir uns nicht für ihn aufsparen, Sarah? Wir brauchen doch nicht so viel Geld, oder?«

»Da hast du ganz recht. Ich hasse die blöden alten Männer; wir tun das ja bloß, weil Mutter uns nur das Dach über dem Kopf erhalten kann, wenn wir wöchentlich irgendwie fünf oder sechs Schillinge beisteuern«, lautete ihre Erwiderung.

Die Mädchen verließen ihn, um, wie sie sagten, geradewegs nach Hause zu gehen, und lehnten sein Angebot, ihnen außerhalb des Parks etwas zu trinken zu spendieren, dankend ab.

Der Sonntag kam und damit auch die Tee-Party bei den hübschen Robinson-Schwestern in der Store Street. Charlies Vettern kamen vorbei, um ihn abzuholen, und die Begrüßung durch die jungen Putzmacherinnen war, wenn überhaupt, noch wärmer als beim ersten Mal. Bessie, die Älteste, die kastanienbraune Schönheit, schien regelrecht vor Erwartung zu zittern, als sie ihn stürmisch küßte und ihm dabei ins Ohr flüsterte: »Ihr seid heute Abend mein Partner, Mr. Warner.«

»Nichts ist mir lieber, meine liebe Bessie; so knusprig ich die hübsche Rosie auch fand, müssen deine reiferen Reize denen deiner kleinen Schwester doch überlegen sein.«

»Ich habe gehört, was Ihr gesagt habt, Mr. Charlie; wartet nur, bis ich Gelegenheit finde, mich für Eure gebrochenen Treueschwüre zu rächen«, lachte Rosa.

Es erübrigt sich, viele Worte über die Unterhaltung etc. während der Teestunde zu verlieren, außer daß Charlie Bessie dazu verleitete, unter dem Tisch sein männliches Instrument zu befühlen, während sie da Seite an Seite über ihrem Orange Pekoe saßen.

Nachdem sie sich ein Weilchen mit Musizieren und Singen ergötzt hatten, fand das übliche Herunterdrehen des Gases statt, und unser Held fand sich und seine Partnerin bald sehr gemütlich auf einem Sofa in einem der Alkoven sitzend wieder.

»Wie ich mich danach gesehnt habe, Euch zu liebkosen,

Mr. Warner«, seufzte Bessie, »denn Rosa hat seit dem Abend neulich nur noch von ihrem geliebten Charlie geredet, wie köstlich Ihr ihr zu Gefallen wart und mit welch stolzem Gerät Ihr ausgestattet seid; sie scheint an nichts anderes mehr zu denken, als gehörtet Ihr tatsächlich ausschließlich ihr; doch in der Tat, Charlie, hat dies in mir die Sehnsucht geweckt, persönlich jene aufregenden Liebesstöße zu verspüren, die sie so sehr genossen haben muß; was habt Ihr getan, um sie dermaßen zu erfreuen?«

»Mir fällt jetzt gerade nicht ein, was genau wir getrieben haben«, erwiderte Charlie, »doch da dein Sinn offenbar auf eine kleine Liebelei gerichtet ist, werden wir wohl so ziemlich das gleiche Spiel treiben.«

Ihre Lippen begegneten sich in einem langen, sinnlichen Kuß, so erregend, daß sein Aaronsstab bereits so steif war, wie er nur sein konnte, während sie ihn an ihren Busen drückte, der sich schwer atmend hob und senkte.

Dann ließ er sich vor ihr auf die Knie nieder und begann die Geheimnisse ihrer Unterwäsche zu erforschen; auf den leichten Druck seiner Hand öffnete sie bereitwillig ihre Schenkel, und bald befand er sich im vollen Besitz ihrer Hauptattraktion, die er aufgrund ihrer aufgestauten Begierde bereits ganz und gar glühend und feucht vorfand.

»Ich muß dieses Juwel der Liebe küssen«, flüsterte Charlie in einer Art unterdrücktem Ausruf; »meine Zunge wird dich bald all das spüren lassen, was Rosa neulich so überaus genossen hat.«

Sie lehnte sich zurück und überließ sich völlig seinen zärtlichen Zungenschlägen, wobei sie mit den Händen sanft seinen Schädel knetete, während er begierig das Lebenselixier aufsog, das sie unter den lüsternen Bewegungen seiner geschäftigen Zunge in dicken ambrosischen Tropfen fortlaufend absonderte.

Auch tiefe Seufzer zeugten von der Intensität ihrer Gefühle; sie warf ihre Beine über seine Schultern und preßte sein liebes Gesicht zwischen ihren bebenden Schenkeln zusammen, bis er sie, nach einem langgezogenen, tiefen Seufzer des Entzückens, leise sagen hörte: »So, Charlie, jetzt laß mich ihn haben; du hast mich so sehr erregt, daß ich keinen Augenblick mehr auf die höchsten Freuden durch die himmlischen Stöße warten kann, die zu erteilen du so hervorragend qualifiziert bist, wie ich weiß.«

Kein Angreifer hat je auf den Klang der Trompete schneller reagiert als unser Held; seine scharfe Waffe wurde schneller in Stellung gebracht, als man es aussprechen kann, und bald schwelgte der Kopf, nachdem er langsam zwischen den gut geschmierten, bebenden Lippen in ihre einladend geweitete Liebesgrotte eingedrungen war, in all den Süßigkeiten, die ihr Schoß so reichlich spendete. Welch Seufzen und Stöhnen äußersten Entzückens dieser Vereinigung folgten! Beide schienen sich wieder und wieder in Ekstase aufzulösen, bis die erschöpfte Natur sie schließlich zum Innehalten zwang.

Eine kleine Weile saßen sie da, einander in beidseitig gesättigter Lust küssend und liebkosend, bis man Frank ausrufen hörte: »Meint ihr nicht, es sei an der Zeit für eine kleine Nacktbalgerei?«

Harry und Charlie stimmten sofort zu, beide streiften ihre Kleider ab und halfen ihren Partnerinnen, das gleiche zu tun, dann entwickelte sich ein wahlloses Gegrapsche und Pogeklatsche als Ansporn zu erneuten Bemühungen der jungen Herren, die nach ihren ersten Liebestaten ein wenig schlapp geworden waren. Irgendwie fand Rosa instinktiv zu Charlie.

»Nun, Sir«, wisperte sie ihm ins Ohr, »Ihr müßt Buße dafür tun, daß Ihr gesagt habt, die reiferen Reize meiner Schwester seien den meinen überlegen.«

Sie hielt seinen klopfenden Priapus, bei dem sie ihm eingefangen hatte, und die Berührung schien dessen gewohnten Elan umgehend wiederzuerwecken. Augenblicklich war er zum Angriff bereit und hätte sie auf das nächstbeste Sofa niedergeworfen, doch …

»Nein, nein, nicht auf diese Weise. Ich will den letzten Tropfen seiner duftenden Essenz heraussaugen, während Ihr mir das gleiche Vergnügen bereitet. Ich habe keine Lust, Euch auf die gleiche Weise zu genießen, wie Ihr's gerade mit meiner Schwester getrieben habt.«

Seite an Seite entgegengesetzt auf dem Sofa liegend, saugten sie aneinander wie zwei Bienen, bis der letzte Tropfen des Liebeshonigs extrahiert war.

»Jetzt könnt Ihr gehen und Annie ausprobieren, wenn Ihr sie in der Dunkelheit finden könnt«, sagte Rosa; »aber ich glaube nicht, daß Ihr noch viel für sie übrig habt.«

»Gehen wir sie gemeinsam suchen«, flüsterte unser Held und faßte sie um die Taille. Dann tasteten sie sich durch das Dunkel, bis sie in einer anderen Nische alle vier zusammen fanden, fast ebenso erschöpft wie sie selbst (nicht die Damen allerdings, die sich köstlich über die vergeblichen Bemühungen ihrer Champions amüsierten, auf ihre amourösen Avancen angemessen zu reagieren). Schließlich wurde es Zeit, sich wieder anzukleiden, doch ein Schalk hatte alle Gewänder gründlich durcheinandergemischt, so daß sie sich gezwungen sahen, das Gaslicht zu Hilfe zu nehmen, bevor jeder seine Sachen wieder an sich nehmen konnte.

Mit diesem köstlichen Tableau nackter Gestalten fanden die Vergnügungen des Abends ihren Abschluß, und die jungen Herren nahmen ihren Abschied mit dem Versprechen eines erneuten Liebesfestes in ein oder zwei Tagen.

KAPITEL 6

Spiele im Green Park etc.

Am Dienstag ging Charlie allein aus, um sich zur verabredeten Zeit mit den beiden Sirenen vom Hyde Park zu treffen, und stellte fest, daß Betsy und Sarah ihr Wort gehalten hatten.

Nachdem sie sich einige Minuten auf einer stillen Bank niedergelassen hatten, wo sie sich ein wenig mit Küssen und Befummeln die Zeit vertrieben, schlugen die Mädchen vor, hinüber in den anderen Park zu gehen, und bald saß das Trio auf einer Bank nahe dem Zaun, der den Park zur Constitution Hill* hin abgrenzte.

»Heute«, sagte Betsy, »will ich, daß wir's richtig treiben, mein Liebster. Sarah wird aufpassen, damit uns keiner überrascht, und selbst wenn jemand uns durch den Zaun hindurch sieht, ist das auch egal.«

Das war leichter gesagt als getan, denn Charlie fand es aufgrund der engen Passage so schwierig, in die liebestolle Betsy einzudringen, daß sie sich auf die Lippen beißen mußte, um den Schmerz zu unterdrücken, den Charlies Versuch ihr bereitete. Aber mit ein bißchen Mut läßt sich alles bewerkstelligen, und sie war so entschlossen, es sich besorgen zu lassen, daß er sich schließlich äußerst köstlich in der engsten Scheide eingelocht fand, in die er je eingedrungen war. Es war der Gipfel der Wollust, der Druck der

---

* Straße, die den Green Park von den Gärten des Buckingham-Palastes trennt.

Scheide auf sein entzücktes Instrument ließ ihn nach wenigen Augenblicken kommen, und mit der dadurch erzeugten Schmierung ging es danach leichter, so daß sich ein überaus köstliches Gefecht entwickelte. Betsy geriet in ihrer erotischen Leidenschaft völlig außer sich, während die ältere Sarah, statt Wache zu stehen, wie es ihre Aufgabe gewesen wäre, mit ihrer weichen Hand seinen Schaft samt Anhängseln bearbeitete, bis er die Erregung nicht mehr aushalten konnte und im Moment des Ejakulierens einen wilden Schrei des Vergnügens ausstieß. Ohne Unterbrechung setzten sie das Spiel fort, und Sarah ließ ihn nun den Kopf von Mr. Pimmel genau zwischen die Lippen ihrer Pussy setzen, ohne daß sie ihm zunächst mehr erlaubte.

Nachdem sie ein bis zwei Stunden mit diesem köstlichen Freiluftvergnügen verbracht hatten, führten sie ihn durch den Park, um sich die schamlosen Spielchen anzusehen, die dort vor sich gingen. Dienstmädchen bumsende Soldaten, alte Knaben, die kleine Mädchen befummelten, Schamlosigkeiten ohne Ende allerorten. Wenn die Leute, oder besser gesagt, die Pärchen, den Park vor der Schließung um zehn Uhr betraten, konnten sie dort die ganze Nacht verbringen oder ihn durch das Drehkreuz an der Ecke Constitution Hill und Grosvenor Place wieder verlassen. Die paar Bobbies*, die im Park patrouillierten, schienen keine Notiz zu nehmen, oder sie wurden von den Mädchen, die den Ort geschäftlich nutzten, geschmiert; in der Tat sah Charlie einen strammen Ordnungshüter im Gras eine deftige Nummer schieben, bis ein Soldat der Leibgarde dazukam und ihn so fest er konnte auf sein nacktes Hinterteil schlug. Dazu schalt er ihn, er solle doch ein besseres Vorbild geben, was unter mehreren Zuschauern große Heiterkeit auslöste – zumal als der Soldat den Polizisten herausforderte, für eine halbe Kro-

* Bobby: Spitzname der Londoner Streifenpolizisten.

ne sein Instrument mit dem seinen zu vergleichen, wobei das Mädchen, das er beritt, als Schiedsrichter dienen sollte.

In diesem Augenblick betrat ein feiner Pinkel fortgeschrittenen Alters die Szene und bot einen halben Sovereign als zusätzlichen Einsatz.

»Für weniger als ein Pfund werde ich meinen nicht zeigen«, sagte der Polizist und fuhr nunmehr gemächlicher in seinem Tun fort, da er offenbar in dem Moment seinen Höhepunkt erreicht hatte, als der Soldat ihm aufs Hinterteil geklapst hatte.

»Dann leih mir deine Laterne, und ich lasse das Pfund springen; aber ich will verdammt sein, wenn ich keinen guten Blick darauf erhasche. Ich würde fünfhundert Pfund geben, um nur noch einmal einen richtigen Ständer zu haben, so lange habe ich keinen mehr gehabt. Ein anständiger Phallus, frisch aus einer dampfenden Fotze gezogen, ist der herrlichste Anblick der Welt.«

Der Polizist reichte dem alten Knacker seine Laterne, und der richtete ihren Lichtstrahl sogleich von hinten auf den Arsch des Polizisten, wobei er sich sogar noch etwas herunterbeugte, damit alles gut ausgeleuchtet wurde und er den köstlichen Anblick genießen konnte, während der Polizist und das Mädchen mit ihrer Vögelei fortfuhren.

»Hier, mein Junge, leih mir deinen Stock, und ich werde ihm was geben, womit er sich noch besser fühlt«, sagte der Alte und drückte dem Gardisten ein Goldstück in die Hand.

»Ist recht, Euer Ehren!« entgegnete der Soldat, zog ein Taschenmesser heraus und begann das Ende des Rohrstocks in viele dünne Enden aufzuspleißen.

Ganze sieben oder acht Personen standen jetzt um das vögelnde Paar herum, als sich der Gent über das kräftige Gesäß des Bobbys hermachte.

Wir konnten die Schläge hören und sahen, wie sich bei

jedem Schlag neue, dicke Striemen bildeten und der tapfere Bursche sich jedesmal aufbäumte und vor Schmerz fast aufheulte, aber nach zwei oder drei Minuten, vielleicht auch weniger, wurde er ungemein erregt, rammte mit ausholenden Stößen in sein Mädchen hinein, die das offensichtlich genoß, denn sie hielt ihn krampfhaft umklammert und begegnete jedem seiner Stöße mit einem kräftigen Hub des Beckens.

Ein Netzwerk von Striemen glänzte glutrot auf der weißen Haut, und kleine Blutstropfen begannen aus der aufgerissenen Haut zu sickern, als sie wiederum beide gemeinsam in perfekter Verzückung zu kommen schienen.

»Jetzt, Bobby, zeig dich mal, bevor du die feine Steifigkeit wieder verlierst, schau, der Gardist steht schon bereit!« rief der alte Geck und richtete die Laterne plötzlich auf den Gardisten, der sich, während er den Anblick genoß, eigenhändig in Form gebracht hatte. Doch machte er keine besonders gute Figur neben dem ungeheuren Knüppel, den der Polizist sehen ließ, als er ihn mit einem »Plopp« herauszog, über und über glänzend von dem köstlichen Feucht aus der noch immer sehnsuchtsvoll klaffenden Spalte des Mädchens.

Der Bobby bekam sein Pfund, und der alte Knabe marschierte davon, um, wie wir annahmen, den Soldaten zu befummeln, der mit ihm ging.

Betsy und Sarah zogen unseren Helden zu einer stillen Bank, wo alle drei eine weitere Stunde mit Vögeln, Fummeln und Küssen verbrachten, bis Charlie schließlich so trocken wie ein Knochen war und schweren Herzens seinen Abschied nahm, nachdem sie einander ein weiteres Treffen in ein paar Tagen versprochen hatten.

KAPITEL 7

Eine Nacht in St. John's Wood

Es wäre zu ermüdend, hier all die köstlichen kleinen Episoden aufzuzählen, die sich zwischen Charlie und einerseits Fanny und andererseits Mrs. Letsam abspielten, oder weitere seiner gemeinsamen Besuche mit seinen Vettern bei den drei hübschen Putzmacherinnen in der Store Street zu schildern.

Eine Zeitlang ging es eher geruhsam zu, da sich die drei Freunde darauf geeinigt hatten, ihr Geld für eine große Sause aufzusparen, wenn Vater Mortimer außerhalb der Stadt weilen und es nicht mitbekommen würde, wenn sie die ganze Nacht fortblieben. Es sollte eine große Abschiedsorgie werden, bevor das Semester begann und es ernsthaft ans Studieren ging, denn alle drei wollten sich ja wirklich darauf konzentrieren, in ihrem späteren Leben in einem guten Beruf ihr Auskommen zu finden.

Als der Tag schließlich kam, sollte Charlie seine Vettern gegen zehn Uhr abends am Bloomsbury Square abholen.

»Ich nehme an, ihr führt heute abend mal wieder etwas im Schilde«, sagte Fanny, als sie ihm in den Mantel half. »Paß auf, wo du hingehst, Charlie, mein Lieber; diese Vettern werden dich irgendwo hinbringen, wo es Mädchen gibt, und Gott allein weiß, was du dir da einfangen kannst.« Sie warf sich ihm an den Hals und schluchzte fast vor Kummer. »Warum kommst du nicht zurück zu deiner lieben kleinen Pussy, die du angeblich so gern hast, statt außerhalb zu schlafen, wie du es zu nennen beliebst?«

Doch er löste sich so sanft wie möglich aus der liebevollen Umarmung, aus Angst, sein bereits erwachender Johannes könnte ihn dazu verführen, ihren Zärtlichkeiten nachzugeben, und ihm die geplante Sause verderben, bevor sie überhaupt angefangen hatte.

»Du guckst heute abend sicher zu tief ins Glas und wirst vielleicht eingelocht«, sagte sie mit einer Schnute, als er bereits die Treppe hinuntersprang.

Harry und Frank waren schon gestiefelt und gespornt, und so zogen sie in allerbester, animalischer Stimmung los. Sie gingen zunächst die Oxford Street entlang und dann die Regent Street hinunter, so daß sie in die Coventry Street gelangten, gerade als die Theater und Varietés ihr Publikum auf die auch sonst schon reichlich bevölkerte Straße ergossen. Eine Schar Studenten sorgte für Unruhe, indem sie die Passanten auf dem Bürgersteig anrempelten, dem Schutzmann den Helm über die Augen drückten und sich allgemein recht rüpelhaft benahmen, selbst gegenüber jungen Mädchen, die ihnen in die Quere kamen.

»Oh, beschützt mich doch bitte, und geleitet mich sicher durch die Menge!« bat ein süßes, ziemlich gut, aber bescheiden gekleidetes Mädchen von vielleicht siebzehn Jahren; »diese Studenten jagen mir immer solche Angst ein!«

»Wir sind zu dritt und werden für Eure Sicherheit sorgen. Wohin wollt Ihr denn?«

»Mein Brougham* wartet bei Swan und Edgar's in der Regent Street; wenn Ihr mich bis dahin bringen könntet, wäre ich Euch sehr verbunden.«

»Und nicht weiter?« erkundigte sich Charlie.

»Nun, ich wollte nicht so dreist sein; außerdem wollt Ihr Euch sicher nicht von Euren Freunden trennen«, sagte sie ruhig.

---

* Brougham (sprich: bru:em oder bru:m): vierrädrige Kutsche.

»So nehmt uns doch mit«, sagte Harry; »habt Ihr keine Freundinnen, die Ihr zu der Party laden könntet? Ihr müßt doch ein paar hübsche Mädchen kennen, wir wollen uns heute nacht amüsieren.«

»Dann aber schnell, oder wir kommen zu spät. Falls ich nichts anderes vorhabe, soll ich nämlich vor zwölf zu Blanchard's kommen und dort zwei Freundinnen abholen und nach Hause fahren. Ihr werdet entzückt sein, wenn wir sie finden, und ich bin hier mit meinem Partner ganz zufrieden.« Sprach's, drückte Charlies Arm und blickte ihm schelmisch in die Augen, mit einem Ausdruck, der hinsichtlich ihrer Lüsternheit Bände sprach.

Der Brougham wurde schnell gefunden und zum Blanchard's beordert, wo er die ganze Gesellschaft aufnehmen sollte. Als sie die kurze Strecke bis zur Ecke New Burlington Street zu Fuß zurücklegten, wollte Charlie von seiner charmanten Begleiterin wissen, ob sie auf ein Abendessen zu Hause eingestellt sei. Nachdem er festgestellt hatte, daß ihre Ressourcen zu dieser späten Stunde für eine Party zu sechst nicht ganz ausreichend waren, erwarben sie, sobald sie sich vergewissert hatten, daß die jungen Damen im Restaurant waren, dort eine große Wildpastete, Champagner und Brandy etc.; dann bestellten sie zwei Flaschen Schampus und stießen auf ihre neue Bekanntschaft an, bevor sie im Brougham zur Circus Road in St. John's Wood aufbrachen.

Drei charmantere junge Damen hätten ihnen nicht in den Schoß fallen können als Clara Seymour und ihre Freundinnen Alice Morris und Lena Horwright. Die letztere war ein besonders wollüstiges Wesen, wie sich bald herausstellen sollte.

Dann wurde es für das Restaurant Zeit zu schließen, und die jungen Leute begaben sich auf die Fahrt in den Nordwesten der Stadt – so gut es eben ging, denn der Brougham war eigentlich nur für vier Passagiere vorgesehen.

Jehu, der Kutscher, hatte es eilig, nach Hause zu kommen, so daß sie Schlag eins an ihrem Ziel ankamen. Doch trotz der Kürze der Fahrt hatten es die Mädchen geschafft, noch während die Kutsche durch die Straßen rumpelte, ihren Gentlemen, die die köstliche Fummelei genossen, gleich einen runterzuholen.

Miß Seymour lebte allein in einem hübschen, kleinen, ländlichen Anwesen, zu dem auch eine Remise und ein Pferdestall gehörten. Lord Cursitor, ihr Hauptgönner, stellte 150 Pfund im Jahr zur Verfügung, damit sie sich einen Kutscher, Pferd und Wagen halten konnte. Ein gesetzt aussehender Hausdiener mittleren Alters ließ die Gruppe ein und führte sie in einen geräumigen, elegant möblierten Salon, von dem aus man durch eine Falttür in Claras Schlafgemach gelangte; in dieses zogen sich die Damen sogleich zurück, während die Herren einige Minuten unter sich blieben.

Nach dem Lachen und Scherzen im Schlafzimmer zu urteilen schienen die Mädchen bester Laune zu sein, und dann ließ sich das mehrfach wiederholte Plätschern kleiner Bächlein vernehmen, als sie nacheinander den *pot de chambre** benutzten, um ihre leicht überdehnten Blasen zu erleichtern.

Charlie rappelte ein wenig an der Falttür und sagte: »Ich wünschte, ihr Ladies würdet uns euer Besucherzimmer zeigen, unsere Blasen platzen auch gleich.«

»Tun sie das?« meldete sich Lena und öffnete die Tür, den Nachttopf in der Hand. »Ich nehme an, es ist etwas Dickeres als Wasser, was Ihr loswerden wollt, und ich wette einen Sovereign, daß keiner von Euch Wasser lassen kann, wenn ich den Topf halte. Versucht es doch! Kommt, Clara und Alice, und seht zu.«

Charlie versuchte es zuerst, doch der Gedanke an Clara

---

* franz.: Nachttopf.

und Lenas schalkhafte Blicke erzeugten bei ihm eine derartige Erektion, daß er sich schleunigst von dem Topf abwandte und sein Gerät in Claras Hand legte mit der Bitte, ihn sofort zu erlösen. Keineswegs abgeneigt, zog sie ihn an ihr Bett, hob ihre Kleider und entblößte ihre liebliche Spalte vor seinem sinnlichen Blick.

»Meine Möse erwartet immer erst mal einen kleinen Kuß«, flüsterte sie, leicht errötend, was ihre Schönheit nur noch betonte.

Augenblicklich war Charlie vor ihr auf den Knien und erwies diesem köstlichen rosa Schlitz, der von rötlich-goldenem Haar, so weich wie die feinste Seide, beschattet wurde, seine Verehrung. Seine Zunge teilte die saftigen Lippen, suchte und fand die hübsche Klitoris, die sich unter seinen lüsternen Küssen sofort zu versteifen begann. Sie ließ sich, wenn überhaupt, am ehesten mit einem Kaninchenpenis vergleichen, und durch sanftes Reiben mit den Fingern und gleichzeitiges Saugen gelang es ihm, ihr rosiges Köpfchen zu entblößen.

Ein Schauer der Erregung ergriff ihren gesamten Körper.

»Oh, oh! F—k mich, schnell; deine Küsse haben mich in Flammen gesetzt!«

Den Worten ließ sie die Tat folgen, sie warf sich rücklings aufs Bett, und Charlie setzte zum Angriff an. Er warf sich auf sie und preßte seine Lippen auf ihre, während sich seine aufgerichtete Waffe ihren Weg durch die feuchten, nachgiebigen Lippen in ihre enge kleine Möse bahnte.

Ein Schauer des Entzückens durchfuhr ihren Körper, als er vollständig eingedrungen war; sie schlang ihre lieblichen Beine – in delikate Knickerbocker-Unterhosen mit Spitzenbesatz und rosafarbene Seidenstrümpfe gehüllt und an den Füßen mit hochhackigen Pariser Stiefeletten angetan – um sein männliches Hinterteil, während seine Hände ihre süßen Pobacken umklammert hielten, die sich im Rhythmus mit seinen kräftigen Stößen hoben und senkten.

Harry nahm Alice, da Frank Lenas Kavalier war, und die drei Paare kamen in einem Chor amouröser Seufzer zum Höhepunkt, als die Schleusen der Liebe sich öffneten und Ströme vereinigter Liebessäfte sprudeln ließen.

Als schließlich die erste Runde vorüber war, setzten sie sich zum Nachtmahl, die Herren in Hemdsärmeln und die drei jungen Damen, die sich ihrer Kleider entledigt hatten, in allerreizendsten Negligés.

Sobald die Wildpastete vertilgt war, nahm jeder eines der Mädchen auf den Schoß, und sie prosteten sich zu, das Champagnerglas in der Hand, oder fummelten und trieben allen möglichen Ulk mit Pimmel oder Möse des jeweiligen Partners.

Charles wollte unbedingt von jeder der drei Schönen die Geschichte ihrer ersten Verführung hören, stieß damit aber auf die in solchen Fällen übliche Verschwiegenheit, bis Lena schließlich aufstand und sagte, sie könne ein Gedicht aufsagen, das ihre erste Erfahrung mit der verbotenen Frucht exakt wiedergebe.

»Bravo, Lena, dann fang mal an«, riefen sie alle zusammen.

»Ja, aber unter einer Bedingung, und zwar, daß diese drei Gentlemen mich alle zusammen haben werden, während ihr beiden Mädels ihre Hintern mit Zweigen traktiert. Seid ihr einverstanden?«

»Ja, ja. Bravo, Lena! Nun fang schon an!«

»Also, dann hört ihr jetzt den TRAUM DER JUNGFRAU. Aber ich muß mich dazu auf dem Sofa ausstrecken, mit nichts als meinem Hemdchen angetan.«

Dann ließ sie den Worten die Tat folgen, warf ihren Morgenrock ab, streckte sich in wohliger Weise aus und spielte mit geschlossenen Augen einen turbulenten, aufregenden

Traum vor, das eine Bein angezogen, das andere vom Sofa hängend, das Hemd hochgeschoben, so daß ihre Schenkel und Möse offenlagen, wobei sie sich mit der einen Hand sanft rieb und sich ekstatisch wand, während sie rezitierte:

Des Nachts in meinem Bette lag ich einst,
und träumt' von Liebe, Jungfrau noch,
da erschien mir ein Knabe, fast nackt war er,
sein reizend Gesicht bekannt mir erschien.
Im Hemd sprang er zu mir, dem weißen,
wie ein Bräutigam in der Hochzeitsnacht.
Obwohl im Linnengewand wie ein Geist,
sah er zum Fürchten doch zu harmlos aus;
Seine Augen voll Sehnsucht und Liebesgier
blinkten wie Sterne am Himmelszelt.
So still gerötet ist sein Angesicht,
daß keine Jungfern-Unschuld je erraten könnt',
bei seinem freundlichen Gebaren, der Anmut fein,
es könnte böses Blut in seinem Busen sein.
»Mein Gott«, sprach ich, »Philander, was ist los?
Wie kamst du her? – Wer ließ dich ein?
Und ohne Kleider kommst du an mein Bett,
das ist nicht brav, das ist nicht nett.
Bedenke, mein Lieber, noch Jungfer ich bin.
Der Tod wird dich holen. Nun geh schon dahin;
Das Wetter ist kalt, und ich habe kein Feuer.«
Da steckt bereits sein Bein in meinem Bett,
er legt's auf meins und seufzt: »Ich muß!«
und nimmt mich in den Arm. Ich will schrei'n,
doch kann mich nicht rühren, kein Laut kommt heraus.
Mein Blut zieht verwirrt seine Bahn,
mein Puls schlägt hart, der Atem stockt,
die Wangen glüh'n, die Augen weit,

die Brust schwillt an, o wirre Leidenschaft!
Zu sprechen versuch' ich,
doch etwas lähmt meine Zunge
und sendet unendliche Wellen des Glücks
durch meine Venen, sie erfüllen mein Herz.
Meine sterbenden Sinne zu neuem Leben erwachen,
mit einer Flut der Freude wird der Schmerz gestillt.
So lag ich ein Weilchen aufgelöst in Glück,
just wie im Paradies, so kam es mir vor;
doch da keine träumende Jungfer je
ein Glück so groß und einen Knaben so brav
konnt' finden und nicht erwachen, wenn sie plötzlich
von schmachtenden, unaussprechlichen Freuden erfüllt,
so erwacht' auch ich, als der Eindruck meines geliebten
Philander verging, ich tastete umher voller Angst,
doch verschwunden war mein geliebter Ariel*,
all die herrlichen Wonnen fort und vorbei,
die in der Tat zu schön, um wahr zu sein.
Ich beklagt' den Verlust, doch fühlt' ich einen Rest
von Wärme meine Adern durchfluten;
und obwohl meine Liebe verschwunden, ich schwör's,
fühlt' ich mich ganz ich-weiß-nicht-wie;
und dacht', wenn die Phantasie des Nachts
im Traum solch süßes Glück mir geben kann,
was müssen zwei Verliebte, gemeinsam entflammt,
besitzen, wenn sie erwachen und das gleiche tun?
Philander, komm, denn ich bin entschlossen
zu wiederhol'n, was im Traum so wunderbar.

Oje, ein Schwanz im Traum ist nicht genug für mich.
Los, kommt, ihr alle drei, ich bin bereit für euch.

---

* Luftgeist in Shakespeares *Der Sturm*.

Daraufhin zogen sich alle nackt aus, bis auf die Schlüpfer und Seidenstrümpfe, welche die natürliche Schönheit der Beine und Füße der Damen betonten.

»Ah! Ich hatte einen herrlichen Orgasmus!« rief Lena, auf dem Bett hüpfend, »aber nichts verglichen mit dem, was ich jetzt erwarte, denn ich werde einen Sankt Georg auf Charlie reiten, Harry in meinen Arsch aufnehmen und Frank in meinen Mund.«

In einem Zustand lüsterner Raserei setzte sie sich auf unseren Helden, der auf dem Rücken lag, und spießte sich auf seinen Freudenspender; den hatten die vorangegangenen Versuche, den Damen gefällig zu sein, in den chronischen Zustand einer enorm steifen Erektion versetzt, so daß er ihre geile Möse ganz und gar auszufüllen schien – zumindest dem gedehnten Aussehen der zinnoberroten Schamlippen nach zu urteilen, die sich so verliebt um den Stab des Lebens schmiegten und sich an dem saugenden Rein und Raus ergötzten.

Schneller, als es niedergeschrieben werden kann, befand sich Harry auf seinem Posten, oder besser gesagt: darin; Frank kniete über Charlies Gesicht und bot seinen Johannes Lena als Leckerei zum Lutschen; ihr Kopf und Hinterteil vollführten nun langsame, graziöse Wellenbewegungen, als dieser lustvolle Vierer in Gang kam.

Alice und Clara, beide ausgerüstet mit leichten Ruten aus etwa drei langen Birkenzweigen, ließen diese auf den nackten Hintern tanzen, bis die unter den schmerzenden Schlägen langsam rot wurden, was andererseits den gemächlichen Liebeskanter zum stürmischen Galopp anschwellen ließ, so daß, als der Höhepunkt kam, die drei jungen Burschen in ihrer unbändigen Lust in höchsten Tönen jubelten, während Lena in einem hysterischen Anfall lachte, schrie und über Charlie regelrecht erstarrte, wodurch Harry hinten fast rausflog, während sie ihre Zähne so konvulsivisch auf Franks Penis zusammenbiß, daß sich sein Entzücken in hohem Maße mit Schmerz vermischte.

Als sie sich ein wenig erholt hatten, sagte Clara: »Hat jemand von euch ›Lauras Erziehung‹ gelesen? Darin gibt es eine Szene, die dich, Lena, noch übertrifft, denn Rose macht darin fünf junge Burschen gleichzeitig fertig, indem sie neben den dreien, wie du es getan hast, noch mit jeder Hand einen befriedigt.«

»Das könnte ich auch«, gab Lena zurück, »aber ich will nicht selbstsüchtig sein. Wer von euch Mädchen läßt sich jetzt freiwillig von mir mit der Gerte behandeln, um ihre drei Schwänze zu neuen Taten zu reizen?«

Alice erklärte sich einverstanden, wenn sie jemand auf den Rücken nahm und fest bei den Händen hielt. »Ich bin so ein Feigling, beim ersten Schlag werde ich zusammenzucken, obwohl ich weiß, wie nett und reizvoll das Ende ist.«

Frank bot sich als Roß an, denn er war recht boshafter Laune und wollte jemanden richtig Schmerz verspüren lassen, aber er sagte, er wolle lieber Laura auf dem Rücken haben und dafür sorgen, daß ihr Hintern jetzt seinen Teil abbekäme, nachdem sie seinen armen Johannes so gebissen hatte.

»Ich danke dir sehr für deine frommen Wünsche, aber Alices zartes Ärschlein wird dir ebensolche Befriedigung verschaffen, mein armer Junge, wenn ich erst einmal anfange, Mrs. Martinets wissenschaftliche Methode darauf anzuwenden.«

»Dies ist ein ernsthaftes Geschäft«, fuhr sie fort, »daher werde ich einfach eine Gerte doppelten Formats aus dem Schrank nehmen. Jene dünnen Kitzler dienen lediglich dazu, dem Mann beim Vögeln eins draufzugeben. Bei Alice muß es etwas deftiger zugehen, um die jetzt müden Geräte unserer Freunde zu stimulieren und sie durch den Anblick des roten Fleisches, der Striemen und der Blutstropfen aus den Abschürfungen erneut in einen Zustand wilder Lust zu versetzen.«

»Oh, bitte, Lena, sei nicht so gemein«, sagte Alice mit ängstlicher Stimme, als sie sich schwach gegen Harrys und Charlies Versuch wehrte, sie auf Franks Rücken zu hieven.

»Also, Miß Pert, mach keinen Quatsch jetzt, kein Zurück, oder dein Hintern bekommt es zu spüren!« rief Lena, stand auf und blickte ihr hilfloses Opfer grimmig an, das jetzt auf Franks männlichem Rücken hing, während Harry und Charlie beiderseits niederknieten, um ihre Beine zu halten, und die hübsche Clara versprach, abwechselnd mit den Schwänzen der Herren zu spielen, um sie nach und nach in einen Zustand glorreicher Steife zu versetzen.

»Oh, das brennt so! Ach, nicht ganz so fest, Lena, meine Liebe«, seufzte Alice, als die ersten zwei oder drei leichten Schläge ihre Pobacken vor Schmerz erbeben ließen.

»Ist das besser, du böses Mädchen? Habe ich dich nicht heute morgen im Bett erwischt, wie du's dir selber besorgt hast?« fragte Lena mit einem gehässigen Lächeln.

»Ah, ah, o nein! Mein Gott, wie du mich schlägst! Ich werde sterben. Ich hab's mir nicht selbst besorgt, ich würde mich schämen, so was zu tun«, schluchzte sie, und Tränen überströmten ihr errötendes Gesicht.

»Hört euch nur dieses verstockte Ding an. Das hieße ja, ich bin eine Lügnerin!« gab Lena zurück, begleitet von zwei wuchtigen Schlägen, welche die arme Alice vor Schmerz aufheulen ließen und das Blut unter der Haut ihres Hinterteils zusammenzogen.

»Ah, du böses Mädchen, ich werde dir die Wichsflausen schon austreiben! Wäre es nicht nett, jetzt einen Finger zu verspüren, wo deine Muschi gegen Franks Rücken reibt?«

»Oh! Oh!! Oh!!! Ich hab's nicht getan!« schrie Alice unter gräßlichem Schmerz.

Die Schläge fielen in rascher Folge auf den gequälten Hintern, auf dem sich jetzt kleine Perlen von Blut zu zeigen begannen, wo die Haut aufgesprungen war. Das Opfer war fast besinnungslos, zwar wand sie sich noch unter Lenas brennenden Schlägen, doch ihr Kopf sank nach vorn auf Franks Schulter, ihr Gesicht war von roten Flecken bedeckt und die Augen in einer Art lustvoller Mattigkeit geschlossen.

Charlie hatte den Wichsvorschlag in die Tat umgesetzt und Alice durch leichte Berührungen ihrer erregten Klitoris, im Verein mit den anderen Reizungen, fast ihrer Sinne beraubt. Ihre Säfte flossen so reichlich, daß der dicke, cremige Erguß über Charlies Finger und Franks Rücken hinuntersickerte.

»Leg sie aufs Bett und f—k sie«, rief Lena und warf die Rute beiseite, die durch den intensiven Gebrauch ziemlich ramponiert war. »Wer will mich auf dem Roßhaarsofa nehmen? Du, Harry?«

»Ich bin so geil, daß ich zu allem fähig bin, meine Liebe!« gab Harry zurück und ließ seinen Pego sehen. »Charles und Clara haben keinen Gedanken für uns; sie treiben es auf dem Kaminvorleger; sieh, wie sie ihren Arsch schwingt! Genauso müssen Adam und Eva im Garten Eden im Gras gevögelt haben.«

»Oh, das pikst so«, meldete sich Lena wieder, als sie ihren Hintern auf das Roßhaar plumpsen ließ, »aber es ist das Beste, was man sich vorstellen kann, um eine Frau zu stimulieren. Die kurzen, steifen Haare sind wie Nadelspitzen, sie lassen deinen Arsch bei jedem einzelnen Stoß hüpfen, es ist einfach köstlich; man muß es einmal versucht haben, um die Freuden eines Roßhaar-Sofa-F—ks so richtig würdigen zu können.«

Wie sie hüpfte und sich wand, als Harry kräftig in ihre übersprudelnde Muschi hineinstieß, die unersättlich zu sein schien; sie kam wieder und wieder, alle zwei bis drei Minuten, bis sie ihm schließlich, mit einem Aufschrei der Verzückung, die aufgestauten Säfte abzog, die ihr wie ein Strom flüssigen Feuers in die edlen Teile hineinschossen.

Küssend und turtelnd hielten sie sich in Verzückung umschlungen, bis jemand bemerkte, daß es bald Zeit fürs Frühstück sein werde, wenn sie nicht ein wenig ruhten.

So endete eine unvergeßliche Nacht im Studentenleben von Charlie Warner, und nach dem Frühstück ein paar Stunden später verließen sie die drei Damen unter vielerlei Komplimenten und dem Versprechen, die Vergnügungen der vergangenen Nacht bei nächster Gelegenheit zu wiederholen.

KAPITEL 8

Ein Jux am Geburtstag der Königin – Die Nacht der Lichter

Um vier Uhr früh an einem herrlichen, sonnigen Morgen öffnete Charlie die Augen und fand sich in Fannys Armen, die fast entblößt auf seinem Bett lag. Die Decken mußten im Verlauf des Liebesspiels der vergangenen Nacht zu Boden gerutscht sein; sie hielten sich fest umschlungen, ja waren geradezu ineinander verhakt. Sein Johannes, so steif wie nur irgendwas, preßte sich pochend gegen den weichen, elfenbeinfarbenen Leib seiner Gefährtin, und in der intimen Vereinigung ihrer Körper hatte sich das lockige Haar ihrer beider Liebesorgane regelrecht ineinander verflochten.

Fannys Lippen waren leicht geöffnet und entblößten zwei Reihen kleiner, perlweißer Zähne, während sich ihre Arme immer mal wieder in einem leichten nervösen Beben um seine Gestalt zusammenzogen, als träumte sie noch von den Freuden der Nacht.

»Sie hat mich völlig ausgelaugt letzte Nacht«, sagte Charlie zu sich selbst, »und doch scheint es mir, als wäre mein Sperma bereits wieder am Überlaufen und wollte sich über ihren Bauchnabel ergießen.«

»Wach auf, Fanny, meine Geliebte!« flüsterte er, legte zwei Finger in ihren noch feuchten Schlitz und begann sanft ihre erregte Klitoris zu reiben. »Wach auf, Dornröschen, ich brauche jetzt einen Quickie. Sieh mal, wie steif er ist. Schau dir deinen Liebling an. Weißt du nicht, daß heute der Geburtstag der Königin ist, der 24. Mai 18–, und zu Ehren

Ihrer Majestät will ich heute so viele Mädchen vögeln, wie ich kann, das heißt zwischen jetzt und morgen früh, und ich habe vor, mit dir zu beginnen.«

»Du geiler Bock, denkst du, ich werde dir gefällig sein nach dieser Rede soeben?« lachte Fanny, aus dem Schlaf aufschreckend. »Ich kann jedoch nichts dagegen tun, denn ich habe die ganze Nacht von dir geträumt. Du schienst die ganze Zeit in mir zu sein, du kamst und kamst, bis ich in Liebe regelrecht zu zerfließen schien, und dann weckst du mich auf und redest von anderen Mädchen, die du im Laufe des Tages vernaschen willst. Leider kann ich mich im Augenblick dieses köstlichen Leckerbissens nicht enthalten, aber komm du heute abend erst mal nach Hause, nach des Tages Hurerei, und ich werde dich mit Abscheu betrachten.«

»Oh, steck ihn schnell in mich hinein!« rief sie mit einem Seufzer aus und öffnete die Beine, um das Objekt ihrer Begierde zu empfangen.

Es war eine kurze, heiße Affäre, wie die meisten ersten F—ks am Morgen, wenn das Blut noch erhitzt ist vom Wein, Champagner etc. der Nacht.

Er gab's ihr zweimal, zu Fannys unendlicher Befriedigung, bevor er sich aus den engen Falten ihrer köstlich warmen Liebesgrotte zurückzog.

Dann schliefen sie bis kurz vor sechs Uhr, als Fanny aufstehen mußte, um ihr Tagwerk zu beginnen.

Unser Freund Charlie gönnte sich noch ein zweistündiges Nickerchen, bis er von dem Gefühl geweckt wurde, daß sein Johannes von einem köstlich warmen Mund gelutscht wurde. Er fand Mrs. Letsam, seine Wirtin, bei der ihr eigenen erotischen Betätigung vor, die ihm gewöhnlich ein so großes Vergnügen bereitete, und auch bei dieser Gelegenheit erregte der Gedanke, daß sie auf diese Weise seinen Pego von all den getrockneten Säften reinigte, die Fanny darauf hinterlassen hatte, seine Phantasie so sehr, daß er in wilder Verzückung seine Ladung herausschoß, worauf es in ihrem Mund regelrecht schäumte und der Saft aus den Winkeln herablief, während sie gierig jeden Tropfen herunterzuschlucken versuchte.

Nach dem Frühstück brachte Charlie erneut Fannys Säfte auf dem Sofa zum Fließen und machte sich dann auf den Weg zu Clara in ihrem kleinen Haus in St. John's Wood.

Nur Lena war diesmal bei Clara, doch sie waren hocherfreut, Charlie in so überaus guter Stimmung zu sehen, und sein Liebesspender war auch schon wieder sprungbereit, sobald er sich in ihrer Gesellschaft befand.

Die beiden Mädchen genossen gerade ein leichtes Frühstück im Morgenrock, frisch einem kalten Morgenbad entsprungen, die Wangen rosig von jugendlicher Frische, stimuliert von der kalten Dusche, die, kombiniert mit der Abreibung, die sie einander verpaßt hatten, ihr Blut in Wallung gebracht hatte, so daß sie sich jetzt in jenem Zustand wollüstiger Bereitschaft befanden, die so ideal zum Empfang eines jungen Burschen wie Charlie paßt.

Ein jedes der hübschen Mädchen ließ ihn ihre samtene Zungenspitze spüren, als er ihre kirschroten Lippen küßte, wobei Lena sagte: »Wie nett von Euch, Mr. Warner, uns so früh am Morgen zu besuchen; gerade zur rechten Zeit, um jeder von uns ›eins davon‹ zu geben, bevor wir eine Fahrt um den Regent's Park unternehmen. Wißt Ihr nicht, daß ein F—k am Morgen für ein Mädchen, gleich nachdem sie ihr kaltes Bad genommen hat, wenn ihr Körper glüht und das Blut von Kopf bis Fuß in ihr kribbelt, etwas ganz Köstliches ist?«

»Eine Tasse Kaffee, und dann –«, sagte Clara und schenkte ihrem Besucher ein.

»Ohne Milch und Zucker, bitte«, entgegnete Charlie. »Das bekomme ich ja beides, wenn ich euch nachher lecke und eure Säfte aufsauge.«

Ungeduldig führte er sie bald darauf ins Schlafzimmer, wo ein kühles Lüftchen durch das geöffnete Fenster eines Wintergartens hereinwehte, der an Claras Schlafgemach grenzte.

Schnell waren sie nackt wie Cupidos*; Charlie forderte die Mädchen auf, sich rücklings aufs Bett zu legen, dann leckte er sie beide abwechselnd, bis sie sich wanden und ihre Säfte über seine Zunge verströmten, mit der er ihre lüsternen Klitorides bearbeitete.

»Dies ist Claras Haus, daher genießt sie das Vorrecht, als erste in den Genuß der Einlage zu kommen, und du wirst so viel Honig, wie du kannst, aus meiner kleinen Butterblumenmuschi saugen, während du sie f—kst.«

»Wir werden dir eine neue Stellung zeigen, mein lieber Charlie«, setzte Clara hinzu, als sie sich auf dem Bett ausstreckte. »Komm zwischen meine Beine, und sobald du eingedrungen bist – ja, so – legst du jetzt dein linkes Bein über meine Lenden und dein rechtes unter mein rechtes Bein, und dann dreh deinen Körper von meinem weg, wie eine Gabel, und lecke Lena, die sich hinsetzt und ihre Muschi an deine Lippen hält; ist das nicht hübsch? Dein Penis geht jetzt genau ans Ende meiner Vagina und berührt den Muttermund! Ah, ah! Oh, oh! Du machst mich kommen, ich kann's nicht verhindern. Schneller, mein lieber Junge! Ah, Lena, es macht mich ganz verrückt. Er scheint mich am ganzen Körper zum Schmelzen zu bringen.«

Charlie seinerseits befand sich ebenfalls in einem Zustand der Ekstase. Sein Johannes reagierte so empfindlich auf den klammernden Griff von Claras geiler Möse, daß er laut herausschrie, er könne nicht mehr, als sein heißes Sperma auch schon herausschoß.

---

* Lat. Cupido, griech. Eros = Liebesgott, -engel (meist dargestellt mit Pfeil und Bogen).

Lena war so geil, daß sie Charlies Schwanz sogleich in Besitz nahm, als er ihn aus Clara herauszog, die Knie anzog und ihre Beine über Charlies Schultern warf, während er ihn bereits in sie hineinrammte. Währenddessen beschäftigte sich Clara von hinten mit seinen Anhängseln und seinem Hinterteil, liebevoll küssend, saugend und leckend, während sie mit geschäftigen Fingern ihr Bestes tat, seinen ungestümen Stab zu stimulieren, der sein Werk in der schäumenden Möse verrichtete, die buchstäblich von ihrer beider dicken, cremigen Säften überquoll.

Er hielt seine letzte Ejakulation noch zurück und zögerte den gloriosen F—k so lange hinaus, daß Lena ihn in ihrer unbefriedigten Lust anflehte und ihre Zähne in seine Schulter grub, bis ihre Lippen rot von seinem Blut waren.

Clara rieb sich derweil mit einer Hand, und am Ende wälzten sie sich in ihrer Liebesraserei alle nur noch umher.

Danach zog sich Charlie an, legte zwei Sovereigns auf die Frisierkommode, obwohl die Mädchen protestierten, sie würden sein Geld nicht nehmen, da er sie so befriedigt habe, verabschiedete sich, während sie noch auf dem Bett lagen, und klingelte nach dem Hausmädchen, das ihn zur Tür geleiten sollte.

Emma, das Dienstmädchen, war eine hübsche kleine Brünette, etwa achtzehn Jahre alt, und wie man so sagt, »frische Möse, frischer Mut«, drückte Charlie ihr eine halbe Krone in die Hand, als er sie auf der anderen Seite der Tür küßte, und flüsterte: »Meine Liebe, ich würde dich gerne mal f—ken. Ich gebe dir einen halben Sovereign, wenn du hinunterläufst und mich durch die Hintertür einläßt, während ich so tue, als würde ich nach vorne heraus die Treppe hinuntergehen.«

Ohne zu sprechen, erwiderte sie seinen Kuß; dann schloß sie die Tür hinter ihm mit einem Knall, so daß er sich, nachdem er um das Haus herumgelaufen war, sogleich in den Armen eines weiteren süßen, geilen Mädels wiederfand.

Sein Schwanz stand sogleich, als er sie auf den Küchentisch hob und seine Hände unter ihre Kleider schob, während sich ihre Lippen und Zungen in einem heißen Kuß begegneten.

Emma war ebenso heiß wie ihre Herrin und ließ sich mit der Hemmungslosigkeit einer wahren kleinen Hure vögeln, bis er ihrer Möse die warme Dusche seines Lebenselixiers verpaßte.

Ihre Augen waren geschlossen, und ihr Kopf ruhte auf seiner Schulter, als sie wisperte: »Oh, gebt's mir noch mal, bevor Ihr geht; es war so ein wunderschöner F—k. Ich genieße nicht oft ein derartiges Vergnügen. Oh, bitte, bitte! Macht weiter, mein Liebster!«

Zum Glück für ihn läutete in diesem Moment die Hausglocke, so konnte er sich die Treppe hinauf zum Hinterausgang retten.

Er nahm sich eine Pferdedroschke und ließ sich zu seinen Vettern fahren, um mit ihnen Vorbereitungen für den Abend zu treffen; danach kehrte er nach Hause zurück und ruhte sich den Rest des Tages aus.

Gegen zehn Uhr abends bahnten sich unsere drei Busenfreunde Arm in Arm ihren Weg die Regent Street hinunter, wo die Menge von Minute zu Minute dichter wurde und an manchen Stellen, wo die Festbeleuchtung prächtiger war als sonst, gänzlich unpassierbar war.

Das Grapschen nach Geschlechtsteilen schien das Gebot der Stunde zu sein; jeder in der Menge schien das zu verstehen, und die drei Freunde hatten ihren Spaß mit einer bescheidenen älteren Dame und ihrer Tochter, die sich zwar mächtig empörten, aber doch völlig hilflos waren und derart geneckt und befummelt wurden, daß sie trotz der Scham, die sie empfanden, vor Begierde seufzend kamen.

Als nächstes wurde ihre Aufmerksamkeit durch einen Möbelwagen, gegen den sie von der Menge gedrückt wurden, in Anspruch genommen. Wie ein Schiff hatte er Bullaugen an den Seiten und war von innen beleuchtet.

Charlie bestieg eines der Räder, bis er hineinblicken konnte, und sah zwei alte Knacker und mehrere fast nackte Mädchen, die ihre Muschis produzierten, um die Herren zu amüsieren, während ihnen je eine Bordsteinschwalbe zur Seite stand und sie masturbierte.

»Hallo!« rief Charlie, indem er das runde Glas, das an einem Scharnier befestigt war, nach innen drückte. »Könnt ihr da drinnen nicht eine richtige F—kerei gebrauchen? Wir hätten hier draußen drei gute, aufrechte Schwänze, wenn Ihr uns einlaßt.«

»Herrje! Das käme nicht ungelegen«, sagte einer der alten Herren. »Lassen wir sie rein auf einen Spaß!«

Nur unter größten Schwierigkeiten gelang es ihnen, sich zum hinteren Ende des Lastwagens durchzukämpfen und durch die nur einen Spalt weit geöffnete Tür hineinzuquetschen.

»Ihr seht wie flotte Burschen aus«, sagte einer ihrer Gastgeber und öffnete eine Flasche Schampus. »Nur zum Anstoßen, um miteinander warm zu werden, dann werden sich die Mädels eurer Ständer annehmen. Habt ihr draußen in der Menge eine schöne Grapscherei gehabt?«

»Genau, was uns gefehlt hat! Drei Prachtexemplare«, riefen die Mädchen, als sie die Steifen von Charlie, Harry und Frank herausholten.

Sechs Mädchen waren insgesamt anwesend, und die drei Freunde hatten alle Hände voll zu tun, jeder von ihnen abwechselnd einen F—k zu verpassen. Sie schafften es jedoch, sehr zur Freude der beiden alten Lustmolche, die mit unbändiger Begierde ihre schönen, festen Latten befummelten, ihre Hinterteile bestiegen und sich die Finger ableckten, nachdem sie damit in den Mösen der Mädchen herumgestochert hatten, um zu sehen, wie die F—kerei voranging.

Einer der Gastgeber war besonders scharf darauf, nach jedem F—k die übersprudelnden Mösen abzuschlecken.

Wenig Notiz wurde von der Festbeleuchtung genommen, während sich der schwerfällige Wagen langsam seinen Weg durch die wogende Menge bahnte, die kaum etwas von der schlüpfrigen Orgie ahnte, die sich in dem ganz und gar nüchtern wirkenden Gefährt abspielte.

Drei Stunden wurden die Spielchen in ausgelassener Stimmung fortgeführt, bis die drei Freunde so ausgelaugt und von den Mengen an Champagner überwältigt waren, daß sie, als der Wagen schließlich auf ein Privatgrundstück gelenkt wurde und vor dem Haupteingang stehenblieb, zu besäuselt waren, um sich auch nur anzuziehen. Sie wurden zusammen mit den Mädchen von zwei oder drei Lakaien ins Haus getragen; dort verteilte man die schlappe Truppe in einem großen, hellerleuchteten Salon auf einige Ottomanen und Sofas.

Charlie war nicht ganz so betrunken wie die anderen, und ihm blieb eine schwache Erinnerung an gewisse Freizügigkeiten, die sich die alten Herren mit seinem nackten Körper herausnahmen; und noch zwei oder drei Tage später klagten Frank und Harry ebenso wie er selbst über Spreizungen und ein Brennen, als ob ihre hintere Jungfräulichkeit geschändet worden wäre, als sie sich in hilflosem Zustand dessen nicht erwehren konnten, was sie im nachhinein als ziemlich ekelhaft empfanden.

Doch das hieße, die Ereignisse vorwegzunehmen. Gegen fünf Uhr morgens hatte sich unser Held erholt und sah, als er aus einem kurzen, trunkenen Schlaf erwachte, die Sonne, die durch ein Fenster hereinstrahlte. Als er die leichten Spitzenvorhänge auseinanderzog, blickte er auf einen wunderschönen Krocketplatz, der von herrlichen Blumenbeeten umgeben war, auf allen Seiten nach außen hin abgeschirmt durch das dichte Blattwerk von Sträuchern und Bäumen.

Als er sich umwandte, fand er die beiden alten Gentlemen fest schlafend in zwei Sesseln vor, mit heruntergelassenen Hosen und je einem Mädchen, dessen Kopf an einem Greisenschenkel ruhte, gleich neben dem jetzt schlaffen Pimmel, den das junge Ding gelutscht hatte, bevor sie alle vom Schlaf übermannt wurden.

Frank und Harry lagen kreuz und quer mit den übrigen vier Mädchen auf einem riesigen, sehr schönen Katzenfellteppich, allesamt splitternackt, was unter den goldenen Strahlen der hereinfallenden Sonne ein sehr schönes Tableau ergab.

Just in diesem Augenblick lugte eine liebliche junge Dame im Morgengewand zum Salon herein, und Charlie, nackt, wie er war, sprang ihr vom Fenster her entgegen. Doch sie legte ihren Finger auf die Lippen und winkte ihm, ihr zu folgen; zugleich zog sie sich bereits wieder zurück. Er folgte ihr dicht auf den Fersen durch das Vestibül in ein prächtiges Boudoir; die Tür wurde abgeschlossen, und sie warf sich ihm in die Arme und sagte: »Wenigstens hoffe ich, daß Ihr nicht einer von diesen dreckigen, widernatürlichen Burschen seid, die meine Onkel sonst anschleppen. Ich habe nicht den geringsten Zweifel, daß Ihr drei reingelegt, betrunken gemacht und von ihnen mißbraucht worden seid! Oh, habt Erbarmen mit mir, ich bin eine Gefangene in diesem Haus – sie haben mich um das immense Vermögen meines Vaters gebracht, mich zu ihrer Haushälterin gemacht, und ich weiß mir einfach nicht mehr zu helfen; um darauf hoffen zu können, eines Tages doch noch in den Besitz meiner Erbschaft zu gelangen, um die sie mich betrogen haben, muß ich meine Augen schließen und so tun, als bemerkte ich nichts von ihrem schlimmen Treiben, und manchmal muß ich mich sogar selbst ihren unnatürlichen Launen beugen, ohne jemals bei ihnen die Befriedigung zu finden, die ein warmblütiges weibliches Wesen, wie ich es bin, verdient. Mein Fall ist wie der jener Dame, von der man in Tausendundeine Nacht liest, der es, obwohl der eifersüchtige Geist sie in einer Flasche unter Verschluß hielt, dennoch bisweilen gelang, einen frischen Liebhaber zu finden. Nur, passende junge Männer kommen kaum in dieses Haus, meist sind es jene verderbten Tunten, die sich für Geld prostituieren. Nur viermal in drei Jahren habe ich das Vergnügen gehabt, in meinem Boudoir jemanden willkommen zu heißen, dem ich mich guten Gewissens hingeben konnte. Wißt Ihr, wie Ihr überhaupt aufgewacht seid? Das kam daher, daß Ihr mir ins Auge gefallen seid, als ich diese ganze lüsterne Gruppe nach ihrer gräßlichen Orgie schlafend vorfand. Ich habe also über alle anderen ein sehr wirksames Schlafmittel versprüht, während ich Euch ein belebendes Salz unter die Nase gehalten habe, und schon hatte ich meinen Preis! Wir sind für einige Stunden in Sicherheit!« schloß sie, öffnete ihren Morgenrock und warf sich in ihrer lieblichen Nacktheit gegen seinen gleichermaßen entblößten Körper.

Er nahm sie in die Arme, sein Schwanz war so steif wie eh und je (wie konnte es auch anders sein bei einer solchen Herausforderung durch ein derart liebliches Wesen), hob sie hoch und trug sie ein paar Schritte, bis sie rücklings auf eine weiche, breite Couch fiel.

Ihre zarte Hand hatte bereits Besitz von seinem pochenden Stab ergriffen und führte ihn nun sogleich an den Eingang ihrer brennenden Kerbe, die buchstäblich überquoll vor freudiger Erwartung.

Indem sie ihn auf sich zog und die Beine über seinem Hinterteil kreuzte, hob sie in Verzückung ihren eigenen Po, während er langsam in die gut geschmierte, wenn auch enge Scheide eindrang.

Dann hielten sie einen Augenblick inne, schnäbelten

miteinander und küßten sich, Zunge an Zunge. Beide genossen offenbar gründlich das Gefühl des gegenseitigen Besitzes, das sie einander durch das Pochen seines Glieds und ihre Kontraktionen vermittelten, bis sie ihn nach einem langgezogenen, tiefen Seufzer der Begierde durch Bewegungen ihres Beckens aufforderte, weiterzumachen und ihr Glück zu vollenden.

Charlie zitterte regelrecht von dem Übermaß an Gefühlen und der Plötzlichkeit, mit der dieses verwirrende, köstliche Abenteuer über ihn gekommen war. Bereits ihre ersten Bewegungen ließen ihn kommen, obwohl er es noch gar nicht wollte, und trotz seiner unbefriedigten Begierde verlor sein Pego zum großen Ärger der Verliebten sofort seine Steifheit.

»Ah, ich verstehe«, rief sie aus, »es ist die Überreizung nach der kräftezehrenden Orgie der letzten Nacht. Warte einen Moment, mein Geliebter, und wir werden bald in alter Frische wiederhergestellt sein!«

Damit holte sie ein Fläschchen Eau de Cologne aus einem Schrank, sprenkelte etwas davon in sein erhitztes Gesicht, dann schüttete sie den Rest in eine kleine Porzellanschüssel mit Wasser, tauchte einen Schwamm hinein und wusch seinen schlappen Pimmel damit ab. Anschließend trocknete sie ihn mit einem weichen Taschentuch und begann dann den männlichen Juwel zu küssen, daran zu saugen und ihn so zärtlich zu streicheln, daß er bald wieder in all der Glorie seines rubinroten Kopfes und elfenbeinfarbenen Schaftes aufrecht stand. Dieser Anblick schien ihre Sinne derart zu entzücken, daß sie sich sogleich auf das Sofa warf und ihn anflehte, sie das einzig Wahre spüren zu lassen, das möglicherweise ihre rasende Leidenschaft lindern konnte.

»Oh, ich fürchte, du wirst mich für schrecklich unanständig halten!« seufzte sie und errötete mehr denn je.

Dieser charmante Selbstvorwurf war einfach unwiderstehlich; er machte sich jetzt mit derartiger Begeisterung über ihre Möse her, daß sie ganz in Ekstase geriet und ihn in ihrer lüsternen Raserei abwechselnd küßte und biß, sich drehte und wand und sich aufbäumte, ihn schließlich herumwarf und sich in der letzten Phase ihres wilden Höhepunktes kerzengerade ausstreckte, während sich sein Schwanz die ganze Zeit über in der Wärme und außerordentlichen Schlüpfrigkeit der engen, zupackenden Scheide aalte. Diese hielt ihn so leidenschaftlich fest, daß er vor überbordender Lust immer steifer und steifer wurde, so daß es, als er schließlich kam, ein fast schon schmerzhaftes Vergnügen wurde. Die Spitze seines Liebesspenders war so empfindsam geworden, daß er die liebevoll saugenden Kontraktionen ihres Schoßes kaum ertragen konnte, als dieser jeden Tropfen seiner Säfte aufsaugte, die ihr bis geradewegs hinauf ins Herz zu spritzen schienen.

Nach einer Weile wiederholten sie diesen köstlichen Zeitvertreib und blieben dabei, bis ihm die Klugheit gebot, in den Salon zurückzukehren, wo die Schläfer immer noch in Morpheus' Armen lagen. So zog sich Charlie an, weckte Frank und Harry und half ihnen beim Ankleiden. Dann machte er sich noch einmal kurz davon, um sich von seiner unbekannten Geliebten zu verabschieden, und ihrem Rat folgend, verließen sie das Haus, ohne die beiden alten Knaben und die Mädchen zu wecken, die sich ruhig wundern sollten, was aus ihnen geworden war, wann auch immer sie aufwachen sollten.

Es war fast fünf Uhr am Nachmittag, als unser Held in der Gower Street seine Vettern verabschiedete und sie nach Hause schickte, damit sie nach der langen Orgie erst einmal ausschlafen konnten. Gleichzeitig beschloß er, daß dies für ihn auf lange Sicht die letzte Orgie gewesen sein sollte und er sich lieber mit seinem kleinen Hausmädchen und den gelegentlichen Küssen von Mrs. Letsam begnügen wollte.

So sprach er denn zu sich selbst, als er nach einem Täßchen Tee auf seinem Sofa lag: »Ich will studieren und in meinem Beruf vorwärtskommen, also ist es mit meinen Sausen erst einmal vorbei.«

Abenteuer und Amouren einer Wirtstochter

Eine Reihe von Fakten

Polly D— ist die Tochter eines Gastwirts in einem Marktstädtchen in der Grafschaft W—. Seit frühester Kindheit zeichnete sie sich nicht weniger durch ein lebhaftes Temperament als durch die Schönheit ihrer Person aus. Mr. D—, ihr Vater, betrachtete mit großem Entzücken die zunehmenden Reize seiner jungen Tochter, die, wie er meinte, bei entsprechender Erziehung zum edelsten Schmuckstück seiner Bar werden würde, wenn sie erst einmal zur Reife gekommen war.

So wurde Miss Polly im Alter von zwölf Jahren zum Zwecke der Erlernung einiger modischer Accessoires in ein Internat in der Nähe ihres Heimatortes geschickt. Nachdem sie dieses Seminar eine angemessene Zeit lang besucht hatte, wurde die liebliche Maid zurück in die Obhut ihres fürsorglichen Vaters gegeben, der sie bereits sehnsüchtig erwartete, die nunmehr mit allem ausgestattet war, was an Bildung zu vermitteln in der Macht jener eleganten Stätten weiblicher Erziehung steht.

Nach der Ankunft unserer Heldin an ihrem Heimatort erfüllte ihr Vater ihr einige Monate lang jeden Herzenswunsch; doch bald begann er mit unendlichem Bedauern festzustellen, daß der Geschmack seiner hübschen Tochter sich der Kleidung und jeder anderen Extravaganz zugewandt hatte, welche sich junge Damen, die in den Genuß einer Internatserziehung gekommen sind, im allgemeinen anzueignen pflegen. Sodann gedachte er mit größter Sorge der Summen, die er mit vollen Händen in der vergeblichen

Hoffnung ausgegeben hatte, sein geliebtes Kind zu einer perfekten Meisterin des Berufs einer Gastwirtin heranzuziehen. Polly hatte nur äußerste Verachtung für alles Niedrige und Gemeine übrig; daher konnte die ungehobelte Art, wie die Landjunker ihre Bewunderung für sie zum Ausdruck brachten, nichts anderes als Ekel in ihr erregen.

Zu der Zeit, da sich unsere Heldin als Bardame – oder Barmädchen, wenn der Leser diese Bezeichnung vorzieht – betätigte, kam eine Gesellschaft herumziehender Schauspieler in die Stadt, um ihre Talente zur Unterhaltung des Landvolks zur Schau zu stellen. Daran fand Miss Polly großen Gefallen, denn ein- oder zweimal hatte sie in der Schule an Theateraufführungen teilgenommen und, wie wir bekennen müssen, Geschmack an der Schauspielerei gefunden. Da das King's Head die erste Adresse am Platz war, darf es nicht verwundern, wenn die lustigen Söhne Thalias sich dort gewissermaßen häuslich niederließen; noch sollte es überraschen, daß sie bei ihren häufigen Besuchen von der bezaubernden Polly die größte Notiz nahmen. In der Tat stand der Manager der Truppe, ein sehr höflicher Mann, bald auf sehr vertrautem Fuß mit ihr; und sämtliche Stunden, die er dem Ertränken seiner Sorgen widmete, wurden in der Gesellschaft unserer Heldin verbracht. Lange Zeit waren Schmeicheleien ihr fremd gewesen, und so darf es nicht verwundern, wenn die schmeichlerische Beredsamkeit des Anführers der Komödianten einen nicht unbeträchtlichen Einfluß auf das Herz dieses lebhaften, schönen Mädchens ausübte. Kurz, als die Zeit für die Truppe gekommen war, die Stadt wieder zu verlassen, bewog er sie, ihn zu begleiten. Und da unsere Heldin nicht weniger eingenommen von dem Gedanken war, »den Dolch zu führen«, als sich vor einem ländlichen Publikum auf der Bühne zu präsentieren, so fiel es dem Manager nicht schwer, ihre Zustimmung zu erlangen, zumal er ihr versprach, daß ihre erste Rolle die der Desdemona* sein würde.

Mr. D—, der jetzt von den Extravaganzen seiner Tochter endgültig die Nase voll hatte, ebenso wie sie vom Geschäft des Getränkeausschanks, machte sich weiter keinen Kopf um das Verschwinden seiner Tochter mit der Theatertruppe, sondern war, um seine eigenen Worte zu gebrauchen, »sehr froh, daß sie sich dünnegemacht hat«.

Jedoch, wenn auch der persönliche Charme unserer Heldin, der allgemein als unwiderstehlich angesehen wurde, die verdiente Aufmerksamkeit eines jeden Liebhabers weiblicher Reize auf sich zog, so konnte doch andererseits ihre mangelnde Darstellungskunst in jeder Rolle, die sie übernahm, nicht unbemerkt bleiben; der Manager war sich dessen durchaus bewußt, doch war es der Wunsch, die Person der hübschen Polly zu genießen, der ihn dazu brachte, die ahnungslose Maid vom Haus ihres Vaters wegzulocken. Tatsächlich hatte er keinen Kunstgriff unversucht gelassen, sein Ziel zu erreichen; und als er schließlich davon überzeugt war, daß die Festung uneinnehmbar war, begann er das Mädchen ebenso zu hassen, wie er es vorher geliebt hatte.

Dies entging unserer Heldin natürlich nicht, was ihr – zusammen mit dem Gedanken daran, daß sie ihrer Wirtin eine beträchtliche Summe fur Unterkunft und Verpflegung schuldete, wofür sie bereits mehrmals gemahnt worden war – einige Kopfschmerzen bereitete, die nicht einmal die natürliche Lebhaftigkeit ihres Charakters in jedem Fall verscheuchen konnte.

Als sie eines Morgens über diese Dinge nachgrübelte, wurde ihr ein Briefchen folgenden Inhalts überbracht: »Colonel H— übersendet seine Komplimente an Miß D— und

* Gattin des Othello in Shakespeares Tragödie *Othello*.

würde sich überaus glücklich schätzen, wenn sie ihm am Abend nach Ende der Vorstellung eine Stunde der Unterhaltung gewähren könnte.« Unsere Heldin, die einen Bediensteten in eleganter Livree auf ihre Antwort warten sah, dachte sich, daß dieses Billett nicht von einer Person aus gewöhnlichen Verhältnissen stammen könne, und da sie inzwischen ziemlich verzweifelt war, was ihre finanzielle Lage betraf, und ihre Wirtin ziemlich lästig wurde, kam ihr der Gedanke, daß dies der beste Weg wäre, sich zu sanieren, indem sie jene von mehr als einem gewünschte Ware hergäbe, für die, nach ihrer eigenen Schätzung, bisher kein auch nur annähernd dem Wert des Kaufobjekts angemessener Preis geboten worden war. Mit diesen Gedanken im Kopf schrieb sie als Antwort, daß sie sich glücklich schätze, den Colonel zur angegebenen Zeit zu empfangen.

Während der gesamten Abendvorstellung schwirrten die Augen unserer Heldin in der Hoffnung, ihren Bewunderer zu entdecken, durch den gesamten Zuschauersaal. Ihr lieblicher Busen bebte bei dem Gedanken an etwas, das sich von allem bisher Erlebten völlig unterschied, doch konnte sie im Theater keine bestimmte Person fixieren, dem sie das am Morgen empfangene Billett hätte zuschreiben können. Ihre Neugier stieg ins Unerträgliche; kurz, nie zuvor hatte sie einen so unangenehmen Abend verbracht.

Schließlich war es soweit. Unsere Schöne eilte nach Hause, warf ihr Theaterkostüm ab und kleidete sich in ihr verführerischstes Negligé. Ihre lieblichen blauen Augen, der sehnsuchtsvoll schmachtende Blick und der halb entblößte schneeweiße Busen mußten, wie sie meinte, jeden Betrachter in Fesseln schlagen; ihre Gedanken waren von der angenehmsten Art. In Erwartung der Ankunft eines charmanten, jugendlichen Liebhabers versuchte sie sich möglichst effektvoll in Szene zu setzen.

Endlich war es soweit; ein Klopfen an der Tür ertönte;

sie rannte selbst hin, um zu öffnen, aber – oje! – wie groß war ihre Enttäuschung, als anstelle eines liebeshungrigen, ungeduldigen, adretten jungen Mannes, bereit, sich in ihre Arme zu stürzen – diesen kühnen Traum hatte sie gehegt –, sie einen klapprigen alten Mann eintreten sah, der, sobald er Platz genommen hatte, sein Anliegen auf folgende Weise vorbrachte: »Eure Freundlichkeit, Madam, mir diesen Besuch zu gestatten, hat mich unendlich glücklich gemacht.«

Unsere Heldin hatte sich noch nicht genügend von ihrem Erstaunen erholt, um ihm darauf zu antworten. Der überlebte Liebhaber setzte seine Rede fort: »Von dem Augenblick, als ich Euch das erste Mal sah, Lieblichste aller Frauen, fand ich mich leidenschaftlich verliebt.« Es würde den Leser ermüden, die sich anschließende Unterhaltung wiederzugeben.

Der Colonel sagte, er wisse um ihre Lage, und bot ihr an, sie da herauszuholen, unter der einzigen Bedingung, daß sie in H— Hall wohne, wo sie ihre eigene Herrin sein werde und, um das mißgünstige Gerede der Leute zu vermeiden, sich als die Nichte der Haushälterin ausgeben solle, wobei er gleichzeitig offenherzig zugab, er sei »nicht mehr fähig, seine Pflichten auf dem Altar der Venus angemessen zu erfüllen«, und er hoffe daher, daß die »liebliche Maid nichts gegen seinen Vorschlag einzuwenden« habe; begleitet wurde sein Werben von einer hübschen, gewichtigen Geldbörse. Dieses letztere Argument hatte in den Augen unserer Heldin mehr Gewicht als alles, was der Colonel bisher gesagt hatte.

Nachdem sie im Geiste die Existenz einer darbenden Schauspielerin gegen das Leben in einem vornehmen Haus abgewogen hatte, wenn auch bei einem debilen alten Lustmolch, zudem noch als dessen Mätresse, beschloß sie, von den zwei Übeln das letztere zu wählen. Und so gab sie denn seinen eindringlichen Bitten statt, und es wurde verabredet, daß die Kutsche des Colonels sie am nächsten Tag abholen solle.

Wir wollen über die Bestürzung der dramatischen Helden und Heldinnen stillschweigend hinweggehen, als sie von dem Abschied ihrer lieblichen, schönen Gefährtin erfuhren, die wir nunmehr als Bewohnerin von H— Hall betrachten; in welcher Eigenschaft sie eine kurze Weile höchst zufrieden war. Es wäre jedoch durchaus am Platze, den Leser an dieser Stelle davon in Kenntnis zu setzen, weshalb sie der Colonel – der unserer Schönen gegenüber so bereitwillig einräumte, daß er sie nicht zu dem Behufe, sie auf dem Altar der Liebe zu opfern – zu überreden suchte, nach H— Hall zu kommen, nämlich vor allem aus folgendem Grund: Der Colonel war von dem Ehrgeiz besessen, die Welt glauben zu machen, er sei nicht so schwächlich wie allgemein angenommen, vielmehr sollte man ihm nachsagen, daß er sich eines der seinerzeit hübschesten Mädchen des Königreiches halte.

Wir wollen jetzt zu unserer Heldin zurückkehren, die sich einige Monate nach ihrer Ankunft in H— Hall nach einer Veränderung ihrer Lage zu sehnen begann. Sie hatte viel Lobendes über London gehört und stellte sich vor, was durchaus den Tatsachen entsprach, daß ihre liebliche Persönlichkeit in dieser fröhlichen Metropole nicht lange unbemerkt bleiben würde. Da sie von Natur aus warmblütig veranlagt war, sehnte sie sich in Wirklichkeit danach, von jenen Freuden zu kosten, von denen sie bislang lediglich eine Ahnung hatte, und sie war fest entschlossen, daß es nicht mehr lange dauern sollte, bis sie sich von dem gewissen Etwas trennte, das ihr in ihrer jetzigen Situation eine Qual bedeutete, obwohl es im allgemeinen als ein Segen und eine Tugend angesehen wurde.

Der Colonel hatte sich seiner reizenden Mätresse gegenüber durchaus nicht knickerig gezeigt, doch was er ihr hatte zukommen lassen, hatte vorwiegend dem Schmuck ihrer lieblichen Person gedient. Die Börse, das erste Geschenk, das er ihr gemacht hatte, war nunmehr fast völlig erschöpft. Dies führte unsere Heldin zu dem Beschluß, daß bei erster Gelegenheit jedes mögliche Mittel versucht werden sollte, sie wieder zu füllen, oder eine andere zu bekommen, und sich dann auf den Weg nach London zu machen.

Eines Abends, als nach dem Nachtmahl der Tisch abgeräumt und der Colonel und Polly unter sich waren, hielt sie den rechten Zeitpunkt für gekommen, ihr Manöver zu beginnen, da sie sehr wohl wußte, daß ihr alter Liebhaber an diesem Tage eine große Menge jenes wertvollen Desiderats eingenommen hatte, von dem sie einen Teil für sich zu abzuzweigen hoffte.

»Mein lieber Sir, Ihr scheint ein wenig ermüdet; Eure Pächter waren heute morgen so lästig!«

»In der Tat, meine Liebe, das bin ich; aber ich habe dich nicht vergessen. Dieses Päckchen auf dem Tisch ist für dich, mein bezauberndes Mädchen, ebenso diese Strümpfe; gestatte mir, meine Liebe, dir ein Paar davon auf deine lieblichen Glieder zu ziehen. Komm, leg deinen hübschen Fuß auf mein Knie.«

Polly tat, wie ihr geheißen. Der Colonel stellte die Kerze auf den Boden, damit sein Auge sich besser orientieren konnte; er konnte nicht umhin, seine welke Hand oberhalb ihres Knies zu placieren. Die Berührung hatte eine ekstatische Wirkung – der Strumpf war vergessen –, sein Puls begann zu rasen, und er erzitterte von Kopf bis Fuß; und während seine rüde Hand weiter ihr Bein hinaufglitt, griff sich Polly die Börse, die der Colonel in seiner Erregung auf dem Tisch liegengelassen hatte.

»Steck sie in die Tasche, engelgleiche Frau!« waren die einzigen Worte, die der Colonel zitternd hervorbringen konnte.

Als Polly ihren Fuß vom Knie des Colonels nahm, kam eine ihrer schneeweißen Brüste in Kontakt mit seinem Gesicht. »O Himmel!« sagte er nur und fiel glatt in Ohnmacht. Polly erschrak, doch ihre Befürchtungen zerstreuten sich bald, als sie sah, daß ihr Liebhaber die Augen öffnete.

»Meine Circe, ich fühle neue Kraft; laß mich heute nacht in deine Kammer kommen.«

Zu angemessener Zeit kam der ungeduldige Liebhaber zu der erhofften Kammer der Seligkeit. Polly, nur mit ihrem Nachthemd bekleidet, gab eine unwiderstehliche Figur ab. Der Colonel hatte die stimulierendsten Reizmittel zu sich genommen, und zugegebenermaßen hatte er dadurch mehr Kraft gewonnen, als er seit vielen Jahren besessen hatte, und war mit ein wenig Beistand in der Lage, sich mit einem willigen Opfer ins Schlachtgetümmel zu stürzen; doch unsere Heldin war fest entschlossen, ihre Jungfernschaft diesmal noch nicht zu opfern; sie hatte vielmehr beschlossen, sie binnen kurzem einem würdigeren Anhänger der cyprischen Göttin* darzubringen.

Wie ein Kaufmann, der hunderttausend Pfund wert ist, zuweilen durch die Launenhaftigkeit einer Gottheit sein gesamtes Vermögen innerhalb einer Stunde verliert, so fand sich unser betagter Held durch die Voreile einer anderen in einem kurzen Augenblick des gesamten Vorrats an Männlichkeit beraubt, den er über die Jahre angehäuft hatte. Polly setzte eine Entwicklung in Gang, die ihren Zwecken entsprach und die als perfekter Unfall erschien. Hier ins einzelne zu gehen, verbietet uns unsere unbeirrbare Bescheidenheit. Seitdem hat jedoch dieses bezaubernde Mädchen, wenn ihre Sinne vom Saft der belebenden Bowle angeregt waren, ihren hingerissenen Liebhabern die Einzelheiten

---

* Aphrodite. Die Stadt Paphos auf Zypern war eines der Hauptzentren der Verehrung der griechischen Liebesgöttin.

dieser unterhaltsamen Szene berichtet. Die Beschreibung wurde dann in so lebhaftem Stil und mit derart warmem Kolorit vorgetragen, daß ihre erstaunten Zuhörer für den Augenblick glaubten, die liebliche Erzählerin sei vom Weingeist beseelt.

Unsere Heldin hatte jetzt, durch die jüngste Beute, die sie dem Colonel abgejagt hatte, genug zusammen, um ihre Unkosten für die Reise in die Stadt und ihre erste Zeit daselbst zu bestreiten. Und so beschloß sie, sich einen Platz in der Postkutsche zu besorgen, die täglich an H— Hall vorbeifuhr. Nachdem dies getan war und sie so viele ihrer Kleider wie ohne allzu viele Umstände möglich in ein Häuschen an der Landstraße verbracht hatte, legte sie einen Zeitpunkt für ihre Abreise fest. Wir werden nicht näher darauf eingehen, was sie unternahm, um unbemerkt von H— Hall wegzukommen, oder auf die Bestürzung, die sich dort breitmachte, als entdeckt wurde, daß die Nichte der Haushälterin durchgebrannt war; vielmehr müssen wir unserer Heldin hinterhereilen, die sich jetzt in Gesellschaft eines lustigen jungen Anwalts befindet, dem einzigen Passagier in der Kutsche auf direktem Weg in die große Metropole.

Man kann nicht davon ausgehen, daß die exquisite Lieblichkeit seiner Reisebegleitung diesen Vertreter des Gesetzes völlig kalt ließ; bald nahm er ein Gespräch mit ihr auf, und wenn er zunächst nur die Reize ihrer Person bewundert hatte, so war er nunmehr nicht weniger von der Brillanz ihres Verstandes angetan. Nachdem er festgestellt hatte, daß sie der Liebe nicht abhold war, setzte er ihr mit jener Art Sprache zu, die ein seit langem mit der Welt vertrauter Mann erfolgreich anzuwenden versteht. Unsere Heldin war von ihm recht eingenommen und gestattete ihm mit fortschreitender Nacht, sich einige Freiheiten herauszunehmen, welche bei einer sittsameren Frau die Alarmglocken hätten läuten lassen, von Polly jedoch anstandslos hingenommen wurden. Bei ihrer naturgegebenen Wärme konnte unsere Heldin nicht lange dem sich anschließenden ekstatischen Geschäker widerstehen, ohne jenes Herzklopfen zu entdekken, welches bei Verführer und Verführter solch köstliche Gefühle auslöst. Ihr aufmerksamer Begleiter nahm alsbald wahr, daß der erwünschte Moment gekommen war, und drang ohne weitere Umstände wagemutig zum Zentrum der irdischen Freuden vor. Der Anstand, oder vielmehr Schein-Anstand, leistete sanften Widerstand.

Es ist eine wohlbekannte Tatsache, daß Widerstand in der Liebe, statt die Leidenschaften zu zügeln, diese um so stärker entfacht. Dies war auch der Fall bei unserem erfolgreichen Anwalt, denn seine Vermutung hatte seine Mitreisende soeben völlig in seine Macht gegeben, als ein großer Stein auf der Straße seine inbrünstigen Absichten auf einen Schlag zunichte machte, und hätte er auf einem Pferd gesessen, so hätte man sagen können, daß er regelrecht aus dem Sattel geworfen wurde.

Diese traurige Niederlage – begleitet von anderen kleinen Zwischenfällen, die wir hier leider auslassen müssen – veranlaßte den Anwalt, ein Plädoyer auf die Unbequemlichkeit von Postkutschen zu halten, zu dessen Abschluß er beantragte, das Verfahren bis zu ihrer Ankunft in London zu vertagen.

Nach London gelangte man in jenen Tagen nicht allzu geschwind, und als einzigartiger Glückspilz ließ sich derjenige bezeichnen, welcher die Hauptstadt erreichen konnte, ohne unterwegs das eine oder andere kleine Abenteuer erlebt zu haben. Es war nicht glückhaftes Schicksal, daß unsere Heldin eine kleine Affäre verpaßte, die zumindest dazu diente, die Eintönigkeit der Reise etwas aufzulockern.

Bald nach dem oben geschilderten Vorfall begegnete man einer Gruppe Zigeuner, die am Straßenrand lagerte und einen höchst pittoresken Anblick bot. Über funkensprühenden Feuern hingen Töpfe, und jeder, der nahe genug herankam, konnte den Wohlgeruch wahrnehmen, der aus ihnen aufstieg und der nicht einmal dadurch beeinträchtigt wurde, daß die Hühnchen, die darin kochten, gestohlen waren.

»Von allen Dingen in der Welt«, sagte Polly, »habe ich mir immer gewünscht, einmal in ein Zigeunerlager zu kommen und eine Nacht dort zu verbringen.«

»Redet nicht von ›kommen‹«, sagte ihr Begleiter; »das ruft mir zu lebhaft meine Enttäuschung ins Gedächtnis zurück. Aber dies ist eine seltsame Regung, die Ihr da habt, und noch seltsamer ist, daß auch ich seit Jahren davon träume. So soll es denn sein! Zigeuner sind seltsame Leute, das könnte lustig werden. Ich weiß nicht, ob wir die ganze Nacht bleiben können, aber wenigstens werden wir ihre Bekanntschaft machen.«

Es wurde bereits erwähnt, daß unsere schöne Heldin und der Anwalt die einzigen Insassen der Kutsche waren, also konnten durch die Zwischenstation keine anderen Passagiere behelligt werden. Ein Geschenk für den Kutscher und den Postjungen beseitigte schnell deren Skrupel; mit ihrem Scharfsinn konnten sie leicht eine Lüge erfinden, um ihren Dienstherren die Verspätung plausibel zu machen, und so wurde die Angelegenheit rasch geregelt. Die Kutsche hielt, und der junge Capias (so hieß der Anwalt) und Polly begaben sich zu den Zigeunern.

Einen Augenblick lang ließ ihre natürliche Furchtsamkeit Polly vor den dunkelhäutigen Gestalten, denen sie sich näherten, zurückschrecken, doch gleich darauf beruhigte sie sich schon wieder, als nämlich ein junges Mädchen mit Augen so schwarz wie die Nacht und dunklem, wie die Flügel eines Raben glänzendem Haar auf sie zukam.

»Darf ich Euch die Zukunft lesen, schöne Dame?« fragte

sie. »Will die Gorgio*-Dame einkehren und sich wahrsagen lassen? Das Zigeunermädchen wird ihr getreulich verkünden, was die Sterne vorhersagen.«

»Du hast gerade einen Treffer gelandet, mein Mädchen«, sagte Capias; »lies der Dame ihr Schicksal. Bring uns in eins eurer Zelte, und eine Guinee** so glänzend, wie je eine gewesen ist, die König Georgs Kopf getragen hat, soll dir gehören.«

Mildred, das dunkelhaarige Mädchen, warf den Vorhang eines Zeltes zur Seite und führte sie ins Innere. In der Mitte schwelte ein großes Feuer, dessen Rauch die Luft im Zelt erwärmte und sogar parfümierte. In einer Ecke des Zeltes befand sich eine Lagerstatt aus Heidekraut und weichem Moos; mit dem darüber gebreiteten edlen scharlachroten Schal sah sie aus wie eine Couch, die selbst eine Zigeunerkönigin nicht verschmähen würde, um sie als Schauplatz eines Opfers an Priapus zu benutzen.

Es erübrigt sich, die hübschen Phrasen zu wiederholen, die Mildred in Pollys geneigte Ohren fließen ließ. Wie sie alle möglichen guten Dinge für die Zukunft versprach, um dann, mit einem bedeutsamen Blick hinüber zu Capias aus dem Zelt zu schlüpfen, womit sie dafür Sorge tragen wollte, daß Polly auch schon in der Gegenwart in den Genuß von etwas Gutem kam.

Bevor viele Minuten verstrichen waren, lag die scheue Lady auch schon dahingestreckt auf der Heidekraut-Couch, und Capias setzte pflichtgemäß zu seiner »Einlassung« in einem Gerichtssaal an, in dem er noch nie praktiziert hatte; in welchem er jedoch, obwohl es keine Geschworenen gab, an die er sein »Plädoyer« richten konnte, einen denkbar günstigen Eindruck zu machen versuchte. Seine wenigen

---

* Bezeichnung der Zigeuner für Nicht-Zigeuner.

** Goldmünze im Wert von 21 Shilling.

»Anträge« wurden mit einem Gemurmel der Zustimmung belohnt; seine »Beschlagnahme« wurde als gültig erklärt, und sanfte Schmeicheleien, gemurmelte Dankesworte und traute Kosenamen belohnten ihn für seinen erfolgreichen Auftritt im »Gerichtshof der Liebe«.

Es dauerte nicht lange, von den geröteten Wangen und den zerrüffelten Kleidern die Spuren ihrer Begegnung zu entfernen, dann traten Polly und Capias an die frische Luft hinaus und belohnten Mildred für ihr taktvolles Verhalten.

Als nächstes wurde die Aufmerksamkeit unseres Anwalts auf Gesang und Trubel gelenkt, die aus einem festlich beleuchteten großen Zelt drangen, und er begab sich dorthin. Um ein großes Feuer saß dort eine Gruppe, die einen Murillo oder Rembrandt zu einem Gemälde hätte anregen können. Das lüsterne Grinsen auf den Gesichtern von Männern wie Frauen zeigte, wie sehr sie das hochpikante Lied genossen, das einer aus ihrer Mitte vortrug; und die rechten Hände der meisten der Männer, verborgen in den Falten der Umhänge der Frauen, legten Zeugnis ab von dem Wunsch, einige Strophen des Liedes in die Praxis umzusetzen.

Der Sänger war ein kühn aussehender Jüngling mit bronzefarbenem Teint, und die folgenden Verse vermitteln einen Eindruck davon, was sein Lied zum Inhalt hatte:

Oh, schon ist's, bei Vollmond
Den Rothirsch zu jagen,
Wenn kein Hüter ist nah,
Die Beute davonzutragen.

Doch besser ich wähn' eine Nacht mit Marlène
Meine Liebe im Arm zu wiegen
Meinen Kopf an den Busen zu schmiegen
Das macht gestern wie heut mir die größte Freud'.

Ein Prost auf das eine, das jede Frau trägt,
Wo man gern seine Hand drauf legt;
Sein Wald ist aus Haar, doch ich schwör',
Es ist besser als Morgen von Land.

Aus güld'nem Becher trank ich roten Wein,
Goldene Münzen nannte ich mein,
Doch süßer trank ich von Madelène,
Ihre Augen sind glänzender anzusehn.

Lieber kost' ich vom Nektar so süß,
wenn ich die schwellenden Lippen küss',
als meine Lippen dem Becher zu weih'n
Den Burgunder zu schlürfen darein.

Solange ich leb', nach dem Loch ich streb',
es gibt mir das größte Glück;
Der Puls mir schlägt, das Herz sich mir hebt,
Wenn meinen Jock in seine Nähe ich rück'.

Und bin ich nicht mehr, so bitte ich sehr,
Legt eine Locke mir mit ins Grab,
Damit ich auch dort einen Ständer noch hab',
Als wenn meine Liebste selber da wär'.

Dann ruft jetzt und singt für das tolle Ding,
Das jeder Mann so sehr liebt,
Ohne mein Liebstes ist der Himmel verlor'n,
dann schon lieber mit Marlène in der Hölle schmor'n.

Mit gemischten Gefühlen lauschte Capias diesem respektlosen Lied, und Polly ebenso, doch der Abend schritt voran, und sie machten sich Gedanken über die lange Fahrt, die noch vor ihnen lag.

Da trat Mildred lächelnd auf Capias zu und sagte: »Der Gorgio-Herr wird nicht lange in dem Zigeunerzelt verweilen. Laßt den Herrn nur etwas großzügig sein, und Mildred wird ihm und der Dame einen seltenen Anblick bieten.«

Capias zeigte sich großzügig, und Mildred führte sie zu einem anderen Zelt, das etwas abseits lag.

»Leise, bitte«, sagte sie. »Da drinnen sind zwei von unseren Leuten; sie haben heute Brot und Salz gegessen – sie sind jetzt Mann und Frau. Wollt Ihr die Freuden ihrer Hochzeitsnacht miterleben?«

Natürlich ließ eine bejahende Antwort nicht lange auf sich warten, und Capias und Polly ließen sich zu einem Loch in der Zeltleinwand führen und wurden dort Zeugen folgender seltsamer Szene.

Zunächst waren nur die schwachen Umrisse zweier Gestalten im Inneren des Zeltes zu erkennen.

»Wartet einen Augenblick«, flüsterte Mildred. »Zigeuner machen's immer bei guter Beleuchtung; niemand würde seine Braut in der Hochzeitsnacht im Dunkeln nehmen.«

Die Voyeure verhielten sich ganz still, und nach einer Weile wisperte Mildred wiederum: »Zach wird jetzt Licht machen; er wird sich Miriam rundherum ansehen, bevor er sie wirklich ›in guten wie in schlechten Tagen‹ nimmt, wie es in Eurem Hochzeitsritus heißt.«

Die obskuren Gestalten lösten sich jetzt aus einer langen Umarmung, wobei die weibliche einen hörbaren Seufzer von sich gab, der sowohl ihren amourösen Gelüsten als auch ihrer Scheu vor dem, was jetzt vor ihr lag, Ausdruck zu verleihen schien. Der dunkelhäutige Bräutigam strich ein Streichholz an und entzündete damit drei Kerzen, die in einem gewöhnlichen Zinndreieck steckten, das von der Mitte des Zeltdachs herabhing. Das Zelt war recht groß und zur Benutzung durch verschiedene Stammesmitglieder bei solchen besonderen Gelegenheiten bestimmt.

»Jetzt zieh dich aus, Schatz, und laß mich mal deine Muschi kieken, bevor ich dich vögele!« sagte Zach in herrischem Ton. »Jetzt gehörste mir mit Haut und Haaren.«

Um mit gutem Beispiel voranzugehen, warf er seine Jacke, Weste und Hose ab, bis er wie ein schmuddeliger Herkules dastand, nur in Hemd und Socken, wobei ersteres alles andere als den Eindruck eines sauberen Hochzeitsgewands machte und in seinem ungewaschenen Zustand gut zu seiner olivenfarbenen Haut paßte. Auch sie war zu dunkelhäutig, als daß man hätte erkennen können, ob sie im Angesicht seiner mächtigen Rute, dessen dunkelroter Kopf unter dem schmuddeligen Hemdsaum hervorragte, vor Scham errötete.

»Nimm ihn in die Flosse, Mädel, und fühlma, wie geil er is«, sagte er und hob ihren Unterrock hoch, sobald sie sich aus ihren Röcken befreit hatte. Dann konnte man das Paar nebeneinander im vollen Schein der Kerzen stehen sehen, die Lippen in einem saugenden Kuß aufeinandergepreßt, während ihre Hände damit beschäftigt waren, einander die Geschlechtsteile zu liebkosen. Sie war eine hübsche, dralle junge Frau von etwa achtzehn Jahren, mit einer Fülle schwarzer Haare, die ihr lose über die Schultern fielen, doch blieben ihre lieblichen Augen hinter den Lidern verborgen, als ob sie sich fürchte, ihn an- oder ihrem Schicksal entgegenzusehen.

»Autsch! Du tust mir weh, Zach; denkst du vielleicht, ich hätte meine Jungfernschaft schon verloren?« sagte sie und zuckte zurück, als er seinen großen Mittelfinger in sie einführen wollte.

»Du bist schon in Ordnung, Kleine, und nun küß meinen Knüppel und schwöre, ihm treu zu sein und nie einen anderen zu nehmen, solange du mich hast.«

Sie kniete vor ihm nieder und drückte fast ehrfürchtig zwei oder drei glühende Küsse auf das Objekt ihrer Begierde, wobei sie den verlangten Schwur in einem für Capias und Polly völlig unverständlichen Kauderwelsch leistete, doch sie konnte sehen, daß er gewaltig erregt war, denn er hob das Mädchen auf seine muskulösen Arme und trug es zu einem Haufen Decken etc., die offenbar über einem weichen Bett aus Farnen und Heidekraut ausgebreitet waren, und indem er sich neben ihr darauffallen ließ, öffnete er mit den Händen ihre willigen Schenkel und gab damit den köstlichen Blick frei auf einen schwarzen buschigen Hügel mit einem gerade noch erkennbaren zinnoberroten Schlitz unterhalb des dunklen Bauches. Schneller, als man es sagen kann, lag er zwischen diesen prallen Schenkeln, und indem er sich über sie warf, begann er ihr Gesicht und ihren Hals auf leidenschaftlichste Weise abzuküssen, aufgrund seiner Körperlänge jedoch nicht ihren bebenden Busen, den er dafür mit einer Hand liebkoste und knetete. Das Mädchen schien seine Schenkel instinktiv noch weiter zu öffnen, als er den Kopf seines mächtigen Schwanzes auf sein Ziel richtete, das im Vergleich so winzig erschien, und mit den Fingern die Lippen offnete, bis der Kopf etwa einen Zoll weit eingedrungen war. Mit den Händen preßte sie seinen Hintern mit aller Kraft nach unten, und in diesem Moment schienen beide vor Leidenschaft zu erzittern und zu kommen, denn anschließend lagen sie einige Sekunden lang still da, bis sie ihm einen leichten Klaps auf das Hinterteil gab und deutlich vernehmbar flüsterte: »Versuch's noch einmal, Zach, mein Liebling, das hat sich schön angefühlt, als du in mich hineingespritzt hast; ich werde jetzt nicht mehr so eng sein! Weiter – weiter – Oh! Oh! Oh, oh, oh!« als er hart zustieß und seinen Rammbock drei oder vier Zoll weiter hineintrieb und dann, bevor sie sich von dem quälenden Schmerz erholen konnte, wieder und wieder zustieß. Dabei hielt er ihren schlaffen Körper (sie hatte in diesem Augenblick das Bewußtsein verloren) mit seinen muskulösen Armen umklammert, knirschte in erotischer Raserei mit den Zähnen und verhielt sich wie eine Anakonda, die ihr Opfer umschlingt, bis er so tief eingedrungen war, bis zur Wurzel seines Stengels, der, wenn er ihn herauszog, von ihrem Jungfernblut triefte.

Polly und Capias befingerten einander in köstlicher Weise, während sie durch die Gucklöcher schauten, doch in diesem Augenblick erhob sich am Lagerfeuer ein Getöse von Tamburinen und aller Art grober Musik, der ein fröhlicher Refrain folgte:

»Hurra, hurra der blut'gen Schlacht,
die Mann und Frau zusammengebracht,
Hurra, hurra, nicht Jungfer mehr,
'ne Frau, die f—t, das mag ich sehr.«

Dies rüttelte Polly und Capias aus ihrer totalen Versunkenheit auf.

»Ha! So sieht das also mit euch beiden aus?« sagte Mildred im Flüsterton. »Ich dachte mir schon, daß euch das Appetit machen würde!« Dann verschwand sie in der Dunkelheit und überließ sie ihrem voyeuristischen Vergnügen.

Der Lärm und Zachs pochendes Instrument in ihrer engen Scheide hatten Miriam wieder zum Leben und zu neuer Tatkraft erweckt, denn in Erwiderung seiner Bewegungen stieß sie ihren Unterleib ihm entgegen, wand sich in einem perfekten Zustand erotischer Raserei und rief ihm zu, er solle sie ordentlich durchf—en und alles, aber auch alles – bis hin zu den Eiern – in ihre Fotze hineinschieben, wobei sie ihm sogar in die Schulter biß, während sie alle obszönen Ausdrücke benutzte, die man sich nur vorstellen kann. Sie war regelrecht zum Dämon geworden, nachdem sie erst einmal richtig Fahrt aufgenommen hatte, und nach ihren Seufzern und Freudenschreien zu urteilen, kam sie fast alle paar Sekunden, bis ihr Ehemann ziemlich erledigt war und trotz all ihrer Versuche, ihn bei der Stange zu halten, von ihr herabrollte. Da lag er dann geschlagen unter seiner zügellosen Braut, die sich sofort triumphierend auf ihn sattelte, seinen noch immer steifen Schwanz in ihre unersättliche Ritze steckte und mit aller Macht losritt, bis er sie, ihre Geilheit verfluchend, abwarf und sich weiteren Aktivitäten für eine Weile verweigerte.

So endete die Episode im Zigeunerlager, worauf unsere Heldin und ihr juristischer Freund sich zurück in ihre Kutsche begaben und die Reise nach London fortsetzten. Unterwegs trug er ihr die Geschichte der Prostituierung von zwei Schwestern vor, die er mit Hilfe einer Leselampe von einem Blatt Papier ablas, das er aus seiner Brieftasche nahm.

»Welch nützlichen Beitrag doch junge Putzmacherinnen zur Prostitution leisten und sich selbst dazu anbieten! – Doch darüber und über ähnliche Dinge wollen wir keine allgemeine Zensur abgeben; wir glauben jedoch, daß es bei aller Leichtfertigkeit und Frivolität, die vielleicht zu oft mit dem Namen von Putzmacherinnen verbunden werden, auch jede Menge respektable und zuvorkommende weibliche Wesen gibt, die den Beruf zum Medium der Unabhängigkeit machen; und wenn ihre Ehrenwerten* – und Sehr Ehrenwerten** – Kunden, indem sie ihre Rechnungen pünktlich bezahlen – oder überhaupt bezahlen –, es zulassen, auch zur Grundlage von Reichtum.

Die Spezies der Putzmacherinnen, auf die wir hier ganz

---

* Titel der jüngeren Kinder der Earls und aller Kinder der Viscounts und Barone, der Ehrendamen des Hofes, der Mitglieder des Unterhauses, gewisser höherer Richter und der Bürgermeister.

** Titel der Earls, Viscounts, Barone, der Mitglieder des Privy Council, des Lord Mayor von London etc.

speziell und entschieden anspielen, ist diejenige, welche im allgemeinen aus nicht anerkannten, verstoßenen und weiterhin gehaltenen Mätressen besteht und den Beruf lediglich als Finesse und Glanz für das Geschäft der Verführung benutzt. Oft haben wir die Straßenszenen bemerkt, die nächtlichen Orgien der Sinnlichkeit, die mitternächtlichen Opferungen weiblicher Tugend, die sich hinter den Ladentüren einer angeblichen Putzmacherei vollziehen.

In einem abgelegenen Teil von Devon zehrte Mr. Firman, ein Witwer, ein Mann von seßhafter Veranlagung und dem Studium zugetan, von einem sehr kleinen Vermögen, und da ihm so manches Mißgeschick im Leben begegnet war, lebte er mit der Welt eher in Unfrieden als in Eintracht. Er war Handelsherr in Bristol gewesen und befand sich auf dem besten Wege zum Reichtum, als es geschah, daß innerhalb von zwölf Monaten seine sechs Schiffe, zusammen mit dem Großteil ihrer lebendigen Ladung, verlorengingen und ihr Eigner sich infolgedessen bankrott erklären mußte.

Ein Schiff brannte aus, nachdem ein Faß Rum Feuer gefangen hatte; ein anderes erlitt Schiffbruch; ein drittes ging unter; und ein viertes wurde Opfer von nicht weniger als dreihundert Negern, die in dem verzweifelten Versuch, die Freiheit zu erlangen, das Magazin unter Feuer setzten und sich selbst und die gesamte Mannschaft in die Luft jagten. Was mit den anderen beiden geschah, wurde nie vollständig aufgeklärt. Wir erwähnen den Grund für Mr. Firmans Scheitern lediglich, weil er sein Unglück später als gerechte Strafe für seine Verwicklung in einen derart verruchten Handel zu erklären pflegte.

Als Gesellschafter seines Ruhestandes, als Trost in seiner Einsamkeit hatte Mr. Firman zwei Töchter, Sophia und Eliza, und einen Sohn, Frederick. Die ersteren waren Zwillinge, etwa sechzehn Jahre alt, sehr schön und auch ansonsten von der Natur gut ausgestattet. Letzterer, der von einer unverheirateten Tante ein kleines Vermögen geerbt hatte, war ebenfalls ein sehr liebenswerter junger Mann und sollte die juristische Laufbahn einschlagen. Er war etwa siebzehn Jahre alt und stand unter der Obhut eines Geistlichen in Exeter. Obwohl er seine Töchter abgöttisch liebte, war Mr. Firman entschlossen, sie auf eine respektable Gewerbeschule zu schicken, und als er in einer Londoner Zeitung eine protzige Anzeige sah, daß von einer Putzmacherin zwei junge Damen im Westen der Stadt gesucht würden, schrieb er umgehend an einen Freund und bat ihn, Erkundigungen über die Bedingungen und nähere Einzelheiten hinsichtlich der Anzeige einzuholen. Der Freund, der nicht sehr pflichtbewußt war, machte es sich so leicht wie möglich. Er sah ein großes Haus in einer vornehmen Gegend und wurde von einer eleganten Dame empfangen, und mit seinem bescheidenen Fassungsvermögen empfand er das als durchaus hinreichend.

So erhielt Mr. Firman eine zufriedenstellende Antwort, denn sein Freund, der nicht nur die Mühe, die er aufgewandt, sondern auch seine Urteilskraft unter Beweis stellen wollte, blies seinen Bericht gehörig auf und versprach große Vorteile aus der Verbindung. Da die Bedingungen vernünftig und der Bericht somit zufriedenstellend war, schrieb Mr. Firman seinem Freund postwendend zurück und bat ihn, das Geschäft zum Abschluß zu bringen. Seine Hoffnung bestand darin, daß seine Töchter während der Ausbildung nicht nur einander Gesellschaft leisten, sondern anschließend auch zusammen ein Geschäft aufmachen würden; und daß sie, da sie sehr enge Beziehungen zur modischen Welt hatten, in kurzer Zeit ein stattliches Vermögen damit machen würden.

Da es langweilig und trübsinnig wäre, an den Vorbereitungen und der Trennung eines vernarrten Vaters von seinen geliebten Töchtern teilzunehmen, werden wir das überspringen und die Schwestern gleich in der Jermyn Street absetzen, im Haus von Mrs. Tiffany, wo 120 Guinees* als Lehrgeld entrichtet wurden und der Freund sich um die ordnungsgemäße Ausfertigung der Lehrverträge kümmerte.

Der Briefwechsel zwischen Mr. Firman und seinen beiden Töchtern fand einige Zeit regelmäßig und in gegenseitiger Herzlichkeit statt. Doch nach und nach ließ er, sowohl was die Pünktlichkeit als auch die Zärtlichkeit betraf, von seiten der letzteren nach; sie waren so beschäftigt, sie waren indisponiert oder sie weilten während der toten Jahreszeit bei Freunden von Mrs. Tiffany auf dem Land, kurz gesagt, die töchterlichen Pflichten kamen bald völlig zum Erliegen, und der arme alte Mann konnte sich die Finger wund schreiben, ohne daß dies etwas geändert hätte. Sie schrieben ihm nur noch, wenn sie Geld für schöne Kleider benötigten, und das geschah öfter, als es seine Umstände in geziemender Weise erlaubten.

Nun kam die Zeit, da der Sohn Devonshire verlassen sollte, um seine Berufsausbildung aufzunehmen. Er wurde bei einem äußerst eminenten Rechtsanwalt in Gray's Inn** in die Lehre gegeben und hatte Empfehlungsschreiben an mehrere hochgeschätzte Persönlichkeiten des Rechtslebens.

Nachdem er sich dort eingerichtet hatte, galt seine erste Sorge einem Besuch bei seinen Schwestern; die gute Frau empfing ihn mit großer Freundlichkeit, doch da die Miss Firmans ein Stück weit außerhalb der Stadt weilten und erst in einigen Tagen zurückerwartet würden, wurde er eingeladen, erneut vorzusprechen. Dabei fielen ihm besonders drei junge Damen im Haus auf, herausgeputzt und stark ge-

* 120 £ + 120 sh = 126 £, vgl. Fußnote S. 11.

** Honorable Society of Gray's Inn, eine der vier englischen Anwaltskammern, in Holborn, London.

schminkt, mehr wie Puppen aus einem Spielzeugladen als weibliche Wesen, die man im Zusammenhang mit der bescheidenen und respektierlichen Berufsausübung erwartet.

Firman, noch keine neunzehn Jahre alt und gerade erst aus der hintersten Ecke von Devonshire gekommen, zog daraus den Damen nicht eben schmeichelhafte Schlüsse; und das gesamte Erscheinungsbild des Ortes erweckte in ihm düstere Ahnungen, was die Sicherheit seiner Schwestern betraf.

Sehr unbefriedigt verabschiedete sich der junge Firman, verbarg jedoch seinen Verdacht und versprach, in einigen Tagen wiederzukommen, wobei er seiner Hoffnung Ausdruck verlieh, daß seine Schwestern bis dahin von ihrem Landaufenthalt zurückgekehrt sein würden.

Unter anderen Briefen hatte der junge Firman zufällig auch einen, der ihn wärmstens an den Sohn eines Baronets aus dem West Country* empfahl, der, um sich für die Zulassung bei Gericht zu qualifizieren oder vielleicht auch einen Sitz im Parlament zu ergattern, in Lincoln's Inn** Paphianische Theologie*** studierte. Er verlor keine Zeit, sein Päckchen abzuliefern, und da er ein sehr umgänglicher junger Mann war und ein modisches, wenn auch unschuldiges Erscheinungsbild bot, meinte Mr. Thornback, der Student, daß er ihm nicht zur Unehre gereichen, vielmehr seine Unwissenheit ihm manchen Anlaß zur Belustigung geben würde, so daß er sich dazu herabließ, ihn einzuladen, ihn

* Inoffizielle Bezeichnung für den Südwesten Englands, schließt neben den Grafschaften Bristol, Cornwall, Devon, Dorset und Somerset zumeist auch Gloucestershire und Wiltshire mit ein.

** Eine weitere der vier englischen Anwaltskammern, ebenfalls in Holborn gelegen.

*** Von Paphos auf Zypern.

in seiner Karriole* am nächsten Tag, einem Sonntag, nach Windsor zu begleiten.

Unterwegs wurden sie vertrauter miteinander, und der junge Thornback eröffnete ihm die Absicht, die er mit dem Ausflug verfolgte, die darin bestand, daß er »ein verdammt schönes Mädchen« in der Gegend besuchen wolle, die er ausgehalten und unglücklicherweise geschwängert habe und die jetzt jeden Augenblick niederkommen konnte. Der junge Firman war ein zu großes Greenhorn, um sich auf einen solchen Besuch freuen zu können, und Thornback, auf den er einen zu ernsten Eindruck machte, versuchte ihn aufzuheitern, indem er ihm versicherte, daß seine Favoritin eine Schwester habe, ebenfalls sehr schön, mit der er, wenn er wolle, die Nacht verbringen könne, da die beiden zu Besuch in seinem Quartier weilten.

Dies zerstreute jedoch nicht die düstere Stimmung des jungen Firman. Tausend Gedanken an zu Hause und an die neuen Welten, in die er hier eintrat, schienen ihn zunehmend in Verlegenheit zu bringen, und bevor er sich genügend erholt hatte, um eine zusammenhängende Antwort zu geben, hatten sie bereits vor dem Tor eines sehr schönen Hauses am Rand von Windsor angehalten.

Kaum waren sie ausgestiegen, als eine Hausdienerin mit einem melancholischen, reisemüden Gesicht den Landjunker davon in Kenntnis setzte, daß seine Mätresse einen hübschen Jungen zur Welt gebracht habe, um dann jedoch unter einer Flut von Tränen hinzuzufügen, daß die Mutter nicht mehr am Leben sei! Obwohl als ausgewachsener Stadt-Geck mit wenig Gefühlen ausgestattet, war Thornback doch schwer erschüttert von dieser Nachricht. Eine Träne stahl sich seine Wange hinunter, und nach Eintritt in den Salon warf er sich in einer Ekstase der Trauer auf

---

* Zweirädrige, von zwei Pferden gezogene Kutsche.

das Sofa. In diesem Augenblick schrillte es in den Ohren des jungen Firman, und es zerriß ihm das Herz, als eine Stimme, die ihm irgendwie bekannt vorkam, in laute Klagen ausbrach. »Wo ist er? Wo ist er?« wiederholte die nun wohlbekannte Zunge. Die Tür wurde aufgestoßen, und die nun einzig überlebende Tochter des unglücklichen Firman warf sich, die Hände ausgestreckt, das Haar zerzaust, die Züge verzerrt, dem jungen Thornback an den Hals.

Überraschung, Scham, Trauer und Verwirrung, all dies war im Herzen des unglückseligen Bruders vereint, seine Gefühle wurden zu stark für seine Natur, und er sank besinnungslos auf den Teppich. Die Hausmädchen, die als einzige noch Herr ihrer selbst waren, halfen, ihn in einen Sessel zu heben, und der Lärm und das Durcheinander, die dabei entstanden, rüttelten nun auch die Schwester auf – ihre Gefühle wechselten von Trauer zu Schmerz und von Schmerz zu Verzweiflung, als sie in der Person eines vermeintlich Fremden, den sie zuvor gar nicht beachtet hatte, den geliebten – und, wie sie glaubte, im Sterben begriffenen – Bruder erkannte.

Von dem Augenblick an wurde sie unempfänglich für alles, was um sie herum geschah – sie drehte vollkommen durch –, und nur Stricke konnten sie davor bewahren, ihrem Dasein ein Ende zu setzen.

Hier nun einige Worte bezüglich Mrs. Tiffanys. Sie war in jungen Jahren unter dem Einfluß einer französischen Putzmacherin verführt worden. Nachdem sie mehrmals die Männer gewechselt hatte, landete sie bei einem Westindien-Handelsherrn, bei dem sie genügend abstaubte, um das Haus in der Jermyn Street zu eröffnen, in dem sie vorgab, eine Putzmacherei zu betreiben, um sich auf diese Weise um so unverdächtiger als Kupplerin und Bordellwirtin zu betätigen.

Die beiden lieblichen Firmans hatten nur sechs Monate

im Haus verbracht und waren kaum siebzehn Jahre alt, als sie verkauft wurden – die eine an einen Gauner und Falschspieler für zweihundert Pfund, und die andere für fünfhundert Pfund an einen alten, kraftlosen Viscount.«

Als Mr. Capias seine Geschichte von der Prostituierung der kleinen Putzmacherinnen beendet hatte, kamen sie bereits nach London herein und wurden bald darauf an dem berühmten La Belle Sauvage Inn in Ludgate Hill abgesetzt, eine Droschke wurde gerufen, und Capias hatte keine Mühe, Polly zu überreden, ihn in seine Wohnung im Temple* zu begleiten. Es war noch früh am Tage, also legten sie sich nach einem guten Frühstück, das ihnen die Haushälterin aufgetischt hatte, auf sein Bett, um bis zum Abend, an dem er einen Freund zum Essen erwartete, der Ruhe zu pflegen.

»Also, mein Liebling«, rief der junge Anwalt aus und warf seine Kleider ab, »zieh dich aus und laß uns ohne Hemmnisse jene köstlichen Freuden genießen, welche der Unfall in der Kutsche unterbrochen hat und von denen wir hinterher in dem Zigeunerzelt nur einen groben Vorgeschmack hatten. Ha, welch erregende Reize; laß mich diese schwellenden Kugeln schneeweißen Fleisches streicheln, die ich aus deinem gelockerten Kleid hervorlugen sehe. Welche Unterschiede gibt es doch bei den Titten, manche Mädchen haben fast gar nichts, andere sind so voll, daß sie wie das Euter einer Kuh herabhängen, und dann gibt es welche von den feinsten, die gar keine Nippel als I-Tüpfelchen haben. Deine, mein Schatz, sind die reinste Perfektion, laß mich sie küssen, an ihnen saugen, sie in meinen Händen kneten!«

Dieser Angriff auf ihren Busen machte Polly fast ver-

---

* Die Gegend um die Temple Church, zwischen Fleet Street und der Themse gelegen.

rückt vor Begierde. Das Blut kribbelte ihr bis in die Zehenspitzen, als sie vor Erregung keuchte und seufzte – »Oh! Oh! Oh!«.

Er hatte sie nach und nach zum Bett geschoben, und als sie schließlich auf der Bettkante saß, fand eine seiner Hände ihren Weg unter ihren Kleidern geradewegs zu ihrem Allerheiligsten.

»Was für eine liebliche Spalte. Ich hatte kaum Zeit, zu fühlen, was für eine schöne Pussy du hast, als ich in dem Zigeunerzelt so heiß auf dich war. Jetzt, mein Liebling, können wir alles in Perfektion genießen und die Freuden am F—en durch ein zärtliches Vorspiel wie dieses vermehren, welches das Blut erwärmen wird, bis du so verrückt wirst, daß du darum betteln wirst, es auf der Stelle zu kriegen, und mein erregter Schwanz sich in deiner sprudelnden Kuhle suhlt. Und mir vorzustellen, daß ich der erste war, der, der dir letzte Nacht deine Jungfernschaft nahm.«

Ihre Säfte flossen reichlich, und sie bettelte tatsächlich unter Seufzern darum, daß er ihr unwiderstehliches Verlangen endlich befriedigen möge.

»Nicht, solange du deine Sachen anhast, meine Liebe, runter damit, schnell – sieh dir mal meinen Ständer an – da, streichle ihn, drücke ihn mit deiner Hand.«

Er selbst hatte sich bereits komplett ausgezogen und half ihr jetzt, das gleiche zu tun; dann warf er sie aufs Bett und lag auch schon zwischen ihren Beinen, die sie weit ausstreckte, um ihn zu empfangen, doch er machte noch ein paar Minuten herum, indem er den Kopf seiner Maschine erst einmal nur leicht zwischen die warmen, saftigen Lippen legte, die so begierig danach waren, ihn aufzunehmen.

»Ah, du spielst mit mir! Nun gib's mir endlich!« schrie sie fast und hob ihren Unterleib, um ihm entgegenzukommen. »Oh! Na los jetzt; reiz mich nicht so«, mit einem tiefen Seufzer, »ich komme schon wieder! Oh! Oh!«

Ihm bereitete diese Tändelei ungeheures Vergnügen, doch schließlich erweckten ihre schmachtenden Blicke sein Mitleid, und er fuhr langsam in sie hinein bis zum Anschlag, so daß seine Eier gegen die weichen, samtenen Pobacken klatschten.

»Ich gehe es gern langsam an«, flüsterte er, »und ziehe das Vergnügen hinaus, bis wir beide vor Lüsternheit definitiv an die Decke gehen. Das ist die einzige Art, den Gipfel der wahren Freude zu erklimmen. Ein junger Bursch, der einfach drauflosrammt wie ein Hengst oder rammelt wie ein Kaninchen und nach wenigen Augenblicken kommt, gibt dem Mädchen kaum Gelegenheit, selbst zu genießen, bevor er selbst fertig und schon wieder runter ist.«

Viele verheiratete Frauen haben dumme Ehemänner von der Art, die sie nie richtig f—en. Kann man sich da noch wundern, daß sie sich in einen anderen verlieben, der sie in die wahren Freuden der Liebe einführt?«

»Ja – ja – mein Liebling – aber stoß jetzt schneller zu. Ah, ich fühle, wie sein Kopf bei jedem Stoß an meinen Muttermund klopft; das ist herrlich. Kommst du? Ich schwimme geradezu in meinen Säften. Oh, da ist es – wie ein warmer Blitz, der in mich einschlägt. Oh, oh, hör nicht auf – mach noch ein paar Stöße weiter. Ich komme schon wieder. Oh, du Lieber. Ahrrr! Oh!«

Danach hatten sie einen gesunden Schlaf bis abends um sieben, als die Haushälterin anklopfte, um anzukündigen, daß Mr. Verney eingetroffen sei. Auf diese Weise geweckt, war Polly entzückt, als sie feststellte, daß der Schwanz des jungen Anwalts immer noch wie beim Einschlafen in ihrer jetzt fest zusammengezogenen Scheide steckte.

Sie hätte zum Aufmuntern gerne noch einmal losgelegt, aber Capias lehnte den Vorschuß dankend ab und versprach, es in der Nacht wiedergutzumachen.

»Du bist ein Glückspilz, alter Knabe!« sagte Verney, als

sein Freund Capias ihn Miss Polly D— vorstellte; »niemand hat auf dem Feld der Venus so viel Glück wie du.«

»Wie sie's treibt, ist noch besser, als wie sie aussieht«, entgegnete Capias und ließ Polly damit bis an die Haarwurzeln erröten. »Nichts, wofür man sich schämen müßte, mein Liebling, ich berichte Verney von allen meinen Liebesaffären; aber glaube ihm nicht, er ist selbst ein Teufel, was die Frauen betrifft, aber auch einer, der sie zu befriedigen weiß. Jetzt aber erst einmal essen; sie hat mir alle Kraft genommen, und ich brauche eine Stärkung.«

»Nichts geht über einen kräftigen Imbiß nach einem guten Bums, nicht wahr, Capias? Ah! Ich wünschte, ich wäre du, allein der Anblick von Miss Polly wird mich die ganze Nacht nicht schlafen lassen, es sei denn, die Tochter meiner Wirtin erbarmt sich meiner und schlüpft zu mir ins Bett, wenn ich nach Hause komme!«

Beim Essen und während des ganzen Abends wandte Verney kaum einmal den Blick von unserer Heldin ab, der natürlich nicht entging, welchen Eindruck sie auf ihn gemacht hatte. Capias schien alles andere als eifersüchtig und widmete der Flasche weit mehr Aufmerksamkeit als seiner neuen Liebe, was diese ziemlich wütend machte. Verney war ein brillanter Pianist, er spielte und sang sehr gefühlvoll und warf Polly anzügliche Blicke zu, wenn er an eine schlüpfrige Stelle kam. Draußen herrschte ein schreckliches Unwetter, daher wurde die Haushälterin gebeten, Verney auf einem guten, breiten Sofa ein Bett herzurichten. Er warf Polly einen bedeutsamen Blick zu, als diese Vorkehrungen getroffen wurden, und blickte gleich darauf zu der Anrichte mit den geistigen Getränken hinüber, um ihr einen Hinweis auf seine Pläne zu geben. Wenn sich Capias in anregender Gesellschaft befand, neigte er zu sehr dem Whiskey mit Wasser zu, den er trank wie ein Fisch, wobei er sich nicht um die Pflichten bekümmerte, deren Erfüllung Polly von ihm erwarten würde, wenn sie zu Bett gingen. Schließlich sagte sie, sie sei müde, und nachdem sie Verney eine gute Nacht entboten und Capias gebeten hatte, nicht zu lange aufzubleiben, begab sie sich ins Schlafgemach. Verney mischte seinem Freund zum Abschluß einen überaus steifen Drink, und während dieser ihn herunterkippte, wünschte er ihm angenehme Träume und jede Menge Bettvergnügen, wobei er hinzufügte: »Ich werde die ganze Nacht einen Ständer haben, wenn ich nur an euch denke.«

Der Saufbold kroch ins Bett, wo er von Pollys sehnsüchtiger Umarmung empfangen wurde.

»Also, Sir, Ihr seid fast betrunken und schläfrig, bleibt wach, bis ich befriedigt bin, oder mein Name soll nicht mehr Polly sein, wenn ich Euch nicht verlasse und Euren Freund bitte, Eure Pflicht für Euch zu erfüllen. Du hast den ganzen Abend keine Notiz von mir genommen. Ah! Er steht dir ja nicht mal«, setzte sie hinzu, als sie mit der Hand danach tastete und nur ein schlaffes Gerät vorfand.

Er war nicht so dumm, sich seines Zustands nicht bewußt zu sein, deshalb nahm er einen ihrer Nippel in den Mund und versuchte, die erwünschte Begierde in sich zu entfachen, und mit ihren Fingern tat sie ihr Bestes, ihn bei dem schwachen Versuch zu unterstützen, während die seinen an ihrer Klitoris ihre erotische Flamme in all ihrer Intensität auflodern ließen. Schließlich fiel er in einen gesunden, trunkenen Schlaf, gerade als ihre Säfte zu fließen begannen und sie fast außer sich war vor gebremster Begierde.

»Du Scheusal, du Trunkenbold«, rief sie erzürnt und stieß ihn von sich, »du bist in irischen Whiskey getränkt. Du wirst schon sehen, ob ich meine Drohung wahr mache. Verney scheint ein netter Kerl zu sein, dem man nur eine Chance geben muß.«

Nur mit ihrem Hemdchen bekleidet, sprang sie aus dem Bett, rauschte in das andere Zimmer und warf sich herzzerreißend schluchzend in einen Sessel, das Gesicht mit den Händen bedeckend.

»Herrgott noch mal! Verdammt, was ist denn los?« rief Verney, aus dem tiefsten Schlaf gerissen. Im Schein des Kaminfeuers konnte er ihre Gestalt vage erkennen, und so warf er die Bettdecke beiseite, erhob sich vom Sofa und kniete vor ihr auf dem Kaminvorleger nieder.

»Was hat er getan, Euch aus dem Schlafzimmer zu treiben, meine Liebe, erzählt es mir; ich würde ihn für Euch mit einem Tritt auf die Straße befördern, Polly!«

»Es ist, was er *nicht* getan hat!« entgegnete sie schluchzend, während er weiter nach dem Grund forschte und ihr dabei den Arm um die Taille legte, bis ihr Kopf auf seiner männlichen Schulter ruhte.

»Oh, oh, ich konnte es nicht ertragen, die ganze Nacht neben einem Betrunkenen im Bett zu liegen. Ich werde meine Kleider nehmen und von hier weggehen.«

Seine Hand hatte sich jetzt zwischen ihren Schenkeln eingenistet und seine Lippen drückten heiße Küsse auf ihre glühenden Wangen. Höher und höher kroch die drängende Hand, bis sie im vollen Besitz ihrer Ritze war, ganz feucht von ihren warmen, cremigen Ergüssen. Immer noch schluchzte sie an seiner Schulter, während sich ihre Beine leicht öffneten und ein spürbarer Schauder unterdrückter Gefühle ihm deutlich machte, daß sein Erfolg bald vollständig sein würde. Er nahm seine Hand einen Augenblick lang von dieser heißen Stelle, hob ihren nackten Fuß an und plazierte ihn auf seinem steil aufragenden Werkzeug, das, so steif und hart wie Eisen, unter den von seiner Hand geführten streichelnden Bewegungen ihres Fußes kräftig zu pochen begann.

Von ihrem Gesicht fanden seine Lippen den Weg zu ihrem Busen, dabei brachten ihre Seufzer und Ohs nur allzu deutlich ihre Gefühle zum Ausdruck, so daß er sich schließlich erkühnte, Polly auf die Arme zu nehmen und sie zum

Sofa zu tragen. Dort streckte er sich neben ihr aus, seinen mächtigen, steifen Knüppel an ihren Bauch gepreßt, und legte ihre Hand darauf, worauf sie ihre Beine öffnete und den Schwanz eigenhändig zu ihrer Spalte führte: Das war der Beginn eines köstlichen F—ks in Seitenlage, bei dem zugleich ihre Lippen aufeinanderklebten, während ihre Zungenspitzen miteinander spielten. Dies ließ ihn nach wenigen Augenblicken kommen, doch er drehte sie lediglich auf den Rücken und blieb im Takt, bis sie in einer Agonie des Entzückens ebenfalls kam. Nachdem sie sich ein Weilchen ausgeruht hatten, machte er weiter, sie schlang ihre Beine um seine Lenden und hob sich ihm entgegen, wand sich in all der lüsternen Ekstase ihrer leidenschaftlichen Natur und sonderte alle paar Minuten eine Flut ihrer warmen Soße aus, was seiner Rute natürlich ungeheuer wohltat, die sich in der köstlichen Feuchte suhlte, was ihn jeden Augenblick mehr erregte.

Ihr Hüpfen und Stoßen brachte das Sofa ganz schön zum Knarren, und jeder, der nicht in einem so tiefen, trunkenen Schlaf lag wie Capias, hätte davon aufwachen müssen.

»Ah!« seufzte Polly, die kaum noch zu Atem kam. »Du hast ihn um Längen geschlagen, und ich hatte schon gedacht, daß kein Mann mir mehr Vergnügen bereiten könnte als er. Mach weiter, stoß ihn rein, Eier und alles – oh, f—k, f—k mich. Oh! Ich komme schon wieder, und du erst mal! Wie du es in mich reinschießt, du lieber Kerl.«

Als alles vorbei war, versprach er, fortan für sie zu sorgen, und gab ihr eine Adresse, wo sie zwei hübsche Zimmer bekommen könne, doch zunächst einmal solle sie sich wieder neben Capias ins Bett legen. »Und wenn er am Morgen erwacht, meine Liebste, laß ihn dich nicht berühren, sag einfach ›Nein! Du konntest mich gestern nacht nicht f—ken, und jetzt will ich nicht mehr!‹ Das wird ein guter Vorwand sein, ihn zu verlassen.«

Sie handelte seiner Anleitung entsprechend und hatte nach einigen Stunden den Temple hinter sich gelassen, ohne daß der Anwalt ahnte, daß Verney seine Finger im Spiel gehabt hatte.

Polly fuhr zu der Adresse, wo Mrs. Swipes, die Wirtin, ihr versicherte, sie freue sich immer, Freunde von Mr. Verney, der so ein netter Gentleman sei, willkommen zu heißen.

Ihr neuer Liebhaber kam am Abend auf einen neuerlichen F—k vorbei, sehr zur Freude der immergeilen Polly, und brachte ihr einige unanständige Bücher zum Lesen mit, darunter *Fanny Hill**, *The Ups and Downs of Life***, *The New Ladies' Tickler**** etc.; des weiteren drei große und besonders interessante Bände voller großformatiger farbiger Bildtafeln und aller Art von erotischem Lesestoff, Erzählungen, Liedern etc., genannt *Die Perle – das Magazin*, das ihn, wie er Polly versicherte, dreißig Pfund gekostet habe. Als er sich am nächsten Morgen nach dem Frühstück von ihr verabschiedete, gab er ihr den ausdrücklichen Rat, sich von Mrs. Swipes in allen Dingen leiten zu lassen.

»Und du kannst sie am besten für dich einnehmen, indem du ihr jeden Tag eine Flasche Gin spendierst, ein halbes Pint**** kostet nicht viel, und ich erstatte dir sowieso alle Ausgaben. Sei nett zu den anderen Mädchen im Haus, und du wirst es so gut wie eine Königin haben; ich bin nicht von der eifersüchtigen Sorte, und du wirst jede Menge Spaß haben!«

Polly schloß daraus, daß sie in einem Freudenhaus ge-

---

* Von John Cleland, London 1748.

** Von Edward Sellon, London 1867.

*** *The New Ladies' Tickler. Or, the Adventures of Lady Lovesport and the audacious Harry* [von Edward Sellon?], London 1866.

**** Ein guter Viertelliter.

landet war, doch sie war ziemlich zuversichtlich, daß sie schon auf sich aufpassen konnte, als sie eine Börse Gold an sich nahm, die er für sie auf dem Tisch gelassen hatte.

»Meine Liebe«, sagte Mrs. Swipes, während sie ihren Old Tom schlürfte, »vom Gin bekommt man solchen Appetit, ich kann immer gut essen, aber für Männer ist er zu deprimierend, er nimmt ihnen alle Kraft aus dem Schwanz, also biete deinen Gentleman-Freunden nie so was Vulgäres an; laß sie nach Champagner oder Brandy schicken; auch Whiskey ist nicht schlecht. Du kennst die Redensart: ›Whiskey macht die Liebe heiß, und Brandy macht sie lang.‹ Was mich betrifft, meine Liebe, so gib mir einen Mann, der seine Stellung zu halten weiß und weiterf—t, dabei in meiner Fotze steifer und größer wird, bis er mein Blut in Wallung bringt, all meine Leidenschaften in solche Höhen treibt, daß, wenn wir schließlich gemeinsam kommen, unser beider Seelen zu einer einzigen zusammenschmelzen und er dich in jenen postkoitalen Glückszustand versetzt, wie es nur wahre und erfahrene F—ker wirklich verstehen.«

Nachdem sie ihre Kehle mit etwas Gin befeuchtet hatte, fuhr sie fort: »Kerle, die so heiß sind, daß, kaum sind sie in ein Mädchen eingedrungen, auch schon alles vorbei ist, schenken ihm kein bißchen Vergnügen – sogar manche alten Männer sind so geil, daß es nur des Anblicks eines hübschen Beins und Fußes bedarf, um sie schon in der Hose kommen zu lassen. Tja, meine Liebe, du kannst dir nicht vorstellen, was für ein Haufen verlotterter Kerle in London herumläuft, sowohl junge als auch alte Männer, die sich in der Menge bewegen oder in einer Kutsche mitfahren, wo sie einem Mädchen an den Hintern fassen oder ihm auf die Zehen treten können, was ihnen schon genügt, um abzuspritzen, anstatt einen offenen, ehrlichen F—k zu haben und dafür zu zahlen – für wenig Geld kommt man ja voll auf seine Kosten. Kümmere dich nicht um solche Burschen, hau ihnen lieber eine runter. Nun, meine Liebe, wenn du einen wirklich netten Gentleman kennenlernen willst – dazu noch einen ansehnlichen, einen richtigen Lord – jede Menge Moneten, Schampus nach Herzenslust, und alles in bester Laune –, also, meine Liebe, er f—kt mich sogar gern, alt, wie ich bin, manchmal kann, wie er sagt, in einem alten Topf eine Menge gute Suppe gekocht werden. Bessie Jones ist ganz wild auf ihn, und er kommt heute abend zum Essen zu uns, wenn du willst, kannst du mit von der Partie sein – was meinst du, Liebes?«

»Aber was wird Bessie dazu sagen, wenn Ihr mich dazu einladet?« fragte Polly.

»Meinst du, ich würde eine eifersüchtige Närrin in meinem Haus dulden? Seine Lordschaft erwartet von mir, daß ich ihm jede Dame, die neu in mein Haus kommt, vorstelle. Bessie und du, ihr werdet die besten Freundinnen sein.«

In diesem Augenblick klopfte es an der Tür von Pollys Apartment.

»Herein«, rief Mrs. Swipes. »Oh, du bist das, Bessie; laß mich dich unserer neuen Hausgenossin vorstellen, Miss Polly … – ahem, wie heißt du weiter, meine Liebe?«

»Spielt keine Rolle; was wird Miss Bessie nehmen, um auf unsere neue Bekanntschaft anzustoßen?«

»Ich weiß, was ich ihr geben würde, und zwar eine gute Birkenrute auf ihren fetten Hintern dafür, daß sie unsere kleine Plauderei gestört hat«, sagte Mrs. Swipes.

»Das hättest du wohl gern, du liebes altes Mädchen, dir macht es Spaß, einen rosigen Hintern zu sehen, der unter den Hieben röter und röter wird, bis die Blutstropfen herunterrinnen. Gib eine Flasche Schampus aus, und ich stelle dir gern meinen Arsch ein paar Minuten zur Verfügung, man bekommt am Ende so angenehme Gefühle, und für unsere neue Freundin Miss Polly mag das eine Neuheit sein; und ich muß mich für mein Eindringen entschuldigen, Tatsache ist, daß ich deine Stimme hier drinnen hörte, als ich die Treppen herunterkam, um zu erfahren, ob Lord Rodney heute abend zum Essen kommt.«

»Unsinn!« schimpfte Mrs. Swipes, »warum sagst du nicht ehrlich, daß du dir gedacht hast, hier gäb's was zu trinken. Ich werde bald den Schampus besorgen und dir den Preis dafür aus dem A— prügeln, meine unverschämte, freche Schönheit, obwohl ich weiß, daß du die Berührung durch die Zweige genauso genießt wie ich deren Anwendung; und der Anblick wird Miss Polly ganz neue Empfindungen vermitteln, oder ich bin kein Menschenkenner, die Geilheit steht ihr doch ins Gesicht geschrieben!«

»Danke für das Kompliment«, sagte unsere Heroine. »Ich gebe zu, ein Eisklumpen bin ich nicht, aber jetzt beeilt euch mal, ich bin ganz scharf darauf, das Birkenrutenklatschen zu sehen.«

Die Wirtin begab sich höchstpersönlich in den Keller und kam bald mit einer Flasche echtem Madame Cliquot zurück, mit der die drei Damen einander »ein langes Leben und F—ken ohne Ende« wünschten.

Mrs. Swipes hatte aus den unteren Regionen des Hauses auch ein langes dünnes Päckchen aus braunem Papier mitgebracht, aus dem sie eine hübsche kleine Rute auswickelte, bestehend aus einigen schönen langen Birkenzweigen, die am unteren Ende mit hübschen blauen Samt- und roten Seidenbändern zusammengehalten wurden, während die Zweigspitzen so ausgebreitet angeordnet waren, daß sie einen beträchtlichen Teil jedes hingebungsvollen Hinterteils abdecken konnten, auf das sie angewendet wurden.

»Legt mich über ein Ende des Sofas, und Miss Polly muß mich an den Händen festhalten«, sagte Bessie und legte ihren Morgenmantel ab, worauf man gleich erkennen konnte, daß sie darunter nichts als ihr Korsett, Hemdchen und Höschen trug, um ihren Körper zu verstecken, der zu ihrem besten Vorteil mit rosa Seidenstrümpfen, hübschen blauen Strumpfbändern mit Goldschnallen und eleganten hochhackigen französischen Sandalen garniert war.

»Hau so fest, wie du willst, Swipes, meine Liebe, aber du weißt, daß ich es gern habe, wenn mich zum krönenden Abschluß jemand leckt.«

»Ich bin dabei, wenn die brennenden Schnitte deine Säfte zum Fließen bringen, mein Liebling, ich würde es mir um nichts in der Welt entgehen lassen, jeden Tropfen davon aufzuschlürfen«, entgegnete Mrs. S. und nahm die Gerte in die Hand, während Bessie sich auf das Sofa kniete und Polly ihre Hände gab, um sie festzuhalten, während sie sich über das abgerundete Kopfende dieses Möbelstücks legte.

Die Wirtin knöpfte nun rasch das Gürtelband von Bessies Unterhose auf, zog sie bis zu den Knien herunter, und stopfte den Saum ihres dünnen Kambrik*-Hemdchens vorne und hinten unter ihr Korsett, um den vollen Blick auf ein prächtiges weißes Hinterteil und das sonstige Rüstzeug einer wohlgestalten, hübschen jungen Hure zu gewähren, wie man sie sich nur wünschen konnte.

»Ich werde so beginnen, wie ich dann fortzufahren gedenke«, sagte Mrs. Swipes und ließ die Gerte kräftig heruntersausen. »Wie fühlt sich das an, Bessie, meine Liebe?« gefolgt von einer Reihe scharfer Hiebe, welche das Sitzfleisch kräftig erroten ließen, während sich Bessie unter dem stechenden Schmerz hin und her wand.

Polly, die ihre Hände hielt, konnte sehen, wie Bessies Gesicht beim ersten Schlag der Rute rot anlief und wie sie sich bei jedem der folgenden Schläge krümmte und im Gesicht immer röter wurde, wobei sie sich auf die Lippen biß, um nicht laut aufzuschreien.

Polly konnte auch sehr gut die sich rötende Oberfläche

---

* Lockeres, feinfädiges Zellstoff- oder Baumwollgewebe.

und die zunehmenden Striemen erkennen, die sich unter den unbarmherzigen, stechenden Schlägen der Wirtin bildeten, deren Gesicht eine vor Entzücken zunehmend rosige Farbe annahm, während die Auspeitschung ihren Fortgang nahm.

Dies ließ das Blut in den Adern unserer Heldin kribbeln, die es vor Erregung und einem unbeschreiblichen Gefühl lüsterner Begierde regelrecht schüttelte.

Nach etwa fünf Minuten konnte man bei Miss Jones untrügliche Anzeichen eines nahenden Höhepunktes erkennen, sie schloß die Augen und ließ ihren Kopf über das Ende des Sofas hängen, ihr Hinterteil und ihre Schenkel bebten unter dem Übermaß an Gefühlen, bis Mrs. Swipes die nunmehr nutzlose Rute beiseite warf und sich mit all der Energie einer erregten Tribade* auf ihr Opfer stürzte, es auf den Rücken drehte und ihr Gesicht zwischen Miss Bessies Schenkeln vergrub, wo sie jeden Tropfen Flüssigkeit aus der bebenden Vulva ihres Opfers aufschleckte, und dies zum größten Vergnügen von Miss Polly, die sich dazusetzte und sich im Einklang mit der lustvollen Ansicht selbst befriedigte.

Gegen zehn Uhr wurde Lord Rodney angekündigt und in den Salon geführt, wo Polly, Bessie und ihre Wirtin seine Ankunft erwarteten.

»Fremde zuerst«, sagte Seine Lordschaft und küßte Polly in höchst erotischer Weise, indem er die samtene Spitze seiner lüsternen Zunge in ihren Mund stieß.

»Seht euch den Mann an, was für ein Hurenbock er ist. Ich kann kein anständiges Mädchen im Haus haben, bei der er sich nicht gleich Freiheiten herausnimmt«, rief Mrs. Swi-

---

* Lesbierin, von griech./lat. *tribas*, *tribad-*, von griech. *tribein*, reiben. Bezieht sich auf die lesbische Praxis, die Geschlechtsteile aneinander zu reiben.

pes. »Wie könnt Ihr es wagen, Sir, Eure verruchte Zunge einfach so in Miss Pollys Mund zu stecken?«

»Kümmere dich um deine eigenen Angelegenheiten, du alte Hexe«, gab Seine Lordschaft zurück, ein gutaussehender junger Bursche von etwa achtundzwanzig Jahren, »oder ich werde Bessie meinen Dildo nicht leihen, um dich gleich zu f—ken.«

Das Essen war gut, aber schnell vorbei, und Seine Lordschaft, der die ganze Zeit neben Polly gesessen und sie veranlaßt hatte, unter dem Tisch seinen Schwanz zu streicheln, erhob sich mit einem Gähnen von seinem Platz.

»Wer wird mich denn jetzt entspannen?« rief er aus, »oder wirst du mich Miss Polly überlassen«, wandte er sich an Bessie.

»Mit dem größten Vergnügen«, entgegnete sie, »nur würde ich Euch gern ein wenig mit der Rute bearbeiten, um Euch Beine zu machen, damit Ihr sie nicht mit einem Eurer langweiligen F—ks abspeist.«

Alle drei halfen, Polly zu entkleiden, die bald so nackt wie Eva war, als sie zum ersten Mal Adam begegnete, dann wurde die Falttür zu einem Schlafzimmer geöffnet, wo man sie, vor Aufregung errötend und zitternd, neben der gesteppten Bettdecke niederlegte, während Lord Rodney, gleichermaßen auf einen Zustand der Nacktheit reduziert, zwischen ihren Beinen in Stellung ging und sich auf sie legte, so daß seine steife Maschine gegen ihren Bauch pochte.

»Seht euch seine Faulheit an«, sagte Bessie, »er dringt nicht mal in sie ein, obwohl er weiß, daß sie sich nach einem guten Bums sehnt – wartet einen Augenblick, bis ich mich auch ausgezogen habe.«

Das war schnell geschehen, und indem sie ein gutes, dickes Bündel Birkenzweige zur Hand nahm, gab sie es ihm feste auf seinen muskulösen Hintern. Es bedurfte einer ganzen Reihe von Schlägen, ehe er seine Pflicht zu tun begann, doch die Wirkung war schon vorher klar an seiner Rute zu erkennen, die sich ungeheuer versteifte und anschwoll, bis die ungeduldige Polly selbst Hand anlegte und den glutroten Kopf zu ihrer brennenden Möse führte. Alsbald begann der Penis hineinzurutschen, so gut geölt war sie durch die Säfte der Vorfreude, die sie nicht hatte zurückhalten können.

Miss Jones handhabte ihren Pokitzler mit Nachdruck und auf geradezu wissenschaftliche Weise, indem sie die Zweige so dirigierte, daß sie nicht nur kräftig in das Sitzfleisch Seiner Lordschaft schnitten, sondern daß die Spitzen der Zweige ihn ab und zu auch zwischen den Schenkeln trafen und die rauhe, haarige Rückseite seiner Eier bearbeiteten und sogar den Lippen von Pollys Möse kleine stechende Hiebe verpaßten, was sie und Seine Lordschaft in tollster Liebesraserei sich winden und dahinf—ken ließ, bis sich die Bettlaken unter ihrem Hintern von dem Überfluß an vermischten Säften vollgesogen hatten, die bei jedem Stoß seines Meißels aus ihrer Höhle sickerten.

Jetzt ließ Bessie die Birkenrute fallen, nahm einen gewaltigen Dildo aus einer Schublade in der Frisierkommode, legte ihn sich an und begann Mrs. Swipes zu f—ken, die ihre Rockschöße nach oben warf, sich rücklings auf ein Sofa legte und mit dem größten Vergnügen das große Gummiinstrument in sich aufnahm.

»He, Rodney, Ihr könnt mich auf Hundeart f—ken, während ich der alten Kupplerin das Vergnügen gebe, an dem sie so viel Freude hat.«

Derart herausgefordert, zog Seine Lordschaft seinen immer noch steil aufgerichteten und stinkenden Schwanz aus Pollys Möse heraus und sagte ihr, sie solle diese Beleidigung seinem Hintern heimzahlen; dann brachte er sich hinter Bessie in Stellung, legte seine Arme um ihre Lenden, bis er vorne mit dem Finger ihre Klitoris erreichte, indem er seine Hand unter die Strapse des Dildos schob, während sein gutgeölter Schwanz von hinten in ihre sehnsüchtig wartende Fotze schlüpfte.

Was die noch unbefriedigte Polly betrifft, so machte sie diese Konstellation so geil, daß sie wie eine läufige Kuh seinen Arsch in der gleichen Weise umfaßte wie er denjenigen von Bessie und ihre triefende Möse an seinem Hinterteil rieb, während sie vorn mit den Händen seinen stoßenden Schwanz bearbeitete, wenn er aus Bessie herauskam.

Nach diesem Gefecht gab Seine Lordschaft gern zu, daß er nun doch recht erschöpft sei, doch zum Glück für unsere Heldin, die von dieser Szene in einem Zustand rasender, ungesättigter Begierde zurückgeblieben war, wurde ein später Besucher des Hauses als Freund eingeführt, ein richtiger Prinz von der Westküste Afrikas, und man überredete sie, ihn für die Nacht als Bettgenossen zu nehmen. Er war ein wahrer Prinz und Meister der Liebe zwischen den Laken, sein ungeheurer Schwanz war so unermüdlich in seinen Bemühungen, daß die Wirtin am nächsten Morgen beim Frühstück, als sie alle wieder zusammenkamen, die etwas blasiert wirkende Polly fragte, ob sie immer noch den Drang verspüre, weiter gef—kt zu werden.

»Meine Güte, nein«, rief die arme Polly aus, »sein monströser Schwanz hat keinen Tropfen Liebessaft in mir übriggelassen, und er ist die ganze Nacht durch immer wieder gekommen. Am liebsten hätte er es am Morgen gleich noch mal gemacht, um sich Appetit auf das Frühstück zu holen; außerdem, was meint Ihr? Sein Schwanz ist der schwärzeste Teil an ihm, und er hat mich so verliebt in ihn gemacht. Weiße Männer können es mit einem solchen F—k-Prinzen gar nicht aufnehmen.«

Als Mrs. Swipes ihren Wunsch zum Ausdruck brachte, nur ein einziges Mal einen Champion dieser Art in sich zu verspüren, war König Cuntaboo nur allzugern bereit, ihr gefällig zu sein, und gleich danach auch noch Bessie, als er sah, wie ihre Augen beim Anblick seines kohlrabenschwarzen Rammbocks glänzten.

Lord Rodney und die jungen Damen genossen die Szene sehr, sie legten mit Hand an und halfen mit, den exotischen Apparat einzuführen, wobei Seine Lordschaft einige gelehrte Bemerkungen über die Kapazität des weiblichen Organs fallen ließ, sich selbst an die mächtigsten Schwänze anzupassen, als er sah, wie leicht die Frauen alles in sich aufnahmen, was König Cuntaboo aufzubieten hatte, trotz der gewaltigen Größe.

Mr. Verney schien kein bißchen eifersüchtig zu sein, sondern ließ sich, als er Polly so gut mit Galanen ausgestattet fand, immer seltener sehen, bis er feststellte, daß sie ganz gut allein zurechtkam, und seine Besuche ganz und gar einstellte.

Polly war so beliebt, daß sie in einigen Monaten genug Geld beisammen hatte, um sich selbst ein Haus einzurichten, und sie war so gut in ihrem Beruf und gleichzeitig so wählerisch in ihrem Umgang, daß sie eine der prominentesten und teuersten Vertreterinnen ihres Standes wurde. Sie war bekannt für die außerordentliche Vielseitigkeit ihrer Ideen, und so ging denn auch jeder Besucher ihres kosmopolitischen Boudoirs voll des Entzücken seiner Wege.

Ein letztes Erlebnis der einstigen Wirtstochter soll diese Geschichte ihrer amourösen Abenteuer passend beschließen.

Als sie eines Sommermorgens einen Spaziergang unternahm, betrat sie die Kensington Gardens und setzte sich allein auf eine Bank an einer ziemlich abgeschiedenen Stelle des Parks, worauf sie die Augen schloß und sich angenehmen Tagträumereien hingab.

»Was für ein liebliches Bein! Oje! Hebe dich hinweg, Satan!« hörte sie plötzlich eine zittrige, leise Stimme, und als sie ihre Augen öffnete, sah sie vor sich einen älteren Gentleman, den sie umgehend als einen besonders gottesfürchtigen Earl erkannte.

»Entschuldigt mich, junge Dame, ich dachte, Ihr schliefet; darf ich Euch ein kleines Traktat überreichen, das zeigt, welchen gefährlichen Versuchungen wir Männer durch die extravagante Haltung oder die kokette Kleidung der hübschen Mädchen von heutzutage ausgesetzt sind – bitte, habt die Güte und lest es Euch durch!«

Sie streckte die Hand danach aus und führte sich den Inhalt zu Gemüte, der folgendermaßen lautete:

Junge Frauen, Eure Kleidung ist oft der Erzeuger Eurer Gedanken und Gefühle. Wenn die Sittsamkeit bei Eurer Toilette den Ausschlag gibt, besitzen die Blicke der Männer weder die Kühnheit noch das Feuer der Begierde. Innerhalb der Grenzen von Diskretion und Respekt gehalten, führt sie Eurer Vorstellungskraft nicht das stets verführerische Bild des Vergnügens vor – und Eure Gefühle verbleiben in einem Zustand der Ruhe, was Eurer Tugend zum Wohle gereicht. Ein Kleid, das darauf abzielt, die Leidenschaften der Männer zu entfachen, bringt die gegenteilige Wirkung hervor. Ihre Mienen bringen bald zum Ausdruck, was Ihr nicht hören solltet. Warum errötet Ihr, wenn Ihr deren Sprache nicht versteht? Wie könntet Ihr erröten, wenn diese Sprache in Euren Herzen nicht zwangsweise Gefühle erweckte, denen sich hinzugeben nicht anständig ist? Wenn Ihr ein Negligé tragt, das Eure Reize halb verbirgt und halb offenbart, vermeidet Ihr im allgemeinen die Anwesenheit von Männern. Ist es Tugend oder Furcht, die Euch so vorsichtig macht? Es ist Furcht! Euch ist bewußt, daß Männer unter solchen Umständen über Eure Tugend einen Vorteil haben, den ihr ihnen bei aller Klugheit nicht nehmen könnt. Sollte die Natur schweigen, so spricht die Eitelkeit und bringt die gleiche entzückte Verwirrung in Eure Köpfe. Die Äußerungen eines Liebhabers sind so schmeichelhaft – seine Be-

wunderung ist ein so beredtes Lob unserer Reize – so viel Leben ist in seinen Blicken und seinen Handlungen –, daß wir im Herzen nur allzu bereit sind, uns von ihm loben und bewundern zu lassen. Junge Frauen, ich sage es nochmals, nippt nicht von dem berauschenden Becher, wendet den Blick davon ab, nur in der Flucht findet Ihr Sicherheit.

Pollys Gesicht lief vor Empörung rot an.

»So, mein Herr, wo ist einer der Parkwächter? Ich habe vor, Euch wegen unzüchtigen Benehmens anzuzeigen – Hurenbock und religiöser Heuchler, der Ihr seid. Also, was werdet Ihr tun, Euch einsperren lassen oder mit mir nach Hause kommen, wo Ihr für einen Zwanzig-Pfund-Schein ein Vergnügen erleben werdet, wie es Euch bisher versagt geblieben zu sein scheint?«

Sein Gesicht wurde abwechselnd rot und blaß, und ihm zitterten regelrecht die Knie, als er stammelte: »Der Anblick Eurer Beine hat mich ziemlich aufgeregt. Es tut mir sehr leid, wenn Euch dieses Traktat beleidigt hat; Ihr müßt mir verzeihen, ich kann mich in Eurer Gesellschaft nicht sehen lassen, mein Ruf wäre auf ewig ruiniert.«

Er wandte sich zum Gehen, doch Polly brachte ihn fast in die Knie, als sie ihn am Arm packte und ihm ins Ohr zischte: »Wo Ihr hingeht, gehe auch ich hin – zur Polizeiwache oder zu mir nach Hause? Erwartet kein Mitleid oder Respekt für den Ruf eines Heuchlers – was kümmert mich der nach Eurer grundlosen Beleidigung!«

Der arme alte Mann war verloren, und indem er das Beste aus einer schlimmen Lage machte, wie es sich für einen vernünftigen Mann geziemt, folgte er der schönen Hure.

Da er sich somit als gehorsam erwies, sagte ihm Polly, er könne sich ja ein Taschentuch vors Gesicht halten, wenn er sich schämte, dabei gesehen zu werden, wie er Arm in Arm mit ihr ging.

Sie verließen den Park, hielten eine Droschke an und gelangten bald zu ihrem hübschen kleinen Haus, nicht jedoch bevor der Druck ihrer elektrisierenden Finger dem alten Mann bereits einen Ständer herbeigezaubert hätte, und er erhob seufzend, jedoch vergebens gegen eine solche Verruchtheit Protest.

Doch Earl Goodman erholte sich merklich, sobald das Liebesnest erreicht worden war und er sich in Pollys elegantem und luxuriösem Boudoir sicher vor Beobachtung fühlte. Es amüsierte sie, die Verwandlungen in seinem Gesicht zu verfolgen, als er ein entschieden unanständiges Buch zur Hand nahm und eifrig durchblätterte. Zuerst errötete sein welkes Gesicht etwas, dann fielen ihm fast die Augen aus dem Kopf, und sie konnte tatsächlich erkennen, wie sich sein alter Schwanz in der Hose bereits wieder versteifte.

»Das ist die Sorte Buch, mit der man sein Blut erhitzen kann«, sagte Polly. »Ihr scheint Gefallen an dieser Art Literatur zu finden, Mylord?«

»Pah! Ekelhafter Schund! Wie so etwas dem menschlichen Hirn entspringen kann, ist mir schleierhaft – es verursacht Schaden an Leib und Seele, solch schlüpfrigen Mist zu lesen!«

»In der Bibel, die Ihr offenbar so gern lest, gibt es wohl solchen Mist nicht?« fragte Polly. »Und was ist mit Lot, Abraham, David und Bathseba, Rachel oder Tamar, die für Juda die Hure spielte, mit Salomo und seinen vielen Frauen – außerdem wißt Ihr ebensogut wie ich, daß unzüchtige Bücher religiöse Menschen überhaupt nicht verrückt machen oder zum Wahnsinn treiben; richtig angewandt, dienen sie den natürlichen Freuden der Liebe als Stimulans!«

In diesem Augenblick läutete sie heimlich zweimal, und ein scheinbar sehr junges Mädchen trat ein, nackt, wie Gott sie schuf (und eine Besonderheit der Natur wollte es, daß sich, obwohl sie bereits sechzehn Jahre alt war, bisher nicht einmal ein leichter Flaum zwischen ihren Schenkeln zeigte), das ein Tablett mit Schampus und zwei Gläsern vor sich hertrug.

»Oh! Satan! Gott helfe mir! Keinen Tropfen rühre ich an, laßt mich diesen Tempel der Versuchung fliehen. Ich werde Euch einen Scheck über zwanzig Pfund ausschreiben – aber laßt mich gehen!« Doch schon bemerkte er ein strenges Lächeln in Pollys Gesicht.

»Noch eine Beleidigung, Mylord! – Ruf Saunders und Ruth«, sagte Polly, an das Mädchen gewandt, »sie werden wissen, was hier vonnöten ist.«

Earl Goodman bebte regelrecht vor Furcht, und er begann vor Angst zu zittern, als die Köchin und das Hausmädchen eintraten, ihn wie ein kleines Kind hochhoben, ihm die Hose herunterrissen und ihn bäuchlings auf ein Sofa legten.

»Was habt Ihr vor? O Himmel, sie will mich auspeitschen!«

»Das werde ich, und zwei Gentlemen werden hinter einem Wandschirm alles mit ansehen. Wenn Euer unverschämter Hintern sein Teil abbekommen hat, werde ich Eure Entschuldigungen und den Scheck annehmen – aber nicht über mickrige zwanzig Pfund, wohlgemerkt –, ich peitsche einen Earl nicht für weniger als fünfzig aus.«

Er winselte, flehte um Gnade und gab ab und zu einen Schrei von sich, wenn die Birkenzweige in seinen zähen, harten Hintern schnitten. Doch Polly war zu schlau und genoß ihren profitablen Spaß so sehr, daß sie sein Gesäß mit Striemen übersäte, bis die kleinen Blutstropfen wie Perlen auf der aufgeplatzten Haut standen; eines der Mädchen massierte den kleinen Earl die ganze Zeit über, bis er infolge der ungewohnten Erregungen kam.

Schließlich hieß ihn Polly, vor ihr niederzuknien, die abgenutzte Rute zu küssen und ihr zu versprechen, niemals wieder eine Dame zu beleidigen, indem er ihr zweifelhafte Traktate anbot, sowie sie ab und zu in aller gebotenen Heimlichkeit aufzusuchen.

»Mein Kontostand ist schrecklich niedrig; die Versammlungen Ende Mai in Exeter Hall* haben meine Mittel ziemlich erschöpft, und die Mieten sind so schwer einzutreiben«, stöhnte er fast, als sie ihr Schreibzeug hervorholte und ihn auf einem blanken, mit einer Penny-Stempelmarke versehenen Blatt Papier einen Scheck ausschreiben ließ.

»Danke«, sagte Polly, »ich werde eine Droschke nehmen und ihn einlösen, sobald Ihr gegangen seid.«

»Oh! Bitte geht nicht selbst, man könnte Euch erkennen; schickt einen Freund in die Bank, während Ihr draußen wartet. Habt Ihr nicht bemerkt, daß ich ihn als Tarnung auf die ›Mitternachtsmission‹ ausgestellt habe?«

»Nun«, sagte Polly mit einem Lächeln, »Ihr seid ein lieber, guter alter Mann auf Eure Weise, und ich werde Euch Euren Willen lassen, aber ich muß sagen, Ihr habt einen miserablen Gebrauch von einem langen Leben bei guter Gesundheit gemacht, indem Ihr nie, wie es sich gehört, die Freuden der Liebe genossen habt – jetzt werdet Ihr wohl Geschmack daran gefunden haben und bald einmal wiederkommen, dessen bin ich mir gewiß.

Ihr sagtet, Eure Mittel seien erschöpft, so wird mein kleines Mädchen hier mal sehen, was sie für Euch tun kann. Er durchlebt gerade seine zweite Kindheit, Sissey, so gib ihm mal die Brust, während Ruth ihn leckt, bis er wieder steht.«

Seine Lordschaft hatte seine Kleidung in Ordnung gebracht, bevor er den Scheck unterschrieb, leistete Ruth und Sissey aber keinen Widerstand, als sie seine Hose, Weste

---

* Großer Versammlungssaal in London, oft für religiöse Veranstaltungen.

etc. nochmals auszogen, bis er nur noch Hemd und Socken anhatte.

Sissey war ganz nackt, sie lehnte sich auf dem Sofa zurück, nahm seinen Kopf in ihre Arme und präsentierte so seinem begierigen Mund eines ihrer lieblichen festen, kleinen, runden Brüstchen, dessen fester Erdbeer-Nippel in der Tat ein Leckerbissen war, der einen Eremiten hätte in Versuchung führen können. Sie hieß ihn, sein Hemd etc. zu heben, so daß sich ihr warmer Bauch gegen seine behaarte Brust drückte, während er zwischen ihren Beinen lag, die sich höchst lustvoll um ihn schlangen.

In dieser Position befand sich ihr Hinterteil etwas oberhalb seines Schwanzes, den Ruth, neben dem Sofa kniend, in den Mund nahm und mit der Spitze ihrer lüsternen Zunge kitzelte.

Der lustvolle Angriff auf seine Tugend überwältigte ihn sofort, und er gab sich der Erregung hin, die er nicht vermeiden konnte. Mit einer Hand umklammerte und drückte er das junge, feste, warme Fleisch von Sisseys Po oder steckte sie in ihre haarlose Ritze, während er mit der anderen den Kopf der hübschen Ruth preßte und streichelte, während sie ihm mit ihrer Zunge ein derart exquisites Vergnügen bereitete; wie er an Sisseys Brust sog, mit triefendem Mund, und sein Schwanz allmählich anschwoll, bis er sich nach einigen Minuten zu einem richtigen Monster im Vergleich zu vorher erhob – Ruth zeigte ihn triumphierend ihrer Herrin, während sie fortfuhr, ihn mit der Hand sanft zu reiben, und ihre Zunge weiter die Öffnung an der Spitze kitzelte.

»Meinst du nicht, er ist zu groß für Sissey, soll ich für sie einspringen?« fragte Ruth, die offenbar scharf darauf war, die Früchte ihrer Arbeit zu ernten.

»Nein«, sagte ihre Herrin, »setze ihn an ihre Spalte, sie kommt schon zurecht, dann nimm meinen Elfenbein-Dildo aus dem warmen Wasser und f—k dich selbst damit, während du vor seinem Gesicht sitzt.«

Kaum hatte Ruth den Kopf seiner Maschine an Sisseys Ritze gesetzt, als die geile kleine Hure sich darauf niederließ und, unterstützt von Seiner Lordschafts begierigen Fingern, es schaffte, sie ganz und gar in sich hineinzufummeln, gleichzeitig drehte sie sich unter ihn, so daß er nun, über ihr liegend, die orthodoxe Stellung einnahm.

Der alte Mann ließ sich von seinen lustvollen Gefühlen davontragen, und befeuert durch den Anblick Ruths, die vor seinen Augen den elfenbeinernen Dildo handhabte, und Pollys Händen am anderen Ende, die sich mit seinem Hinterteil beschäftigten, ächzte er unter der angenehmen Qual, denn nie zuvor hatte er in einer so engen, kleinen F—e gesteckt oder solch warmes Kneifen an seiner Rute verspürt, die im Bad von Sisseys Säften jeden Augenblick größer und größer zu werden schien.

Es war zuviel für den alten Mann; als sein zweiter Höhepunkt kam, raubte das Übermaß an Vergnügen ihm das Bewußtsein, und es bedurfte fast all ihrer Künste, um ihn wieder zu sich zu bringen.

Zum Abschluß dieser Geschichte von Pollys Amouren mag noch erwähnt werden, daß Earl Goodman zwar weiterhin Wert auf die Bewahrung seines guten Leumunds legte, aber trotzdem ofter vorbeikam, um ihr einen Scheck für die »Mitternachtsmission« zu überreichen, und tatsächlich verliebte sich Polly ein wenig in seinen großartigen alten Schwanz, mit dem sich so herrlich vögeln ließ, wenn er erst einmal in betriebsfähigen Zustand gebracht worden war.

Die Perle

Am folgenden Tag kam Manette nachmittags in mein Zimmer und bat mich, ihr in ihre Kammer zu folgen, wohin sie mich mit den Worten führte: »Ich will Euch etwas zeigen, das Euch viel mehr gefallen und befriedigen wird, als dies Eure Geliebte kann.«

Ich folgte ihr zu ihrer Kammer, die sie, nachdem wir eingetreten waren, abschloß. Ich blickte aus dem Fenster, und Manette trat hinter das Bett, dessen Vorhänge zugezogen waren. Als ich einen leichten Schritt auf mich zukommen hörte, wandte ich mich um, und Manette stand vor mir, völlig nackt; sie sprang mir in die Arme, klammerte sich um meinen Hals und führte mich zu dem Bett, auf das sie sich setzte.

Ich sah jetzt, was es war, das sie mir zu zeigen hatte, und da ich keineswegs abgeneigt war, in den Zweikampf mit ihr zu treten, zu dem sie mich geladen hatte, warf ich Rock und Weste ab, während sie meine Hose herunterließ und meine stumpfe, aber allzeit bereite Waffe hervorzog. Dann ließ sie sich rücklings auf das Bett fallen und zog mich zu sich herunter. Bald enterte mein Schwert in voller Länge die weiche, köstliche Scheide, welche die Natur dafür vorgesehen hat. Zweimal, bevor ich mich wieder von ihr erhob, öffnete ich die Schleusen des Liebesreservoirs und ergoß in sie einen Strom feurigen Spermas, wobei sie jedesmal mit mir kam und die Sahne und Essenz ihres Körpers so reichlich fließen ließ, das unsere Schenkel davon benetzt wurden.

Von da an, bis mein Vetter das Schloß verließ, genoß ich Manette jeden Tag auf die gleiche Weise.

Am Ende der zweiten Woche nach seiner Ankunft kündigte mein Onkel seine Abreise nach Paris am folgenden Tag an und sagte, ich sollte alle Vorbereitungen treffen, um ihn zu begleiten. Als dies meinen Vettern und mir verkündet wurde, beschlossen wir, das Beste aus dem Tag zu machen, indem wir ihn mit unseren jeweiligen Geliebten im Wald am Ufer eines kleinen Baches verbrachten.

Am Sonntagmorgen machten Raoul, ich und Julien uns auf den Weg (bisher habe ich Julien zwar nicht im Zusammenhang mit unseren Liebesaffären erwähnt, doch sollte man deshalb nicht meinen, daß er in solchen Dingen die ganze Zeit über müßig gewesen wäre – weit davon entfernt; während Raoul und ich uns mit Manette und Rose amüsierten, suchte er Trost in den Armen von Marie, einer der Melkerinnen, einer großen, kräftigen Brünetten, sehr gutaussehend, in deren Schlafkammer er sich jede Nacht stahl) und trafen uns mit den Mädchen an der verabredeten Stelle, wohin sie sich bereits einige Zeit vor uns begeben und Proviant und Wein mitgenommen hatten.

Nachdem wir unsere Schönheiten begrüßt hatten, machten wir uns daran, alles für einen Lunch zu arrangieren. Wir setzten – oder besser gesagt, legten – uns auf den Rasen und diskutierten über einige der guten Dinge, sie sie uns bereitet hatten, und nachdem wir unseren Appetit befriedigt hatten, verspürten wir die Neigung, von den anderen guten Dingen zu kosten, die sie für uns noch übrig hatten, die aber nicht offen zutage lagen.

So machten wir uns denn, gewissermaßen als Vorspiel, daran, unsere Hände in ihre Decolletés zu stecken, um sie dann, nach einigen Schäkereien, auf den Rücken zu drehen; doch trotz unserer Bemühungen schafften wir es nicht, einen Petticoat zu heben, um mehr als nur einen Blick auf einen

Schenkel zu erhaschen. Sie widersetzten sich allen Bemühungen, tiefer in die Materie einzudringen, indem sie sagten, sie würden solch unartige Dinge in Sichtweite der anderen nicht zulassen, und wenn wir uns nicht besser benähmen, würden sie weglaufen und uns uns selbst überlassen.

Ich schlug dann vor, wir sollten uns ausziehen und schwimmen. »Wir werden uns selbst bis aufs Hemd ausziehen und dann euch, und auf Kommando wird dann jeder seine Unterwäsche abwerfen.«

Unsere jungen Damen zierten sich zunächst, denn sie empfanden eine gewisse Scham voreinander, besonders Marie, die weder Raoul noch ich bisher gesehen hatten; doch wir überstimmten ihre Einwände und zogen uns bis aufs Hemd aus, dann ging jeder zu seiner Geliebten und begann damit, aufzuhaken und loszubinden, Rock und Petticoats auszuziehen, bis sie nur noch ihre Unterkleider anhatten. Dann gab ich das Kommando »Hemden runter!«. Wir warfen unsere Hemden ab, doch als wir zu unseren Mädchen hinsahen, standen die immer noch im Unterkleid da.

Als ich feststellte, daß sie ihr Unterkleid nicht ablegen wollten, schlug ich vor, daß eine nach der anderen es sich ausziehen und dann nackt dastehen sollte, sodann sollte eine jede von ihnen seitens der Männer in allen Teilen untersucht und ihre Schönheiten untereinander verglichen werden, und diejenige, die es als erste täte, sollte einen hübschen Diamantring erhalten.

Manette stimmte zu und sagte, da sie hierhergekommen seien, um ihre Geliebten zu treffen und sich mit ihnen zu verlustieren, und die ihre Hemden schon abgelegt hätten, sollten sie keine Spielverderber sein. Sie schäme sich nicht, sie alles sehen zu lassen, was sie hätte, denn sie sei sicher, daß sie ein ebenso hübsches Bein und eine ebenso süße kleine Muschi hätte wie sonst ein Mädchen in Britannien.

Ich war so angetan von der imposanten Marie, Juliens

Geliebter, ihren mächtigen Titten, ihren ausladenden Hüften und Schenkeln und vor allem von ihrer wunderschönen Möse, die sich unter einem üppigen Bewuchs mit kohlschwarzem Haar verbarg, das volle acht Zoll weit herabhing und aus dem zwei große, rote, schmollende Lippen höchst verführerisch hervorlugten, daß ich vorschlug, wir sollten nach dem ersten Schwimmgang die Partnerinnen tauschen, so daß sich jeder einmal der Geliebten der anderen beiden erfreuen könne.

Meine Vettern stimmten zu – und auch den Mädchen gefiel die Idee, da Manette sehr erpicht darauf war, daß ich mich noch einmal in die saftigen Windungen und Nischen ihrer Möse vergrub; auch Marie war sehr willig, zumal sie mir, während ich sie untersuchte, zugeflüstert hatte, daß sie zwar groß sei, aber eine kleine Möse hätte, Juliens Schwanz jedoch zu klein sei, um ihr viel Vergnügen zu spenden, wenn er in ihr sei; daß meiner fast doppelt so lang sei wie seiner, und sie sei sicher, daß sie mir, wenn ich einwilligte, sie auszuprobieren, viel besser gefallen würde als Rose.

Jetzt stieg ich, Rose an der Hand, voran in den Bach, und die anderen folgten uns. Einmal darin, hüpften und tollten wir mutwillig im Wasser herum, spielten einander alle möglichen Streiche, tauchten die Mädchen bis über die Ohren unter und provozierten sie in jeder denkbaren Weise. Unter dem Vorwand, unsere hübschen Partnerinnen zu waschen, gestatteten wir unseren Händen jegliche Freiheit, bearbeiteten jeden Teil ihres Körpers, drückten und kneteten ihre Titten, ihre weichen Bäuche, rieben ihre Schenkel ab, ihre Mösen und alles andere, und die Mädchen behandelten uns in ziemlich der gleichen Weise.

Als wir so im Wasser standen, das uns nur etwa bis zur Taille reichte, unsere Geräte erigiert und einsatzbereit, ich den Arm um Roses Taille gelegt, versuchte ich das Mundstück meines Instruments in das Abstichloch ihres wasserdichten Ofens einzuführen, um das Feuer zu löschen, das darin wütete. Das gelang mir aber nicht, da wir uns nicht aneinander festhalten konnten.

Meine Aufmerksamkeit wurde auf ein lautes Platschen gelenkt, und als ich mich umsah, beobachtete ich, daß Raoul und Julien ihre Nymphen am Rand des Wassers, den Kopf an der Uferböschung, niedergelegt hatten und so in sie eingedrungen waren; dabei ließen die Bewegungen ihrer Hinterteile und das Aufeinanderprallen ihrer Bäuche das Wasser hoch aufspritzen.

Dies war ein Vorbild, dem nachzueifern Rose und ich nicht widerstehen konnten, also führte ich sie aus dem Wasser heraus, und wir setzten uns im Schatten eines Baumes ins Gras. Ich ließ sie auf meinen Oberschenkeln Platz nehmen, ihre Beine um meine Rückseite gelegt und ihren weichen, wunderschön weißen Bauch an den meinen gedrückt. Dann spielte ich mit einer Hand mit ihren festen, elastischen Brüsten mit den rubinroten Spitzen, während ich mit der anderen den Eingang zum Hafen der Liebe auszumachen versuchte, um Platz für mein Meisterwerk der Natur zu schaffen. Dieses stand aufgebäumt zwischen ihren Schenkeln und drückte sich hart gegen ihren Bauch, als ob es Zutritt verlangte und Schutz in der weichen und saftigen Scheide suchte, mit welcher Mutter Natur die Frau so freigebig ausgestattet hat und wovon Rose ein allerliebstes Exemplar besaß. In einem Anfall von Humor täuschte sie vor, sich meinen Bemühungen, Eingang in sie zu gewinnen, entziehen zu wollen. Damit suchte sie die Phase der Begierde, die sie sich wünschte, in die Länge zu ziehen, steuerte ihre Manöver jedoch so, daß das Feuer, das in uns loderte, noch wilder brannte und meine Erregung sich verdoppelte.

Ich bedeckte sie mit brennenden Küssen, und feuchte Flammen schossen aus ihren Augen; schmachtend schienen sie unter ihren langen, dunklen, seidigen Wimpern, die sie halb verbargen, dahinzuschmelzen. Wir rollten und wanden uns im Gras hin und her, einer in des anderen Armen gefangen, bis ich sie schließlich unter mir hatte, meine Knie zwischen ihren Schenkeln, und bald ziemlich weit in ihr war.

Sinnliche Bekenntnisse einer französischen Dame von Welt

Teil 1

Das Chateau meines Großvaters lag nahe der Stadt – inmitten einer reizvollen Landschaft; der von Mauern umschlossene Park, beschattet von schönen, verstreut stehenden Bäumen, zumeist prächtigen Eichen oder Kastanien, erstreckte sich weit in alle Richtungen. In der unmittelbaren Umgebung des Hauses prangten herrliche Blumenbeete mit den schönsten Blumen, bewässert von einem kleinen Fluß, der einen wunderschönen See durchquerte, bevor er sich in zahllosen Windungen in der Landschaft verlor.

Meine alte Großmutter, die größtenteils ans Haus gefesselt war, ging nie viel weiter als bis zu diesem See. Was mich selbst betrifft, so fand ich mein größtes Glück darin, allein in den am wenigsten kultivierten Teilen des Landsitzes umherzustreifen und an den abgelegensten Stellen des Parks den Träumereien meines sechzehnten Lebensjahres nachzuhängen. Diese Tagträume, muß ich gestehen, waren immer von der gleichen Art. Ein seltsames Gefühl beschlich meine Seele, meine jugendliche Einbildungskraft schwelgte in unbekannten Regionen und stellte mir Bilder von Zärtlichkeit und Hingabe vor Augen, in denen immer ein junger Mann die Heldenrolle spielte. Obwohl noch zutiefst unwissend hinsichtlich des Unterschieds zwischen den Geschlechtern, wirkten sich meine bereits erweckten Gefühle auf den gesamten Organismus aus. Ein geheimes Feuer zirkulierte durch meine Adern, oft befiel Trübheit meine Augen, meine Glieder zitterten, und ich mußte mich hinsetzen – Opfer eines Schwächeanfalls, in dem sich Freude und Schmerz vereinten.

Es war Juni und das Wetter herrlich, und meine Spaziergänge fanden meist am Morgen statt, wenn ich sicher sein konnte, allein zu sein.

Wir erhielten einen Brief von Madame T., meiner Tante, in dem sie in Beantwortung der Einladung meiner Großmutter ihre baldige Ankunft verkündete.

Madame T. war etwa vierundzwanzig oder fünfundzwanzig Jahre alt und im Alter von zwanzig mit einem alten Mann verheiratet worden, der sie zwei Jahre zuvor als Witwe zurückgelassen hatte, als Herrin eines großen Vermögens und kinderlos. Sie war eine entzückende Person, ihr Haar glänzte schwarz wie Ebenholz und stand im Kontrast zu dem Weiß ihres Teints, aus dem heraus ihre schönen tiefblauen Augen strahlten. Ihr kleiner, gefälliger Mund war geschmückt mit bewundernswerten Zähnen, so weiß wie das reinste Elfenbein, und ihre Oberlippe beschattete ein kaum wahrnehmbarer schwarzer Flaum, der ihr einen besonderen Ausdruck verlieh, ohne im mindesten hart oder maskulin zu wirken. Ihre mittelgroße Gestalt war perfekt geformt und graziös, Hände und Füße von faszinierender *petitesse*. Sie kleidete sich mit Geschmack und Eleganz.

Ich liebte sie sehr. Ihre lebhafte, spielerische Art hatte mich seit langem bezaubert. Daran gewöhnt, mit meiner Großmutter zu leben, deren Alter sie daran hinderte, mir irgendwelche Vergnügungen zu bieten, und jeglicher sonstiger Gefährten entbehrend, war ich sehr glücklich über die Ankunft einer Verwandten, die mir eine Freundin sein würde.

Zwischen meiner Tante und Monsieur B. war ein Heiratsprojekt besprochen worden, das von meiner Großmutter gebilligt wurde. Sie schrieb ihm sofort und lud ihn ein, einige Zeit auf dem Chateau zu verbringen, und so traf er dann einige Tage nach meiner Tante ein.

Was ich nun berichten werde, ist sehr delikat und schwierig. Lange Zeit habe ich gezögert! Doch schließlich wird niemand dies lesen, so hoffe ich, denn diese Zeilen sind allein für mich bestimmt. Die Bilder, die ich zeichnen werde, sind sehr lebhaft, aber wahr. Welche Liebenden – wahren Liebenden – haben, einander umarmend, nicht das gleiche erlebt? Ich will hinzufügen, daß ich selbst jetzt noch, wo ich über das Küssen hinaus bin, echtes Vergnügen bei der Erinnerung an die sanften Freuden empfinde.

Eines Morgens hatte ich ganz früh, wie es meine Gewohnheit war, einen langen Spaziergang durch den Park unternommen und mich dann zu Füßen eines Baumes niedergesetzt, in meine üblichen Träumereien vertieft.

In einiger Entfernung sah ich meine Tante, die ich noch schlafend glaubte, scheinbar auf die kleine Anhöhe zukommen, wo ich mich befand. Sie war in einen frischen weißblauen Morgenrock gekleidet. Monsieur B. war bei ihr; er trug einen Nanking-Anzug und einen Strohhut, und sie schienen in eine lebhafte Unterhaltung vertieft.

Ich weiß nicht, welche geheimen Instinkte mich dazu verleiteten, der Begegnung aus dem Weg zu gehen; ich versteckte mich hinter einem dicken Baum, der mich vollständig vor ihren Blicken abschirmte.

Bald hatten sie die Stelle erreicht, die ich soeben verlassen hatte, und indem er einen Augenblick stehenblieb, sah sich Monsieur B. nach allen Seiten um. Überzeugt, daß niemand sie zu dieser frühen Stunde sehen konnte, warf er seine Arme um meine Tante, zog sie an sich und drückte sie an sein Herz, wobei ihre Lippen so fest aufeinandergepreßt waren, daß ich einen langen Kuß hörte, der mich in der Tiefe meines Herzens traf.

»Meine liebe Bertha« – das war der Name meiner Tante –, »mein Engel, mein süßer Liebling! Ich liebe dich, ich bete dich an. Was für eine schreckliche Zeit ich ohne dich verbracht habe; aber das wird bald vorbei sein! Warte, laß mich dich nochmals umarmen! Zeig mir deine wunderschönen Augen, deine herrlichen Zähne, deinen göttlichen Hals! Ich könnte sie alle genüsslich verspeisen!« rief er aus.

Meine Tante, weit davon entfernt, sich zu widersetzen, gab sich ihm völlig hin, erwiderte Kuß für Kuß, Liebkosung für Liebkosung. Ihr Gesicht rötete sich, ihre Augen sprühten.

»Mein Alfred«, sagte sie, »ich liebe nur dich. Ich bin ganz dein.«

Man kann sich vorstellen, welche Wirkung derlei Liebkosungen auf mich hatten. Mein Temperament entbrannte wie von einem elektrischen Funken gezündet; einen Moment lang war ich wie gelähmt und verlor fast den Gebrauch meiner Sinne. Ich erholte mich jedoch sogleich und fuhr fort, ganz Auge und Ohr zu sein. Monsieur Alfred wollte etwas, das ich nicht verstand, und schien darauf zu bestehen.

»Nein, nein, mein Geliebter«, entgegnete Bertha. »O nein! Nicht hier, ich bitte dich; mein Gott, das könnte ich nie! Wenn uns jemand überraschte, würde ich sterben!«

»Meine Liebe, wer sollte uns zu dieser frühen Stunde schon sehen?«

»Ich weiß nicht; aber ich habe Angst! Hör auf, ich kann das nicht; ich hätte kein Vergnügen daran. Wir werden schon einen Weg finden; hab Geduld, ich bitte dich.«

»Wie kannst du von Geduld reden in dem Zustand, in dem ich mich befinde! Gib mir deine kleine Hand, fühl ihn selbst!«

Er nahm die Hand meiner Tante und legte sie auf eine so seltsame Stelle, daß es mir unmöglich war, den Grund dafür zu verstehen. Schlimmer noch wurde es, als ich diese Hand in einem gewissen Schlitz verschwinden sah, den sie gleich darauf aufgeknöpft hatte, und etwas ergriff, das ich nicht sehen konnte.

»Mein lieber Mimi«, sagte sie, »ich sehe sehr wohl, wie sehr du dich nach mir sehnst. Wie schön du bist, und ich hätte es so gern. Wenn wir nur einen Schlupfwinkel hätten, würde ich es dir sofort beweisen.«

Und ihre kleine Hand bewegte sich sanft, zum offenbar großen Vergnügen von Monsiur B., der, aufrecht und unbeweglich stehend, die Beine leicht auseinander, zutiefst erfreut schien – ein Augenblick des Schweigens.

»Ah!« rief meine Tante plötzlich aus, »ich habe eine Idee! Komm, ich erinnere mich, es gibt hier in der Nähe einen Pavillon für Bedürfnisse. Es ist ein seltsamer Platz für unsere Liebe, aber niemand wird uns dort sehen, und ich kann dir ganz gehören, komm.«

Ich muß erklären, daß der Pavillon, von dem meine Tante sprach, für uns arme Menschheit gedacht war. Er war konstruiert wie eine strohgedeckte Bauernkate und im Innern zweckentsprechend eingerichtet.

Im Schutze einiger hoher Brombeersträucher konnte ich mich nähern, ohne Furcht, gesehen zu werden. Dies tat ich mit unendlicher Vorsicht und gelangte an die Rückseite des Pavillons, als Bertha bereits eingetreten war und Monsieur B., nachdem er sich nach allen Seiten umgesehen hatte, ebenfalls hineinging und den Riegel vorschob. Ich suchte nach einem passenden Guckloch und fand auch bald eins, das, da die Bretter und Balken schlecht aneinandergefügt waren, groß genug schien, um alles sehen zu können. Ich legte mein Auge daran, hielt den Atem an und wurde Zeuge dessen, was ich jetzt schildern will.

Bertha hatte Monsieur B. die Arme um den Hals geschlungen und bedeckte ihn mit Küssen.

»Komm, mein Liebling«, sagte sie, »es tat mir sehr leid, dich abzuweisen, aber ich hatte Angst. Hier wenigstens fühle ich mich sicher. Dieser wunderschöne Mimi – welch Vergnügen ich ihm bereiten werde. Halt, ich komme schon, wenn ich nur daran denke! Aber wie sollen wir es uns hier bequem machen?«

»Es wird schon gehen; aber laß mich erst noch mal meine liebe Bibi sehen, schon so lange sehne ich mich nach ihr.«

Man mag erraten, was mir in diesem Augenblick durch den Kopf ging. Aber was hatten sie nur vor? Ich wurde nicht lange auf die Folter gespannt.

Monsieur B. ließ sich auf ein Knie nieder und hob Berthas Röcke an. Welche Reize er da entblößte! Unter dem Hemd aus feinem KambriK kamen einer Venus würdige Beine zum Vorschein, gehüllt in Seidenstrümpfe, die über den Knien mit feuerroten Strumpfbändern befestigt waren; dann zwei bewundernswerte Schenkel, weiß, rund und fest, die sich oben vereinten, gekrönt von einem Vlies aus schwarzen, glänzenden Locken, deren Fülle und Länge eine große Überraschung für mich waren, vor allem im Vergleich zu dem leichten, kastanienfarbenen Moos, das die gleiche Stelle bei mir zu bedecken begann.

»Wie ich das liebe«, rief Alfred aus. »Wie schön und frisch es ist! Öffne dich ein wenig, mein Engel, damit ich diese anbetungswürdigen Lippen küssen kann!«

Bertha tat, was er verlangte; als sie die Schenkel öffnete, konnte ich einen rosigen Schlitz erkennen, auf den ihr Geliebter seine Lippen preßte. Bertha schien in Ekstase! Die Augen geschlossen, brachte sie nur gestammelte Worte hervor, wobei sie auf seine kuriose Liebkosung hin, die sie so sehr erregte, eine Bewegung nach vorn machte.

»Ah, du bringst mich um … *encore!** … mach weiter! Es kommt … ich … ich … ich komme! … Ah, ah!«

Was tat sie da? Gütiger Gott! Ich hatte nie gewußt, daß mit diesem Körperteil irgendwelches Vergnügen verbunden

---

* Zugabe!

war, allein, ich begann an der gleichen Stelle nun selbst ein besonderes Kribbeln zu verspüren, was mir die Sache verständlicher machte.

Alfred erhob sich und stützte Bertha, die alle Kraft verloren zu haben schien; sie erholte sich jedoch bald und umarmte ihn voller Leidenschaft.

»Komm, laß mich ihn jetzt hineinstecken«, sagte sie. »Aber wie sollen wir das anstellen?«

»Dreh dich um, meine Liebe, und beuge dich über diesen unwürdigen Sitz; laß mich mal.«

Da zog Bertha zu meiner großen Überraschung mit flinken, erregten Bewegungen Alfred selbst die Hosen herunter, und indem sie sein Hemd über den Nabel hob, entblößte sie meinem Blick ein außerordentliches Objekt, das mich vor Schreck fast aufschreien ließ. Was konnte dieses unbekannte Glied nur sein, dessen Kopf so rosig und erhaben war, dessen Länge und Dicke mich schwindelig machten?

Bertha teilte offenbar meine Ängste nicht, denn sie nahm dieses furchterregende Instrument in die Hand, streichelte es einen Augenblick und sagte. »Laß uns beginnen, Monsieur Mimi, komm in deine kleine Gefährtin, und sieh zu, daß du nicht so schnell wieder gehst.«

Sie lupfte ihre hinteren Rockschöße und brachte zwei Halbkugeln von blendender Weiße ans Licht des Tages, die von einem Spalt getrennt waren, von dem ich nur eine schwache Spur erkennen konnte; dann beugte sie sich nach vorn, legte ihre Hände auf den hölzernen Sitz und präsentierte so ihrem Liebhaber ihr ehrenwertes Hinterteil.

Alfred gleich hinter ihr nahm sein enormes Instrument in die Hand, befeuchtete es mit ein wenig Speichel und begann es zwischen den beiden Lippen einzuführen, die ich zuvor bemerkt hatte. Bertha zuckte nicht mit der Wimper und öffnete so weit wie möglich den präsentierten Körperteil, der sich von selbst zu öffnen schien und schließlich diese lange und dicke Maschine in sich aufnahm, die mir monströs erschien. Sie ging jedoch so glatt hinein, daß sie vollständig verschwand und der Bauch des glücklichen Besitzers am Hinterteil meiner Tante zu kleben kam.

Dann setzte eine Reihe von vereinten Bewegungen ein, denen Wortfetzen folgten – »Ah! ... ich fühle ihn ... Er kommt in mich rein«, stöhnte Bertha. »Immer schön rein damit ... langsam ... laß mich zuerst kommen. Ah! ... ich fühle es ... ich komme! Schneller! Ich komme ... stop ... es ist soweit! Ich sterbe ... ich ... ich ... ah!«

Was Alfred betrifft, so schien er – die Augen halb geschlossen, mit den Händen die Hüften meiner Tante haltend – unendlich glücklich zu sein.

»Weiter«, sagte er, »mein Engel, mein Alles, ah! Wie schön das ist! Stoß zu! Komm! ... Es kommt dir schon, nicht wahr? Weiter ... weiter ... ich fühle, daß du kommst. Stoß zu, mein Liebling!«

Beide hielten einen Augenblick inne, meine Tante schien erschöpft, änderte aber ihre Stellung nicht. Schließlich drehte sie leicht den Kopf, um ihrem Geliebten einen Kuß zu geben, wobei sie vorschlug – »Jetzt beide zusammen! Laß es mich wissen, wenn du soweit bist.«

Die Szene wiederholte sich. Nach einigen Augenblicken war es Alfred, der ausrief – »Ah! ... ich fühle, wie es mir kommt ... bist du bereit, meine Liebe? Ja ... ja ... ich bin soweit ... stoß zu ... noch mal ... weiter ... ich komme ... ich bin dein. Ich ... ich ... Ah! Wie köstlich! ... Ich ... ich komme!«

Ein langes Schweigen folgte. Alfred schien alle Kraft verloren zu haben und auf Bertha fallen zu wollen, die ihre Arme anspannen mußte, um sein Gewicht zu tragen. Dann erholte er sich, und ich sah nochmals das mächtige Instrument, wie es aus der Spalte herauskam, in der ihm eine so gute Behandlung widerfahren war. Aber wie verändert es jetzt aussah: sein Format auf die Hälfte reduziert, rot und feucht, und ich sah eine Art weiße, zähflüssige Perle daraus hervortreten und auf den Boden tropfen.

Alfred begann seine Kleider in Ordnung zu bringen, während meine Tante, die sich wieder aufgerichtet hatte, ihrem Geliebten die Arme um den Hals legte und ihn mit Küssen bedeckte.

Was hatte ich inzwischen getan? Meine Vorstellungskraft war in höchstem Grade angeregt und ließ mich einen Teil der Freuden, die meine Akteure in Entzücken versetzt hatten, nachvollziehen.

Im kritischen Augenblick hob ich Petticoats und Hemd, und meine unerfahrene Hand begnügte sich damit, diesen empfindsamen Körperteil zu erforschen. Auf diese Weise versicherte ich mich zwar, daß ich ebenso wie Bertha ausgestattet war, wußte aber noch nicht, wie ich die Hand anwenden oder welchen Trost sie geben konnte. Am gleichen Morgen sollte ich jedoch auch darin aufgeklärt werden.

Nach ausgiebigem Küssen sagte Bertha zu Monsieur B.: »Höre, mein Lieber, ich habe nachgedacht. Du weißt, daß meine Wohnräume recht abgelegen sind; ohne meine *femme de chambre**, die im Vorraum schläft, würde niemand von unseren Rendezvous erfahren, und wir könnten herrliche Nächte miteinander verbringen.

»Unter dem Vorwand, ich brauchte etwas für meine Toilette, werde ich Julie morgen nachmittag nach Paris schikken, und nach dem Abend können wir zusammenkommen. Halte Ausschau, du kannst mir untertags ein Zeichen geben, zu welcher Stunde du zu mir wegschlüpfen kannst. Ich bitte dich, die größte Umsicht walten zu lassen.«

Sodann wurde beschlossen, daß Monsieur B. als erster gehen sollte. Er sollte einen Spaziergang aus dem Park her-

* Kammerzofe.

aus unternehmen, und währenddessen wollte meine Tante über die Privattreppe in ihre Räume zurückkehren. Monsieur B. ging hinaus, und ich blieb in meinen Brombeersträuchern versteckt, bis er weit genug entfernt war und ich keine Furcht vor Entdeckung mehr zu haben brauchte. Als ich feststellte, daß meine Tante noch nicht herausgekommen war, wartete ich noch und spähte wieder durch mein Guckloch. In dem Pavillon befanden sich ein Nachttopf und eine Waschschüssel; ich sah, wie Bertha die letztere füllte, ihre Petticoats hob und sich darüberbeugte. Sie stand direkt vor mir, und nichts konnte meinem Blick entgehen. Während sie dies tat, öffnete sich ihr Schlitz; er schien mir von einer viel lebhafteren Farbe und das Innere und die Ränder, bis hinauf zu dem pelzigen Hügel, der ihn umgab, schienen von der gleichen Flüssigkeit überschwemmt, die ich von Monsieur B. hatte kommen sehen.

Bertha begann eine umfangreiche Waschung, und ich wollte mich gerade so leise wie möglich von meinem Beobachtungsposten entfernen, als ich wie angewurzelt stehenblieb. Die Hand meiner Tante erfrischte sorgfältig all jene Teile, die so gründlich bearbeitet worden waren. Doch plötzlich sah ich, wie sie innehielt, dann legte sie einen Finger auf eine kleine Erhöhung, die zwischen den Lippen an deren oberem Ende hervorragte; dieser Finger rieb zunächst leicht, dann in einer Art Raserei. Schließlich zeigte Bertha die gleichen Symptome der Lust, die ich zuvor bereits gesehen hatte.

Ich hatte genug gesehen! Jetzt verstand ich alles! Ich zog mich zurück und beeilte mich, über einen langen, gewundenen Pfad zurück zum Chateau zu gelangen. Mein Kopf stand in Flammen, mein Busen bebte, und mein Schritt schwankte, aber ich war entschlossen, den letzten Akt, den ich gesehen hatte, nachzuspielen, denn dafür brauchte man keinen Partner.

Ich erreichte mein Zimmer in einem Zustand des Wahnsinns, warf meinen Hut auf den Boden, schloß die Tür, drehte den Schlüssel zweimal um und legte mich aufs Bett. Ich zog meine Kleider bis zur Taille hoch, und indem ich mir bis ins kleinste Detail in Erinnerung rief, was Bertha mit ihrer Hand gemacht hatte, legte ich die meine zwischen meine Schenkel. Einige Versuche waren zunächst erfolglos, aber schließlich fand ich den Punkt, nach dem ich suchte. Der Rest war leichtes Spiel; ich hatte zu gut beobachtet, um mich zu täuschen. Ein köstliches Gefühl ergriff Besitz von mir; ich rieb kräftiger und geriet bald in eine solche Ekstase, daß ich schließlich das Bewußtsein verlor.

Als ich wieder zu mir kam, befand ich mich noch in der gleichen Stellung, und meine Hand war mit einem Tau unbekannter Herkunft benetzt.

Ziemlich verwirrt setzte ich mich auf, und es dauerte lange, bis ich wieder ganz bei mir war. Es war fast Zeit für das *déjeuner**, deshalb beeilte ich mich mit dem Ankleiden und ging hinunter.

Meine Tante befand sich bereits bei meiner Großmutter im Salon. Als ich eintrat, sah ich sie an. Sie war schön und frisch, ihr Teint ausgeruht, ihre Augen leuchtend, so daß man hätte schwören können, daß sie sich soeben von einem erholsamen Morgenschlaf erhoben hatte. Ihre Toilette, von exquisitem, aber schlichtem Geschmack, betonte ihre reizende Gestalt. Was mich betraf, so schlug ich meine Augen nieder und fühlte, wie ich rot wurde.

Meine Großmutter bemerkte meine Erregung und sprach mich darauf an. Ich entgegnete, daß ich verschlafen und den gewohnten Morgenspaziergang ausgelassen hätte.

Meine Tante umarmte mich, und während wir über das eine oder andere redeten, erholte ich mich vollständig.

---

* Frühstück.

Bald kam auch Monsieur B., und während er uns von seinem Ausflug zu einem benachbarten Dorf erzählte, setzten wir uns zu Tisch.

Ich bemühte mich, ohne es mir anmerken zu lassen, alles mitzubekommen, was zwischen Monsieur B. und meiner Tante vor sich ging, muß jedoch zugeben, daß das Ergebnis enttäuschend war, was mich sehr überraschte. Kein Blick zeigte, daß zwischen ihnen irgendetwas war.

Gegen Mitte der Mahlzeit bemerkte meine Tante beiläufig, an meine Großmutter gewandt: »Liebe, gute Mutter, ich war so vergeßlich, als ich Paris verließ, daß ich mehrere unverzichtbare Dinge vergessen habe. Erteilt Ihr mir die Erlaubnis, meine *femme de chambre* morgen loszuschicken, um sie mir zu holen? Ihr braucht mir auch niemanden sonst an die Hand zu geben, ich bin es gewohnt, für mich selbst zu sorgen, und es wird nur eine kurze Abwesenheit sein.«

Der Tag verlief still; Monsieur B. unternahm einen langen Ausflug zu Pferde, und wir gingen an den See und amüsierten uns mit Näharbeiten; einige Nachbarinnen kamen Großmutter besuchen, und sie blieben zum Abendessen.

Am Abend veranstalteten wir Hausmusik, und ich sang ein Duett mit meiner Tante. Obwohl ich bereits eine gute Musikerin war und eine gute Stimme hatte, so konnte ich mich doch nicht mit meiner Tante vergleichen, die mir einige ausgezeichnete Lektionen in Geschmack und Gefühl erteilte.

Monsieur B. spielte Whist* mit meiner Großmutter und verhielt sich völlig reserviert.

Gegen elf Uhr zog ich mich zurück, denn ich wollte mit meinen Gedanken allein sein. Ich ging schnell zu Bett und entließ meine *femme de chambre*. Ich hatte keinen Zweifel,

---

* Ein heute aus der Mode gekommenes Kartenspiel, Vorgänger des Bridge.

daß der nächste Abend der Zeitpunkt für ein ernsthaftes Treffen zwischen Monsieur B. und meiner Tante sein würde. Ich brannte darauf, den köstlichen Szenen beizuwohnen, die sich dann abspielen würden. Ich mußte nur herausfinden, wie ich das bewerkstelligen konnte.

Ich kannte alle Wege im Haus und grübelte über dem Plan der Räumlichkeiten meiner Tante. Sie lagen im zweiten Stock, ebenso wie meine, jedoch am anderen Ende. Ein Korridor verband alle Räume auf dieser Etage. Monsieur B. war in der gleichen Flucht untergebracht, allerdings in einer Abzweigung vom Hauptkorridor.

Meine Tante hatte einen kleinen Raum, in dem ein Bett für ihre *femme de chambre* aufgestellt worden war, sowie ein herrliches Schlafzimmer und einen Ankleideraum zu ihrer Verfügung. Ich erinnerte mich, daß dieses Kabinett, das etwa ein Drittel der Seite des Raumes einnahm, an einen Alkoven angrenzte, der jetzt durch eine starke Trennwand abgeschlossen war, auch erinnerte ich mich eines kleinen Lochs im oberen Teil des Alkovens, das nur durch ein kleines und sehr unbedeutendes Ölgemälde einer pastoralen Szene verdeckt war.

Eine Tür in einem unbewohnten Raum gewährte Zutritt zu dieser Art dunklem Gelaß.

Auf diese Erinnerungen gründete ich meinen Plan, dann legte ich mich schlafen, voller Entschlußkraft und Hoffnung für den folgenden Tag.

Mlle Julie machte sich wie vorgesehen auf den Weg nach Paris. Monsieur B. und meine Tante waren reservierter denn je. Ich fand jedoch im Laufe des Tages heraus, was ich wissen wollte.

Nach dem Abendessen lehnte Monsieur B. nachlässig am Kamin und gab vor, das Pendel einer superben Uhr aus vergoldeter Bronze zu bewundern; er legte seinen Finger einen Augenblick lang auf die Ziffer XI, dann auf die Ziffer VI;

es war leicht zu verstehen, daß er damit die Uhrzeit 11.30 anzeigen wollte. Meine Tante reagierte mit einer leichten Augenbewegung. Da wußte ich Bescheid, ich brauchte nun nur noch meine Vorbereitungen zu treffen.

Als wir im Garten saßen, bot Monsieur B. an, uns vorzulesen, was allgemein akzeptiert wurde.

Bald schlüpfte ich unter einem Vorwand weg, und nachdem ich sicher war, in der zweiten Etage unbeobachtet zu sein, ging ich zu der kleinen Tür der dunklen Kammer, von der ich gesprochen habe.

Alles war in dem Zustand, den ich beschrieben habe, doch wurde eine Leiter benötigt, und ich wußte, daß in einem Durchgang bei einem Wäscheschrank eine zu finden war. Die Leiter war sehr schwer, aber das lodernde Feuer meiner Neugier, das meine Bewegungen animierte, verdoppelte meine Kraft. Ich schleppte sie in den Alkoven, fand das Loch und die Leinwand, die davorgespannt war, und schnitt mit einer Schere ein kleines Stück heraus. Mit Befriedigung stellte ich fest, daß ich so den gesamten Raum einsehen konnte und vor allem – *das Bett*. Ich kletterte rasch herunter, schloß die Tür, nahm den Schlüssel an mich und kehrte in den Garten zurück. Das Ganze war so schnell gegangen, daß niemand von der seltsamen Tatsache meiner Abwesenheit Kenntnis genommen hatte. Der Abend und überhaupt der ganze Tag erschienen mir endlos lang.

Endlich, gegen halb elf, zog sich meine Großmutter zur Nachtruhe zurück, und wir alle folgten ihrem Beispiel. Monsieur B. wünschte uns eine gute Nacht und ging zu seinem Gemach; meine Tante blieb noch einen Augenblick bei mir und geleitete mich dann in mein Schlafzimmer. Ich küßte sie und sagte: »Einen schönen Abend noch.«

Ich zog mich unverzüglich aus und entließ die Kammerzofe. Dann zog ich meine Strümpfe wieder an, schlüpfte in ein Paar samtene Hausschuhe, hüllte mich in einen dunklen Morgenrock und wartete.

Gegen Viertel nach elf huschte ich wie ein Schatten in den Korridor, gelangte ohne Störung zu der kleinen Tür, öffnete sie und schloß mich ein, geräuschlos und ohne Schwierigkeit. Dann kletterte ich auf meine Leiter, ließ mich oben so bequem wie möglich nieder und lugte durch mein Guckloch.

Es war ein voller Erfolg, denn ich konnte alles deutlich erkennen. Das saubere weiße Bett erschien wie ein Altar, der für ein Opfer gedeckt ist; eine Nachttischlampe tauchte das glänzende Leinen in ein strahlendes Licht. Bertha befand sich im Nebenraum, ich hörte, wie sie dort ihre Waschungen vornahm. Die nahmen einige Zeit in Anspruch und waren wohl auch von unterschiedlicher Art, jedenfalls nach dem Klang eines gewissen Instrumentes zu urteilen, das ein Geräusch wie beim Aufziehen eines Uhrwerks machte.

Schließlich kam sie zurück in das Schlafzimmer, lediglich mit ihrem Morgenrock angetan, ging zum Bett und schlug die Decken zurück; sie arrangierte die Kopfkissen und stellte die Lampe so, daß sie noch mehr Licht auf das Bett warf. Dann nahm sie ein zartes Hemd aus Kambrik, mit Spitzen besetzt, trat vor den Ganzfigurspiegel des Kleiderschranks, betrachtete sich darin ein, zwei Minuten und ließ dann mit einer graziösen Bewegung ihrer Schultern das Hemd, das sie trug, von sich gleiten; an der Schwellung ihrer Hüften blieb es kurz hängen, bevor es ihr zu Füßen fiel. Den Morgenrock hatte sie vorher schon abgelegt, und so erschien sie nun völlig nackt vor meinen erstaunten Augen.

Niemand könnte sich etwas Edleres erträumen! Ihre Brüste, fest und hoch, standen kühn hervor, gekrönt von zwei rosafarbenen Erdbeerknospen; die Linie ihres Rückens und Hinterteils war einfach bewundernswert.

Unterhalb ihres weißen, glänzenden Bauches war deutlich ihr üppiges schwarzes Vlies zu erkennen, das in seiner Länge und Dichte eine wahre Seltenheit darstellte. Der Kontrast dieser enormen schwarzen Stelle zu dem ansonsten so makellos weißen Körper vermittelte den Eindruck einer ganz besonderen Sinnlichkeit.

Sie zog sich ihr spitzenbesetztes Nachthemd über den Kopf und legte ihren Morgenmantel wieder an, den sie lose zugürtete; dann begab sie sich in ihr Wohnzimmer und öffnete die Tür zum Gang einen Spalt weit. Kurz darauf hörte ich vorsichtige Schritte, die Tür wurde zugezogen und doppelt abgeschlossen, und Bertha und Monsieur B. erschienen im Schlafzimmer. Er trug Pantoffeln an den nackten Füßen und ein leichtes Sommer-Smokingjackett, darunter nur sein Hemd. Bertha hieß ihn auf einem Sofa Platz nehmen und ließ sich selbst auf seinem linken Knie nieder. Ihre Lippen begegneten sich in einem langen Kuß, und dann sprachen sie über ihre Hochzeit, dem noch ein Hindernis im Wege stand, das Monsieur B. aber bald zu überwinden gedachte.

»Mein lieber Engel«, sagte er, »ich bin dir so dankbar, daß du genügend Vertrauen in mich hast, um mich nicht schmachten und auf deine kostbaren Gunsterweisungen warten zu lassen! Du verwendest sie an deinen wahren Gemahl, der dich durch seine immerwährende Liebe belohnen wird.«

Während er noch sprach, öffnete er das Oberteil von Berthas Morgenrock und küßte abwechselnd die beiden makellosen Kugeln, während meine Tante zurückgelehnt unter den Zärtlichkeiten erschauerte, die sie anscheinend mit allen Fasern ihres Körpers genoß. Alfred, von ihren Bewegungen profitierend, öffnete den Morgenmantel weiter, diesmal jedoch an dessen unterem Ende, hob ihr Nachthemd und spielte ein Weilchen mit den lieblichen schwarzen Haaren, in die er närrisch verliebt zu sein schien. Sodann bemerkte ich, wie er den Schlitz, den sie verbargen, leicht öffnete, dann seinen Finger etwas nach oben gleiten ließ und erneut mit dem spielerischen Reiben begann, das ich meine Tante an sich selbst hatte praktizieren sehen und dessen Imitation mir selbst so großes Vergnügen bereitet hatte.

Was Bertha betrifft, so hatte sie inzwischen sein herrliches Glied bloßgelegt, und ich konnte meine Augen nicht davon abwenden. Es erschien mir länger und dicker als beim ersten Mal, als ich es gesehen hatte. Es war ganze acht oder neun Zoll* lang und so dick wie mein Handgelenk.

Meine Tante öffnete ihre Schenkel und spreizte dadurch ihren Schlitz, der nicht länger als mein kleiner Finger erschien. Wie ist es möglich, dachte ich bei mir, daß ein Instrument dieser Größe in so einer kleinen Stelle völlig verschwinden konnte? Ich zog den Schluß, daß meine Tante in der Position, in der ich sie damals gesehen hatte, die gewaltige Maschine nicht in ihrem Körper, sondern zwischen ihren Schenkeln aufgenommen hatte und daß die äußerliche Reibung sie so glücklich gemacht hatte. Mein Irrtum sollte bald korrigiert werden, denn während ich meine Überlegungen anstellte, hatten die beiden Liebenden in aller Stille ihre Spielchen fortgesetzt.

»Ah!« sagte Bertha, »Mein Gemahl! ... Mein Liebling! ... Mach weiter ... Ah! Ich bin so glücklich! ... Wie lieblich Mimi ist! Oh, wie ich kommen werde! ... Jetzt kommt mir's! ... Mach noch ein bißchen weiter! ... Ah! Ich sterbe!«

Eine lange, stille Pause folgte, während Bertha völlig überwältigt erschien; den Körper zurückgeworfen, den Kopf an der Schulter ihres Liebsten geborgen, die prächtigen Schenkel noch weit gespreizt. Monsieur B. starrte gebannt auf sie herab, hingerissen von dem Anblick.

* 20 bis 23 Zentimeter.

»Los jetzt, komm«, klagte Bertha und erhob sich; »komm und steck ihn mir rein. Ich muß ihn ganz haben, ich will alles! Komm, ich steh in Flammen. Ich brenne, Mimi, also geschwind, überflute mich mit deinen überreichen Säften.«

Bertha warf ihren Morgenrock ab und streckte sich auf dem Bett aus. Alfred folgte ihr, doch bevor er sich dicht neben Bertha legte, zog er sein Hemd bis unter die Achseln hoch. Wie schön er anzusehen war, gebaut wie eine Mischung aus Herkules und Apollo; sein stolzes Instrument ragte steif aus einem dichten Busch heraus, der es vorteilhaft zur Geltung brachte, während er das Bett bestieg.

Bertha lag auf dem Rücken, die Beine auseinander und ein wenig angewinkelt. Alfred kniete sich dazwischen und schob das Hemd seines Schätzchens bis zu dessen Hals hinauf, so daß er ihre nackte Gestalt meinen Blicken preisgab. Ich erwartete, daß sie sich nun erheben und ihrem Liebhaber wie zuvor ihre Kehrseite zuwenden würde, da ich dachte, dies sei die einzige Art und Weise, es zu tun, doch zu meiner großen Überraschung stellte ich nun fest, daß dem nicht so war. Monsieur B. streckte sich auf ihr aus, Bertha hob die Beine und kreuzte sie über seinem Rücken, und zwar so, daß mir nichts entging. Ich konnte genau sehen, wie Berthas Hand das Instrument ergriff und dessen Kopf zur Mitte des kleinen Schlitzes führte, der sich ihm öffnete. Mit einem kräftigen Stoß seiner Lenden, dem Bertha entgegenkam, drang Monsieur B. mindestens zur Hälfte in das Löchlein ein, das sich erweiterte und die Maschine zu verschlingen begann. Wenige weitere Bewegungen machten die Einführung komplett, und ich sah, wie sich beider Haarbüschel vereinigten. Endlich wußte ich alles!

Von jetzt an gab es nichts mehr als Bewegungen, Seufzer, unartikulierte Laute und aufreizende Schauder.

»Gib mir alles … Ah! … Wie schön das ist! … Mach es sanft … Laß uns langsam kommen … Halt mich fest.«

»Mein süßer Liebling! … Heb deine Schenkel, dann komme ich noch tiefer rein … So! … Spürst du es? Ah! Wie köstlich!«

»Ich sterbe! … Bist du soweit? … Mein Alfred, ich komme gleich … Ich … Ich … Beeil dich!«

»Ich bin bereit … Es kommt … Da, es kommt … Komm jetzt … Ich komme … Ah! … Das war's!«

Beide lagen sie einen Moment ganz still da, dann erhob sich Alfred, und ich sah das Ding wie schon einmal herausschlüpfen: zusammengeschrumpft, rot und mit einer Träne, die von der Spitze herabtropfte.

Bei Bertha dauerte es etwas länger, bis sie wieder ein Lebenszeichen von sich gab, doch schließlich stand auch sie auf, und nachdem sie Alfred noch einmal abgeküßt hatte, verschwand sie für einen Augenblick in ihrem Ankleideraum.

Ich dachte, alles sei vorbei, und begann meinen Rückzug vorzubereiten, doch eine ungewisse Vorahnung ließ mich innehalten.

Bertha setzte sich wieder auf das Bett, nahm ihren Liebsten in den Arm, und sie begannen ein zärtliches Gespräch.

»Du hast mich so glücklich gemacht, mein Geliebter! Es ist ja viel schöner, wenn wir unsere Ruhe haben, und du machst es so gut.«

»Mein Liebling, es gibt keine vollkommenere Frau auf der ganzen Welt als dich! Ich möchte dich fressen vor Liebe!«

Und indem er abermals Berthas Hemd hochschob, bedeckte er ihren ganzen schönen Körper, der unter den Liebkosungen erbebte, mit Küssen, und als er am Zentrum der Seligkeit angelangt war, öffnete er es, biß sanft hinein und küßte es leidenschaftlich.

»Hör auf, Liebster«, sagte Bertha, »halt! Du wirst dich ja völlig verausgaben. Ruh dich lieber aus.«

»Nein, Liebling, guck mal! Siehst du, wie er schon wieder um Erlaubnis bittet, seine kleine Gefährtin heimsuchen zu dürfen? Du wirst ihn doch nicht zurückweisen?«

»Na, dann wollen wir mal sehen, Monsieur Mimi! Ihr seid also in Euren Prachtzustand zurückgekehrt? Ja, du bist schon ein hübsches Kerlchen. Nun, dann werde ich dich also wieder ins Gefängnis stecken. Da stell dich hin, und beweg dich nicht!«

»Was hast du vor?«

»Du weißt doch, mein Lieber, daß ich die Abwechslung schätze. Bleib auf dem Rücken liegen, und ich werde es dir machen.«

Mit diesen Worten setzte sich meine Tante auf Alfred, nahm Mimi in die Hand und schob ihn bis zum Heft in sich rein, um dann, leicht nach vorn gebeugt, aufgespießt auf den enormen Zapfen, ihren Körper sanft auf und ab zu bewegen. Dabei neckte sie Alfred, warf ihm Küsse zu und präsentierte ihm ihre reizvollen Tittchen, die ganze Zeit lächelnd und den Mund spitzend.

»Jetzt bin ich es, die dich hat«, sagte sie. »Du bist mein kleines Frauchen. Siehst du, wie gut ich das mache?«

Nach wenigen Augenblicken dieses Geplänkels konnte man den Höhepunkt herannahen sehen. Sie ließ sich auf ihren Liebsten fallen, der sie in die Arme nahm und sie an sich drückte, je eine Hand zur Rechten und zur Linken auf ihre weißen Pobacken gepreßt. Gemeinsam erreichten sie den Gipfel der Lust, dann löste sich Bertha aus seiner Umarmung und streckte sich von neuem träge an der Seite ihres Liebhabers aus.

Es war spät. Ich war todmüde, aufgewühlt und meine Glieder verkrampft von der Stellung, die ich einnahm, aber ich wollte nicht gehen, bevor ich wußte, ob das verliebte

Pärchen nicht eine weitere Verabredung treffen würde. Zu meiner Befriedigung hörte ich, wie sie ein Rendezvous für den nächsten Abend zur gleichen Stunde vereinbarten.

Ich gelangte in mein Zimmer zurück und ging total erschöpft zu Bett, hatte aber einen gesunden Schlaf. Als ich gegen sieben Uhr erwachte, fühlte ich mich total erfrischt. Ich ging im Geiste noch einmal alles durch, was ich am Tag zuvor gesehen und gehört hatte. Meine Phantasie begann zu entflammen, mein Busen erbebte, ein wildes Feuer jagte durch meine Adern. Mechanisch nahm ich die auf dem Rücken liegende Stellung ein, wie ich es bei meiner Tante gesehen hatte; dann zog ich mein Nachthemd hoch, wie Monsieur B. es bei ihr getan hatte. Abwechselnd berührte ich meine Brüste, worauf deren Knospen sich aufrichteten, dann ließ ich meine Hände hinabgleiten bis zu der empfindsamen Stelle und stöberte dort mit großer Neugier herum. Es kam mir vor, als hätte dort eine kleine Veränderung stattgefunden. Die Lippen der kleinen Nische waren dicker geworden; ich suchte den Ort, der im Fall meiner Tante die monströse Maschine verschluckt hatte, fand aber nur ein kleines Loch, in das mein Finger nicht schmerzlos eindringen konnte. Ich zog meinen Finger etwas herauf, als plötzlich ein unbeschreibliches Gefühl mein gesamtes Wesen überschwemmte. Erst rieb ich sanft, dann schneller, danach wieder langsamer und schließlich nochmals mit gesteigerter Energie, während ich die Worte meiner Tante wiederholte – »Ich komme … Ah! Ich komme … Ich komme … Ah!«

Schließlich überkam mich eine Art nervöser Anfall. Ich fühlte mich hinweggerissen von einem immensen Glücksgefühl, das ich diesmal, da ich nicht in Ohnmacht fiel, in vollen Zügen genießen konnte. Als ich meine sieben Sinne wieder beisammenhatte, zog ich meine feuchte Hand weg, stand auf und kleidete mich an, dann ging ich hinunter, frisch und fröhlich, nachdem ich eine so süße morgendliche Zerstreuung genossen hatte.

Ich werde die Ereignisse des Tages beiseite lassen (die nicht der Rede wert waren), da ich es eilig habe, zum Spektakel des Abends zu gelangen. Ich traf die gleichen Vorkehrungen und hatte mein Observatorium sicher erreicht, als sich Bertha und ihr Geliebter erneut zum Tête-à-Tête zusammenfanden.

Das Vorspiel war mehr oder weniger wie beim letzten Mal, doch statt hinterher ins Bett zu gehen, sagte Bertha: »Ich habe eine Idee, mein Liebster. Laß es uns so tun wie an jenem anderen Morgen in dem Klosett. Hier ist es bequemer und wird daher noch schöner sein!«

Mit diesen Worten befreite sie sich von ihrem Gewand, zog ihr Hemd hinten hoch, legte ein großes Kissen vor den Spiegel des Kleiderschranks und kniete darauf nieder, Kopf und Arme nach vorn ausgestreckt, so daß ihr Hinterteil vor meinen Augen nach oben ragte und ich sehen konnte, wie der Pfad der Freude sich bereits von allein öffnete.

Auch Alfred war nicht müßig geblieben. Er hatte sein Jackett abgelegt und die Lampe auf den Boden gestellt, um das köstliche Bild, das der Spiegel in allen Einzelheiten reflektierte, perfekt auszuleuchten. Dann ging er hinter ihr in Stellung und begann, in sie einzudringen.

»Oh, du kannst zuviel von mir sehen!« sagte meine Tante.

»Wie kann ich von solcher Schönheit zuviel sehen? Sieh doch nur mal in den Spiegel!«

»Oh nein, das ist schlimm! … Ah! … Er dringt in mich ein! Warte ein bißchen … Was für ein hübscher Bursche du bist!«

»Meine Angebetete, wie lieblich du bist! Was für herrliche Hüften! Was für ein herrlicher … ARSCH!«

»Oh! Alfred! Was für ein häßliches Wort!«

»Keine Angst, mein Liebling; Verliebte können alles sagen. Diese Wörter mögen in kälteren Momenten unangebracht sein, verleihen aber dem süßen Geheimnis der Liebe eine frische Würze. Auch du wirst sie bald gebrauchen und ihren Reiz verstehen.«

Auch während er sprach, fuhr er mit seinen Bewegungen fort. Bertha verschlang mit gierigen Augen die Szene im Spiegel. Eine Minute später hörte ich verblüfft, wie sie zu ihm sagte: »Liebst du ihn so sehr?«

»Wen?«

»Nun, meinen …«

»Deinen was?«

»Also, … meinen … ARSCH!«

»Ach, Bertha, wie süß du zu mir bist! O ja, ich liebe ihn. Deinen wunderschönen Arsch. Ich bewundere ihn!«

»So befühle ihn denn. Er gehört dir – dir ganz allein. Mein Arsch – Arsch – Arsch. Oh, … mein … Arsch, mein Arsch!«

Nachdem sie ihre abgehackten Äußerungen beendet hatte, ließ sie sich gehen, bis sie zur vollständigen Erfüllung gelangte. Alfred, der ebenfalls auf dem besten Wege war, erreichte das ersehnte Ziel gleichzeitig mit Bertha und brach dann völlig überwältigt auf ihr zusammen.

Ihre innigen Begegnungen endeten mit diesem köstlichen Beisammensein; ein weiteres Treffen konnte nicht vereinbart werden, da sie die Rückkehr der Zofe fürchteten, aber sie verabredeten gewisse Signale, und falls alle Stricke reißen sollten, beschlossen sie, auf den »Pavillon« im Park zurückzukommen. Ich ging in mein Zimmer. Julie kam am nächsten Tag zurück, so daß mit meinen nächtlichen Missionen erst einmal Schluß war. Ich versuchte, etwas von den Signalen mitzubekommen, welche die Verliebten austauschen wollten, konnte aber zu meiner großen Enttäuschung nichts entdecken.

So gingen vier Tage vorbei. Ich war verstimmt und hatte meine Morgenspaziergänge wiederaufgenommen, die mich regelmäßig zu dem Klohäuschen auf dem Gelände führten.

Am Nachmittag des vierten Tages hatte ich den Pavillon betreten, um ein Geschäft zu erledigen, als ich dort überraschenderweise einen Gartenstuhl vorfand, der offenbar vom Rasen beim Haus hierhergebracht worden war. Daraus schloß ich – und das zu Recht –, daß am nächsten Tag etwas stattfinden würde, und ich war auf meinem Posten, lange bevor die Akteure im Drama der Liebe auf dem Schauplatz erschienen.

Sie näherten sich vorsichtig, hintereinander, und schlossen sich ein. Bertha setzte sich auf den Stuhl und sagte: »Das hast du gut gemacht, an dieses Möbel zu denken, meine Stellung neulich war sehr unbequem. Aber was machst du da auf den Knien?«

»Du weißt, ich muß meiner kleinen Gefährtin guten Tag sagen.«

»Na gut, gib ihr schnell einen Kuß, und dann ans Werk. Es ist schon spät. Du setzt dich auf den Stuhl, und ich reite auf dir.«

Folgsam öffnete Monsieur B. seine Hosen und nahm auf dem Stuhl Platz. Bertha hob alle ihre Petticoats hoch und bestieg ihren Geliebten. Dann ergriff sie sein kraftvolles Werkzeug und begann mit dessen Einführung, indem sie sich langsam darauf niederließ. Ich war so plaziert, daß ich mich des Anblicks von hinten erfreuen konnte und mir nicht das kleinste Detail entging. Das mächtige Gerät war bald völlig verschwunden. Bertha hob ihre Beine, stemmte ihre Fersen gegen die Querleisten des Stuhls und begann sich abwechselnd zu heben und zu senken.

Die üblichen Seufzer und Worte kamen ihnen von den Lippen; ihre Seelen verschmolzen in gemeinsamer Lust. Ich hatte vorgehabt, mich diesmal nicht mit der Rolle des schlichten Beobachters zu begnügen. Daher hatte ich es mir so bequem wie unter den gegebenen Umständen möglich eingerichtet.

Ich begann es mir genau dann selbst zu besorgen, als Bertha Monsieur Mimi einführte, und indem ich meine Bewegungen den ihren anpaßte, mal langsam, mal schneller, kam ich im gleichen Augenblick wie sie, und mein Luststöhnen mischte sich mit den Seufzern des glücklichen Paars.

Als alles vorüber war, räumte Bertha ihre Stellung, dabei sah ich, wie Monsieur Mimi aus seinem Versteck fiel und ein Schwall jener Flüssigkeit, deren Herkunft mir bis dato unbekannt war, an ihren Schenkeln heruntersickerte und auf den Boden tropfte. Die Liebenden brachten ihre Kleider in Ordnung.

Monsieur B. teilte Bertha den Inhalt zweier Briefe mit, die er soeben erhalten hatte. Das Haupthindernis für ihre Heirat war beseitigt. Sie einigten sich, daß Monsieur B. in drei Tagen offiziell um ihre Hand anhalten und dann abreisen sollte, um alle notwendigen Vorbereitungen für die Hochzeit zu treffen. Außerdem verabredeten sie, sich in zwei Tagen zum letzten Mal im Pavillon zu treffen, und zwar am Vormittag. Traurig ging ich zurück zum Haus. So würde ich also in die Eintönigkeit meines bisherigen Lebens zuruckkehren, doch hielt mich die Hoffnung aufrecht, bald selbst zu heiraten und dann meinerseits in den Genuß der göttlichen Vergnügungen zu kommen, deren Zeuge ich gewesen war.

Der dritte Tag fand mich in meinem Versteck; als erster kam Monsieur B. und Bertha eine Minute später. Ihr schönes Gesicht schien von einer leichten Wolke verdüstert, dennoch warf sie sich ihrem Liebsten in die Arme; doch als er nach einigen Liebkosungen seine Hand unter ihre Kleider zu bringen versuchte, hielt sie ihn zurück.

»Nein, nein, mein Lieber; heute ist es unmöglich! Sei versichert, es tut mir leid, aber es sind Hindernisse im Weg. Wir müssen es aufschieben, bis du zurückkehrst.«

»Was für ein Pech.«

»Und was ist mit mir?«

»Sieh her, halte ihn mal. Schau, wie sehr er es will.«

Monsieur B. holte sein herrliches Instrument aus der Hose. Bertha spielte ein bißchen damit herum und sagte: »Nein, nein; nicht ohne mich!«

»Aber ich flehe dich an!«

»Du willst es unbedingt? Nun, ich darf nicht eigensüchtig sein; aber ich versichere dir, daß es mich betrübt, diesen guten Stoff zu verschwenden. Na, dann komm, Monsieur Mimi, aber du darfst es nicht zur Gewohnheit werden lassen, es ohne deine Gefährtin zu tun.«

Mit diesen Worten krempelte Bertha den Ärmel ihres Morgenrocks hoch, während Monsieur B. seine Hose zu Boden gleiten ließ, aufstand und seinen Hemdschoß hob.

»Nein«, sagte Bertha, »zieh dein Hemd ganz aus; da ich sonst nichts bekomme, will ich wenigstens den Anblick genießen.«

Alfred folgte ihrem Wunsch und gab sich ganz in ihre Hand. Sie stellte sich halb hinter ihn, legte ihrem Geliebten den linken Arm um die Taille und begann mit der Rechten eine sanfte Bewegung aus dem Handgelenk, die Monsieur B. immense Wonnen zu bereiten schien, während sie Mimis Kopf abwechselnd entblößte und bedeckte.

»Ah! Wie gut du das machst!« sagte er. »Sanft, mein Engel. Entblöße ihn ganz. Jetzt schneller ... halt! ... Jetzt weiter! Ah! Ich fühle, wie es kommt! ... Schneller ... Ich ... komme ... Ich kommeee!«

Zwei-, dreimal stieß er seine Lenden nach vorn, und Bertha, die seinen Anweisungen sorgfältig gefolgt war, drückte das Instrument in ihrer Hand höher, als ich zu meinem großen Erstaunen mehrmals einen Strahl weißer Flüssigkeit herausspritzen sah, die bis zu drei Schritte vor ihm zu Boden fiel, und dieser Ausstoß schien Monsieur B. vor Wonne fast verrückt zu machen.

Nach einigen Augenblicken wischte Bertha selbst mit ihrem bestickten Taschentuch das Gerät ab und steckte es in die Unterhose zurück, wobei sie sagte: »Du bist ein böser Bube, daß du ohne mich gekommen bist. Ich schulde dir einen Groll dafür, und du wirst bei der ersten Gelegenheit dafür zahlen.«

Ich ließ sie beide gehen, und als sie weit genug entfernt waren, betrat ich den Pavillon und sah mir die frischen Spuren der Ejakulation, deren Zeuge ich geworden war, aus der Nähe an. Der Anblick entflammte meine Phantasie; ich hob meine Kleider hoch und setzte mich auf den Stuhl, eine Hand auf dem Sitz mit dem Mittelfinger nach oben. Ich ließ mich darauf nieder, fand die kleine Öffnung, und indem ich Berthas Bewegungen imitierte, die Beine so weit wie möglich öffnete und mein Hinterteil auf und ab bewegte, stellte ich mir vor, daß ich das begehrte Instrument in mich aufnahm.

Ein empfindlicher Schmerz hielt mich nicht ab; ich verdoppelte meine Anstrengungen und bekam fast den halben Finger hinein.

Dann wiederholte ich Berthas Worte: »Ich komme ... ich komme ... mein Arsch!« bis die Zuckungen kamen und ich meinen Körper in einer Agonie der Wonne hin und her wand.

Meine Hand und der Stuhl trugen Spuren meiner Wonne; hastig wischte ich alles ab und kehrte nach Hause zurück.

Im Laufe des Tages hatte Monsieur B. eine Unterredung mit Großmutter und hielt förmlich um die Hand meiner Tante an. Alles wurde geregelt, und er machte sich auf den

Weg nach Paris, um in aller Eile die Vorbereitungen für die Hochzeit voranzutreiben. Es wurde beschlossen, daß Bertha noch einige Tage bei uns blieb, dann nahm sie mich mit sich mit, denn ich sollte ihr als Brautjungfer zur Seite stehen.

Die Zeremonie wurde mit Pomp begangen, und zum ersten Mal in meinem Leben erlebte ich einen großen Ball, der für mich, wie ich ohne Eitelkeit sagen kann, sehr erfolgreich verlief. Ich wäre gern dabeigewesen, als Braut und Bräutigam zu Bett gebracht wurden, aber mein Beobachtungsposten war weit weg, und ich mußte mich damit begnügen, einsam und aus der Ferne an ihren Wonnen teilzuhaben.

Drei Tage später brachte mich Monsieur B. zu meiner Großmutter zurück, um anschließend mit seiner Frau nach Italien zu fahren.

Teil 2

Da bin ich nun also zurückgeworfen in mein monotones, langweiliges Leben von früher, nur daß meine Sinne jetzt geschärft waren und ich Kenntnis von den Wonnen hatte, nach denen es mein Temperament vielleicht viel mehr verlangte als so manche andere Frau. Ich träumte nur noch von Heirat, und Monsieur B. war mein Schönheitsideal eines Gatten.

Oft suchte ich den Pavillon im Park auf, der für mich unauslöschliche Erinnerungen enthielt, und ich hatte den Stuhl dort gelassen, der oftmals zum Thron einsamer Wonnen wurde.

Diese Art, Erleichterung zu finden, war nicht nur notwendig, sondern ich kann sagen unverzichtbar, da mich zuweilen wahre Liebesanfälle überkamen. Dann wurden meine Augen trüb, es klingelte mir in den Ohren, die Knie wurden weich, und ich brauchte nur die Schenkel zusammenzupressen und spürte schon, wie jener reizende Körperteil, der uns erst zu Frauen macht, feucht wurde und zu pochen begann.

In solchen Augenblicken war Widerstand unmöglich, ich mußte dem nachgeben! Mein Finger war mein Meister; wenn ich einmal richtig kam, erfuhr ich eine wohltuende Ruhe, und eine köstliche Trägheit überwältigte mich. Ich bin überzeugt, daß ich ohne diese Gewohnheit gefährlich krank geworden wäre; glücklicherweise praktizierte ich es nicht zu oft, und es tat mir wirklich gut.

So erreichte ich mein achtzehntes Jahr. Ich war eine echte Schönheit, und ich will hier ein wahres Porträt meiner selbst geben, ohne Ausflüchte, und es soll ein genaues Spiegelbild sein, ohne falsche Scham oder lächerliches Eigenlob. Von Gestalt war ich etwas über mittelgroß; mein Haar war voll und von einem feinen, dunklen Kastanienbraun. Meine haselnußfarbenen, in lüsternes Feucht gebadeten Augen glänzten unter langen Wimpern hervor. Mein ziemlich großer und sehr sinnlicher Mund war mit zwei Reihen feiner Zähne ausgestattet; ein schwarzer Leberfleck auf der rechten Seite meiner Oberlippe verlieh meinem Gesichtsausdruck eine gewisse Pikanterie. Ich hatte einen bewundernswerten Busen, die Brüste weit auseinander, fest und hoch. Meine Figur war adrett und geschmeidig, mit einem fülligen Hinterteil, das wunderschön anzusehen war; und der Venusberg, sehr betont, schützte eine Nische, die, wie es scheint, nach einem seltenen, reinen Muster angelegt war, sowohl was die Form als auch was die außerordentlich sinnliche Qualität anbelangt. Zwar besaß ich nicht den ungewöhnlich dichten Busch meiner Tante, war aber dennoch in dieser Hinsicht gut ausgestattet, und eine einzigartige Besonderheit bestand darin, daß sich der hübsche Pelz viel tiefer hinabzog, als kurzes, seidiges Moos in dunkler Linie die Furche zwischen den beiden benachbarten Zwillingslippen beschattend.

Wie oft, mein lieber F., hast du mich nicht so plaziert, um diesen Anblick zu genießen! Welche Liebkosungen! … Wie viele Küsse? Aber ich will nicht vorgreifen.

Laß mich hinzufügen, um das Bild abzurunden, daß meine Hände hübsch, wenn auch etwas groß waren, meine Füße hingegen klein und gewölbt. War ich, zusammen mit den Gefühlen, die mein Wesen verzehrten, nicht ein königlicher Leckerbissen?

Meine Großmutter fühlte ihr Ende nahen, sie fürchtete um meine Zukunft und bemühte sich daher ohne mein

Wissen, einen Ehemann für mich zu finden; eine alte Freundin von ihr machte ihr eines Tages einen Vorschlag, der ihre Hoffnungen und meine geheimsten Wünsche zu erfüllen schien.

Monsieur de C. wurde uns vorgestellt. Er war achtundzwanzig Jahre alt, von mittlerer Statur, sehr vornehm, mit anmutiger Haltung und regelmäßigen Zügen. Er kam aus einer guten Familie, seine Vermögensverhältnisse waren zufriedenstellend. Er war keine so männliche Erscheinung wie Monsieur B., aber so, wie er war, gefiel er mir, und insgeheim gehörte ihm mein Herz vom ersten Augenblick an. Und was ihn betraf, so war er von meiner Schönheit geblendet, sein Entschluß stand fest, sobald er mich sah. Wir waren uns also alle einig, die Heirat wurde beschlossen, und zwei Monate später fand die Hochzeit statt. Anschließend wollten wir noch einige Tage bei Oma verbringen und dann nach Z— abreisen, wo mein Zukünftiger eine Stelle als —— innehatte. Bertha kam mit ihrem Mann, um mir bei der Hochzeit zur Seite zu stehen. Sie war so hübsch wie immer und ebenso glücklich. Ich teilte meine kleinen Geheimnisse mit ihr und sagte ihr, wie sehr ich geneigt sei, meinen Gemahl mit Leib und Seele zu lieben. Nur eins störe mich, und das sei, daß ich ihn ziemlich kalt und reserviert fände, obwohl er sich immer liebevoll und galant zeige. Bertha prustete los und versicherte mir, daß sich das bald ändern würde.

Schließlich kam der wichtige Tag; sie agierte als meine Mutter und zog mir selbst das Hochzeitskleid an. Mir schien, als würde der Tag vor unaussprechlicher Begierde und Furcht immer kürzer. Das Ereignis, auf das ich so lange gewartet hatte – obwohl mir in der Theorie inzwischen wohlbekannt –, erfüllte mich mit einer schrecklichen Anspannung.

Der Abend ging schließlich zu Ende, und Bertha führte mich in das Brautgemach. Es war ihr Zimmer, und auf demselben Bett, auf dem sie unter meinen Augen so überreich verwöhnt worden war, sollte ich nun zur Frau gemacht werden.

Bertha brachte mich ins Bett und setzte sich zu mir, um mit mir, der vermeintlich ganz und gar Unwissenden, ein aufklärendes Gespräch zu führen. Sie hielt den Unterricht mit Takt, ließ aber nichts unerklärt, küßte mich, empfahl mir Gehorsam und ging von dannen.

Eine Minute später trat Monsieur de C. ein, lediglich mit einem Morgenrock angetan. Er kam zu mir, küßte mich herzhaft, sagte einige sehr liebevolle Worte, legte sein Kleidungsstück ab und stieg ins Bett.

Charles, denn das war sein Name, legte seine Arme um mich; der Kontakt seines nackten Fleisches mit meinem ließ mich zusammenfahren! Er küßte mich sanft, sagte, ich brauche mich nicht zu fürchten, und drückte sich noch enger an mich. Ich zitterte am ganzen Körper und wagte nicht zu sprechen, obwohl ich es nur zu gern getan hätte. »Hättest du gern ein kleines Baby?« flüsterte er, während sich gleichzeitig sein rechtes Knie zwischen meine Schenkel schob. Erst widersetzte ich mich, dann gab ich Stück für Stück nach, und bald lag Charles auf mir, und ich fühlte die Spitze des heißbegehrten Objekts.

Dieser erste Kontakt wirkte auf mich wie ein Funke auf Schießpulver. Alle Wärme meines Wesens konzentrierte sich auf die belagerte Nische – fast wäre ich schon jetzt gekommen! Charles stellte sich ungeschickt an, mal war er zu tief, mal zu hoch. Ich wagte nicht, mich zu bewegen, ich konnte ihm nicht helfen! Ich keuchte, war voll entflammt! Schließlich fand er die richtige Stelle – kräftig stieß er zu; ich verspürte einen scharfen Schmerz, schrak heftig zusammen und zog mich zurück, fast hätte ich aufgeschrien.

Charles, verwirrt, bat mich um Verzeihung, flehte mich an, ein wenig Mut aufzubringen, und ging wieder in Stellung. Ich verhielt mich still, war sogar in der Lage, eine etwas günstigere Position einzunehmen, und beschloß, alles zu ertragen. Er stieß wieder zu, der Schmerz stellte sich wieder ein, ich widerstand ihm und hob mich seinen Stößen entgegen, um die Sache schneller hinter mich zu bringen. Es kam mir vor, als ginge Charles nicht besonders kraftvoll vor, auch schien es einen großen Unterschied zu geben zwischen dem Instrument, das mich bearbeitete, und dem von Monsieur B. Darüber hinaus sprach er nicht, äußerte kein einziges der Worte, die ich gehört hatte und von denen ich glaubte, daß sie einfach zum Ganzen dazugehörten.

Endlich schien Charles ein wenig Kraft aufzubringen, er stieß mit seinen Lenden einmal kräftig zu, ich tat desgleichen, wobei ich meinen Körper versteifte. Der Schmerz war so stark, daß ich aufschrie, genoß aber die Genugtuung, daß ich mich penetriert fühlte, denn das gesamte Instrument steckte jetzt in mir! Mein Gatte setzte das Auf und Nieder noch einen Moment lang fort, dann erschauerte er, seufzte ein paarmal und hielt inne. Ich fühlte, wie eine heiße Flüssigkeit mich überflutete, wodurch der Schmerz etwas gedämpft wurde.

Charles wälzte sich von mir herunter und lag nun sichtlich erschöpft neben mir.

Trotz meiner Begierden und meiner Phantasie hatte ich keinerlei Lust verspürt. Das erstaunte mich nicht, da Bertha mich darauf vorbereitet hatte. Charles küßte mich, wünschte mir eine gute Nacht, drehte sich um und schlief ein.

Ich war sehr überrascht und peinlich berührt. Ich hatte fest damit gerechnet, daß wir noch einmal beginnen würden, und war trotz des Schmerzes dazu bereit. Schließlich fügte ich mich in das Unvermeidliche und gab mich ebenfalls dem Schlummer hin.

Am nächsten Morgen wachte ich sehr spät auf – ich war allein. Als er die plötzliche Bewegung wahrnahm, erschien

Charles in der Tür des benachbarten Raums und kam auf mich zu. Er war bereits vollständig angekleidet, und er küßte mich auf die Stirn, sagte ein paar freundliche Worte und fragte mich, ob ich gut geschlafen hätte; aber all dies kühl und distanziert. Mein Herz, bereit, ihm zuzufliegen, erstarrte; mich dünkte, daß er hätte warten müssen, bis ich erwachte, mich in die Arme nehmen und über Liebe und Glück reden, um dann von neuem mit den Liebkosungen der Nacht zu beginnen. Ich konnte mir vorstellen, daß ich seine Gefühle erwidert und keinerlei Angst vor Schmerz mich gehindert hätte, ihn abermals zu empfangen! Schließlich kamen mir doch ernsthafte Zweifel hinsichtlich meiner Zukunft, dies war es nicht, was ich mir erträumt hatte! Charles ging hinaus, damit ich mich ankleiden konnte, wie er sagte, doch jeder Gedanke an Toilette lag mir fern, statt dessen hing ich traurigen Gedanken nach. Eine wohlbekannte liebe Stimme rief nach mir, es war Bertha, die angelaufen kam und mich in die Arme nahm.

Ich schlang meine Arme um ihren Hals, drückte sie fest an mich und begann zu weinen.

»Du meine Güte, was ist los, mein liebes Kind?« fragte sie.

Ich wußte eigentlich nicht, was ich darauf antworten sollte, denn beschweren konnte ich mich ja nicht. Ich hatte nur das Gefühl, nicht so geliebt zu werden, wie ich mir das erhofft hatte, und daß die Glut in meinem Ofen niemals in ein offenes Feuer ausbrechen würde.

Bertha meinte, ich sei nur hysterisch, und beruhigte mich mit sanften Scherzen.

Meine natürliche Fröhlichkeit gewann bald wieder die Oberhand; ich stand auf und nahm ein Bad, das meine Zofe bereits angerichtet hatte.

Langsam ging der Tag dahin, und alle um mich herum waren glücklich. Mein Gemahl schien verzaubert, er zeigte sich so zärtlich und galant, wie es seine Natur nur gestattete. Ich war angenehm berührt und reagierte schüchtern auf seine distanzierten Zärtlichkeiten. Die Nacht kam; schon früh führte er mich davon, und wir gingen zu Bett. Weniger furchtsam als in der Nacht zuvor nahm er mich in seine Arme, sagte, daß er mich liebe, und küßte mich zärtlich. Ich erkühnte mich, zu sagen, daß ich ihn ebenfalls liebte, und gab ihm einen Kuß, der ihn elektrisierte. Auf meinem nackten Schenkel fühlte ich bereits etwas Hartes, das viel versprach.

Wie am vorangegangenen Abend brachte er seine Lippen an mein Ohr und raunte: »Sollen wir es tun wie letzte Nacht?«

Ich wußte nichts darauf zu antworten, konnte aber nicht umhin, meine Schenkel zu öffnen, und indem er heimlich mein Nachthemd hob, legte er sich über mich, und ich hielt ihn fest umfangen und wartete ungeduldig auf den höchsten Moment.

Bald fühlte ich den Kopf seines Instruments. Ein Zittern überfiel mich, währenddessen ich mich bemühte, es so weit wie möglich einzuführen. Ich fühlte immer noch einen – jetzt immerhin erträglichen – Schmerz, der mich aber nicht zurückhielt; das Glücksfeuer, das durch meine Adern zirkulierte, ließ mich alles ertragen. Ich spürte bereits die Vorankündigung der höchsten Wonne. Ich gab mir alle Mühe, nichts zu sagen; ich wollte aufschreien, alles aussprechen, was ich fühlte. Ich verstand jetzt sehr wohl die Worte meiner Tante, doch das Schweigen von Charles, der in sich abgekapselt schien, hinderte mich, meinen Gefühlen freien Lauf zu geben.

Er fuhr in seinen Bewegungen fort und küßte mich, aber er schien nicht außer sich zu geraten, wie ich es mir gewünscht hätte. Ich konnte dem Impuls nicht widerstehen, mein Hinterteil nach oben zu stoßen und aufzuschreien!

Dann lag ich ganz still … ich kam … wobei ich fast die Besinnung verlor.

Charles hielt einen Augenblick inne und schien überrascht ob meiner Gefühlsäußerungen. Ich zügelte mich, und er setzte seinen Ritt weiter fort … was soll ich noch sagen?

Er nahm sich Zeit, seine süße Pflicht zu erfüllen, und ich verströmte den süßen Tau viermal! Schließlich spürte ich, wie er erschauerte, hörte ihn seufzen und merkte, wie ein wilder, flammender Strahl mein Inneres überflutete.

Beide blieben wir still liegen. Ich, in gehobener Stimmung, im Fieber, bereit, von neuem zu beginnen; er erschöpft und nur der Ruhe bedürfend. So schliefen wir ein.

Als ich am nächsten Morgen erwachte, befand ich mich wieder allein. Es war mir egal, und ich rekapitulierte im Kopf die Szene der letzten Nacht, bis mich ein Gefühl der Neugier überkam, das mich veranlaßte, meinen Körper in Augenschein zu nehmen. Ich setzte mich auf die Kissen, die Beine auseinander, und öffnete mit den Händen die Lippen meiner Spalte. Dort fand ich eine große Veränderung vor; das Innere war viel rosiger, die Öffnung war erfolgt, und mein ganzer Finger glitt mit Leichtigkeit hinein. Diese Untersuchung machte mir Spaß und hätte gewisse Konsequenzen nach sich gezogen, wenn nicht ein diskretes Klopfen an meiner Tür dafür gesorgt hätte, daß ich mich hastig zudeckte und eine natürliche Stellung im Bett einnahm.

Es war Bertha, die mich frisch und fröhlich vorfand und lächelte, als sie mich küßte. Während ich mich anzog, plauderten wir wie zwei Schwestern. Jetzt war ich eine richtige Frau, und meine hübsche Tante behandelte mich auch als solche. Sie entlockte mir gewisse Geheimnisse, die sie sehr zu interessieren schienen, und als sie weiter in mich drang, erzählte ich ihr, was vor sich ging. Sie schien sehr überrascht, als ich sagte, daß ich viermal die große Wonne verspürt hatte, während Charles es mir nur einmal besorgt hatte. Offenbar war sie über das geringe Ausmaß der männlichen Kräfte meines Gemahls, verglichen mit der Vitalität ihres eigenen, höchlichst überrascht.

Der Tag ging vorüber, und da mein Gatte ein großer Sportsmann war, ging er auf die Jagd. Ich ging mit Bertha spazieren. Zum Diner kamen wir alle wieder zusammen und verbrachten den Abend mit ein wenig Musik.

Die Nacht kam, aber sie gestaltete sich ganz anders als die beiden vorangegangenen Nächte; Charles stülpte sich ein häßliches seidenes Taschentuch über den Kopf, plapperte etwas über unsere frühe Abreise am Morgen, über unser neues Haus etc., aber kein Wort von Liebe, nicht einmal eine Liebkosung; nur eine kalte Umarmung, und schon schlief er.

Am folgenden Morgen erwachte ich vor ihm, und ein schreckliches Verlangen ergriff Besitz von mir, das Instrument zu sehen, das ich nur zweimal zu spüren bekommen hatte und das es weder in Größe noch Stärke mit dem von Monsieur B. aufnehmen konnte. Die Umstände begünstigten mich. Es war warm, und Charles hatte das Laken abgeworfen, das den betreffenden Körperteil nur gerade so bedeckte. Zum Glück hatte sich sein Nachthemd nach oben geschoben; ich brauchte nur – mit unendlicher Vorsicht – das Laken etwas herabzuziehen, und schon hatte ich das traurige Werkzeug im Blick, das mein einziger Trost sein sollte.

In der Tat, was für ein Unterschied zu dem von Monsieur B.! Klein, verschrumpelt und mit einer runzligen Haut bedeckt, die Anwesenheit des schlappen Kopfes, der an seinem Schenkel ruhte, ließ sich nur erahnen. Fortan war, so glaube ich, mein Schicksal besiegelt.

Charles regte sich, und ich drehte mich rasch auf die andere Seite und tat so, als schliefe ich, während er das Bett seiner Gewohnheit gemäß als erster verließ.

Das festgelegte Ende unseres Aufenthaltes bei Großmutter rückte näher. Ich war alles andere als unglücklich, da mein Gemahl gut zu mir war und mich so herzlich liebte, wie seine kalte Natur es nur zuließ. Er war stolz auf meine Schönheit und verweigerte mir nichts, aber all dies genügte nicht. Das war es nicht, was ich mir so sehnlich gewünscht hatte – nämlich eine sinnliche, lüsterne, brennende Liebe, für die ich alles geopfert hätte und zur totalen Hingabe fähig gewesen wäre! Dagegen konnte ich nun ein ruhiges, monotones Leben vor mir ausgebreitet sehen, wahrscheinlich auch ohne die Geburt eines Kindes, jedoch zu schwer zu ertragen für ein Temperament wie meines.

Charles machte es mir ein- oder zweimal die Woche, und das immer auf die gleiche himmelschreiend reservierte Art. Er küßte mich nur auf Wange oder Stirn, meine jungen, festen Brüste erhielten überhaupt keine Zuwendung, seine Hand schien die reizende Stelle, die ihre Berührung so herzlich begrüßt hätte, geradezu zu fliehen. Auch ich hatte des Gefühl, daß ich nicht wagen durfte, ihn dort zu berühren, da ich instinktiv wußte, daß er mich abgewiesen hätte.

Nun waren wir bereits zwei Jahre verheiratet, und ich war zwanzig! Mein Temperament, nun voll erblüht, hatte an Leidenschaft noch zugelegt, statt ruhiger zu werden! Mein Gemahl trieb es immer seltener mit mir, und wie befürchtet, bekam ich kein Kind, wo mich doch ein Baby sicherlich von meiner einen fixen Idee befreit hätte.

Meine Großmutter war seit einem Jahr tot. Wir wohnten in Z—, wo mein Gemahl eine gehobene Stellung bekleidete, die seine häufige Abwesenheit zur Folge hatte, und diese kleinen Reisen kamen seinem Geschmack an der Jagd und am Schießen entgegen. Daher war ich oft allein, und trotz der Musik, die ich weiterhin liebte und erfolgreich pflegte, war mein Kopf andauernd beschäftigt; meine erregten Sinne produzierten fortwährend Phantasien einer wilden, leidenschaftlichen Liebe. Was für schreckliche Nächte ich allein zu verbringen pflegte, mich in lasziven Stellungen, die ich instinktiv erfand, zwischen den Laken windend!

Mein Finger war nun nicht mehr in der Lage, mich zu befriedigen. Ich pflegte meine Nackenrolle zu nehmen und Arme und Beine darumzuschlingen, als ob das meine Begierde stillen könnte. Ich rieb mich daran und erreichte dadurch einen gewissen Grad an sexueller Wonne, der mich nur noch rasender machte. Dann veränderte ich meine Stellung, setzte mich rittlings auf die Rolle und rieb mich daran, bis die Schleusen der Freude, bis zum Äußersten angeschwollen durch diese Art der Reizung, aufbrachen und mir etwas Erleichterung verschafften.

Diese nervösen Anfälle brachten Halluzinationen mit sich, die sich in einem unvorstellbaren Zustand der Hysterie manifestierten. Mein ehemals ruhiges, fröhliches Naturell wich einem unausgeglichenen und sprunghaften Charakter. Ich widersetzte mich dieser Entwicklung, so gut ich konnte, doch schließlich mußte ich mich geschlagen geben und fiel! Hatte ich mich nun sehr, sehr schuldhaft verhalten?

Ich war sehr gut mit Madame D. befreundet, der Gemahlin des Hauptmagistrats der Stadt, einer schmächtigen Blondine, die einst hübsch gewesen sein mag, aber bereits dahinzuwelken begann, und ich denke, daß sie als junge Frau zahlreiche Affären gehabt haben muß.

Als ich sie eines Tages besuchte, setzte sie mich davon in Kenntnis, daß Monsieur F. in die Stadt gekommen sei, um das Kommando über die Garnison zu übernehmen. Er war ein junger Offizier, über den viel geredet worden war. Er hatte sich mit seltenem Mut auf dem Schlachtfeld geschlagen und sich die Epauletten des Oberstleutnants rasch verdient. Er war etwa sechsunddreißig Jahre alt und unverheiratet.

Madame D. erzählte uns, sie habe ihn zum Diner eingeladen und wolle ihn meinem Mann und mir vorstellen. War es eine Vorahnung? Ich weiß es nicht, aber ich kehrte recht nachdenklich – und ziemlich eifersüchtig auf Madame D. – nach Hause zurück.

Ich muß gestehen, ich legte mir ein Kleid zurecht, das ich für überaus hinreißend hielt, und drei Tage später fand das Diner statt. Wir betraten den Salon, Monsieur F. war bereits da. Im nächsten Augenblick hatte ich ihn einer Prüfung unterzogen. Er war groß, kräftig und gut gebaut, sein Gesichtsausdruck war frank und frei und sein Benehmen wohlgesittet. Er wurde uns vorgestellt, und ich war fasziniert von seiner angenehmen Stimme voller Überzeugungskraft. Mein Herz erstarrte, und dann rauschte mir das Blut aus allen Adern meines Körpers in den Kopf. Oh! Schon war ich in den Schlingen gefangen, und ich versuchte nicht einmal, den Einfluß, der mein Herz bedrängte, zu bekämpfen.

Das Diner wurde serviert, und es sollte sich sehr fröhlich gestalten. Monsieur F. fand Gelegenheit, seinen brillanten und kultivierten Verstand zu zeigen. Er saß zur Rechten von Madame D. ... Ich hätte sie umbringen können!

Nach dem Diner trat er an mich heran und bat um Erlaubnis, mir einen Besuch abstatten zu dürfen; er sprach auch mit meinem Gemahl, den er sehr für sich einnahm. Madame D. nahm am Piano Platz und spielte einen lebhaften Walzer; Monsieur D. sagte, er sei ein guter Tanzpartner, und bat mich, eine Runde mit ihm zu drehen, aber er war alt und ermüdete bald, so daß Monsieur F. sich erbot, seinen Platz einzunehmen.

Als ich spürte, wie sich sein Arm um meine Taille legte, überfiel mich ein nervöses Zittern, das ihm offenbar nicht entging.

Ich gab mich dem Reiz der Stunde hin. Monsieur F. zog, trotz der Zuschauer, kühnen Vorteil aus der Umarmung, in der er mich hielt. Als wir um eine Ecke des Salons bogen, konnte er mich so fest an sich ziehen, daß ich eine Sekunde lang ein gewisses Objekt an meinem Bauch verspürte, so hart und steif, daß ich fast in Ohnmacht fiel.

Der Walzer war das Signal meiner Niederlage!

Der glückliche Abend war nur zu schnell vorüber. Wieder zu Hause, zog ich mich schnell aus, wünschte meinem Gatten, indem ich ihm Müdigkeit vortäuschte, eine gute Nacht und sprang ins Bett, aber nicht um zu schlafen, sondern um zu träumen.

Ich lag auf meiner linken Seite, mein Hinterteil Charles zugewandt, und eine plötzliche Anwandlung überkam ihn. Ich spürte, wie er mein Leinen sanft anhob, sich an mich drückte und dann von hinten in mich einzudringen versuchte. Zuerst war ich verärgert, aber dann gewann mein Temperament die Oberhand, und ich ließ ihn gewähren. Doch er schaffte es nicht, er kam nicht in mich hinein.

Da verlor ich die Geduld, und mit einer plötzlichen Bewegung warf ich das Laken beiseite, langte mit der Hand nach hinten, ergriff den Pfeil, der ohne Führung nutzlos war, und stopfte ihn bis zum letzten Zoll in mich hinein. Dabei dachte ich die ganze Zeit über an Monsieur F. Ich stellte mir vor, daß er es war, der hinter mir lag und es mit mir machte. Im Flüsterton richtete ich an ihn all die Worte, die zu sagen es mir in einem solchen Moment unter den Nägeln brannte.

Dreimal rauschte der Tau der Liebe für ihn heraus, für ihn allein! Mein Gemahl, der unwissentlich vom Resultat meiner Gedanken profitierte, verrichtete seine Pflicht etwas besser als üblich und erfrischte mich mit einer ausgiebigen Ejakulation.

Nachdem er sich zurückgezogen hatte, fürchtete ich, daß er bei seiner gewöhnlichen lächerlichen Reserviertheit vielleicht ein Aufhebens um die spontane Bewegung machen würde, mit der ich selbst sein Instrument ergriffen und eingebuchtet hatte, doch schien er mir im Gegenteil sogar dankbar zu sein. Ich merkte mir das für die Zukunft.

Am nächsten Tag stattete uns Monsieur F. einen Besuch ab, aber wir waren ausgegangen, und ich war zutiefst betrübt, als ich seine Karte sah. Am dritten Tag kehrte er wieder, und seine Beharrlichkeit gefiel mir sehr. Mein Gemahl war zu Hause, und wir bereiteten unserem Gast einen herzlichen Empfang und drängten ihn, möglichst oft wiederzukommen.

Ich bildete mir ein, daß er mich mit besonderer Wärme bedachte, und der Gedanke machte mich glücklich!

Rasch entwickelte sich eine sanfte Intimität zwischen uns, meine Liebe zu ihm wurde jeden Tag größer, und ich sah bereits, daß mein angebeteter F. meine Gefühle erwiderte. Obwohl er bisher nichts gesagt hatte, war ich mir dessen sicher – welche Frau macht in solchen Dingen schon einen Fehler?

Bisher waren wir noch nicht allein zusammengewesen; ich sehnte diesen Augenblick fieberhaft herbei und fürchtete mich doch auch davor. Ich wollte mich ihm bei der ersten Begegnung nicht gleich völlig hingeben, und doch fühlte ich, daß es mir unmöglich sein würde, ihm auch nur einen Moment zu widerstehen! Ich beschloß, mehr über ihn in Erfahrung zu bringen, ihn auf die Probe zu stellen …, doch wenn ich ihn sah, schmolz meine gesamte Willenskraft sofort dahin. Wie konnte ich seinem Angriff in einer solchen Geistesverfassung widerstehen?

Das sollte sich schnell erweisen! Eines Tages kam er um drei Uhr nachmittags; mein Gemahl war nicht zu Hause, doch ich hatte Besuch von einer langweiligen Frau, die nicht daran dachte, aufzustehen und zu gehen. Ich konnte sehen, wie mein lieber F. wartete und litt, bis er sich schließlich, da er aus Anstandsgründen nicht länger warten konnte, verabschiedete, wobei er mir einen flehenden Blick zuwarf, dem ich einfach nicht widerstehen konnte.

Ich sagte zu ihm: »Hatte mein Gemahl Euch nicht ein Buch versprochen?«

»Ja, Madame, und ich hatte gehofft, es heute mitnehmen zu können.«

»Ich werde es Euch geben. – Entschuldigt mich, Madame«, sagte ich zu der Langweilerin, »und erlaubt mir, Euch einen Augenblick allein zu lassen.«

Wir befanden uns in einem kleinen Empfangsraum, der mir als Boudoir diente. F., der mich verstand, ging hinaus und erwartete mich in dem großen Salon, wo ich, irgendein Buch in der Hand, wieder zu ihm stieß.

Im nächsten Augenblick gestand er mir seine leidenschaftlichen Gefühle. Was er sagte – was ich antwortete, ich weiß es nicht. Ich erinnere mich an nichts.

Ich führte ihn in Richtung der Eingangshalle, aus Furcht, wir könnten gehört werden. Eine Doppeltür trennte den Salon von einem kleinen Vestibül, in dem ich einen Bedienten hörte. Zwischen den beiden Türen riß mich Monsieur F., völlig außer sich, in seine Arme, und ein langer Kuß, ein feuriger Kuß, ein Kuß, der mir tief in die Seele drang, erstickte einen Schrei, den ich allein nicht zu unterdrücken vermocht hätte.

Gleichzeitig hob er mit eiliger Hand meine Petticoats, liebkoste in wissenschaftlicher Manier meine brennende Spalte, die schnell wie der Blitz deutliche Spuren meiner Säfte, die sich darin bis zum Überlaufen angesammelt hatten, auf seine Finger ergoß.

»Hinweg … hinweg! … Geh«, sagte ich in gepreßtem Ton. »Geh … morgen … drei Uhr«; und entfloh in einem Zustand, den ich nicht beschreiben kann.

Glücklicherweise war die Dame, die auf mich wartete, nicht besonders klug und bemerkte meinen aufgelösten Zustand nicht.

Ich werde mir die Mühe ersparen, mein Gefühlsleben

bis zum nächsten Tag zu beschreiben. Alles, woran ich mich erinnere, ist, daß ich beschloß, meine erotischen Sehnsüchte zu befriedigen.

Mein Gemahl beabsichtigte, sich zwei oder drei Tage zu absentieren, und ich traf Vorsorge, daß mein Dienstpersonal verschiedene Botengänge zu erledigen hatte. Ich kleidete mich sorgfältig an und wartete.

Mein geliebter F. traf ein. Ich öffnete ihm selbst die Tür und führte ihn in mein Boudoir.

Wir setzten uns, äußerst verlegen. Er war sehr respektvoll und bat mich für das, was er am Tag zuvor getan hatte, um Entschuldigung, indem er sagte, er sei einfach nicht in der Lage gewesen, den Liebestaumel zu beherrschen, der ihn ergriffen hatte. Seine Liebe zu mir sei so groß, daß er sterben würde, wenn es ihm nicht gelänge, mich zu erfreuen.

Ich wußte nicht, was ich darauf entgegnen sollte. Unser beider Herzen waren zu voll. Er nahm meine Hand und küßte sie. Erschauernd erhob ich mich. Unsere Lippen begegneten sich. Ich gestehe ein, daß ich keinerlei Versuche mehr unternahm, mich zu wehren. Dazu fehlte mir einfach die Kraft.

Ich genoß dieses intensive Glück in vollen Zügen. Ich fühlte, daß er mich mit sich fortriß – aber wohin? Was sollten wir tun? In meinem Boudoir befanden sich nur ein sehr schmales, niedriges Sofa, ein Sessel und normale Stühle ohne Armlehnen.

F., der mich immer noch in den Armen hielt, setzte sich auf einen Stuhl, so daß ich über seinen Kopf und sein Gesicht gebeugt vor ihm stand. Ich spürte, wie einer seiner Arme meine Taille losließ; schon wurden meine Kleider vorne angehoben, und F. versuchte, seine Knie zwischen meine Beine zu schieben.

»O nein«, sagte ich zwischen zwei Schluchzern, »Nein … ich bitte Euch, habt Mitleid.«

F. bemühte sich, mich herunterzuziehen, so daß ich auf seinen Knien zu sitzen kam, aber aus einem instinktiven Gefühl heraus, und obwohl ich mich danach sehnte, wehrte ich mich und stemmte mich gegen ihn. Bald waren wir erschöpft. Schließlich, da ich meinen Blick etwas gesenkt hatte, sah ich etwas, das dem Ringen ein Ende bereitete.

F. hatte sein Instrument zum Kampf herausgeholt. Sein roter, stolzer Kopf ragte stolz empor. An Länge und Dicke wirklich ungewöhnlich, konnte es sogar mit dem von Monsieur B. wetteifern. Ich hatte keine Kraft, einem solchen Anblick zu widerstehen; meine Schenkel öffneten sich von selbst. Ich glitt herab, mein Gesicht an der Schulter meines Liebhabers bergend, und gab mich ihm hin; dabei öffnete ich mich so weit wie möglich, von dem Wunsch beseelt, zugleich aber auch voller Angst, einen so hübschen Gast einzulassen.

Bald fühlte ich den Kopf zwischen den Lippen meiner Grotte, welche durch das dünne Gerät meines Gatten solch großzügige Ausmaße nicht gewöhnt war. Ich machte eine Bewegung, um ihm zu helfen, und hatte die Spitze kaum in mich aufgenommen, als ich mich von einem flammenden Strahl des Liebessaftes überschwemmt fühlte, der meine Schenkel und meinen Bauch bedeckte.

Das lange Warten und seine eigene Leidenschaft hatten den kostbaren Tau zu schnell heraufgepumpt, und ich war dabei zu kurz gekommen.

Ich konnte nicht umhin, mir ein wenig meine Enttäuschung anmerken zu lassen, aber mein Liebhaber überhäufte mich mit Küssen und bat mich, ihm nur einen kurzen Moment der Erholung zu gewähren, ich würde dann bald zufriedener mit ihm sein.

Wir setzten uns auf das Sofa, einander in den Armen liegend, und sprachen einander von Liebe und Glück; wir hatten uns auf den ersten Blick ineinander verliebt und waren beide einer unwiderstehlichen Leidenschaft verfallen.

Nach wenigen Augenblicken sah ich, daß mein Liebhaber bereit zu neuen Taten war, und ich fragte mich, wie wir es diesmal angehen sollten. Ich wollte nicht noch einmal die Stellung einnehmen, die für mich so traurig geendet hatte, und ich sah, daß auch F. sich suchend umsah.

Da kam mir eine Idee. Ich erhob mich lächelnd und mit ihm spielend; auch er stand auf, ich zog mich zurück, er folgte mir eilig, bis ich mich schließlich mit Nonchalance an den Kaminsims lehnte, ihm meine Kruppe zuwandte, mit der ich wie eine Katze wedelte, während ich gleichzeitig meinen Kopf umwandte und ihm einen provozierenden Blick zuwarf.

Ah! Und wie er mich verstand! F. stürzte herbei, küßte mich und sagte: »Danke.«

Dann ging er hinter mir in Stellung und hob mir die Petticoats über den Rücken. Als er die wunderschöne Form meiner Hinterbacken sah, stieß er einen Ruf der Bewunderung aus. Soviel hatte ich erwartet, aber nicht im Traum mit der Huldigung gerechnet, die er ihnen jetzt angedeihen ließ.

F. warf sich auf die Knie, und nachdem er meinen Hintern mit Küssen bedeckt hatte, zog er die Backen am Ansatz der Schenkel auseinander, und ich konnte seine Lippen, ja sogar seine Zunge spüren. Ich kreischte auf und wurde von meinen Gefühlen überwältigt.

F. stand auf und begann mit der Einführung; sein enormes Instrument ging nicht ohne weiteres hinein, trotz unserer gemeinsamen Bemühungen, so zog er es heraus, verteilte ein wenig Speichel auf Kopf und Stiel, und schon bald fühlte ich mich bis ins Innerste aufgespießt, ausgefüllt und fest verstöpselt und in einem Zustand unbeschreiblicher Ekstase.

Mein Geliebter beugte sich zu mir herab, preßte seine Lippen auf meine, die ich ihm darbot, indem ich meinen

Kopf umwandte und seine Zunge tändelte mit der meinen. Ich war außer mir. Ich war dicht daran, völlig durchzudrehen. Der höchste Moment kam. Ich wand mich, stieß unartikulierte Worte hervor.

F., der sich selbst zurückhielt, war entzückt über meine Wonne; er wartete, bis ich mich beruhigt hatte, dann spürte ich erneut seine süße Bewegung.

Ach, wie wohl er Freude zu geben verstand und durch tausend delikate, subtile Schattierungen zu verdoppeln wußte. Oh! Diese erste Lektion: während ich dies niederschreibe, kann ich sie zwischen meinen Schenkeln fühlen.

»Mein lieber Engel«, sagte er, »beschreib mir, was du fühlst; es ist so schön, Vertrauliches miteinander zu teilen, wenn die Körper eins sind, so wie jetzt.«

Oh, wie glücklich mich seine Worte machten; mich, die ich mir immer gewünscht hatte, jene Worte zu hören und auszusprechen, die mich ganz wild gemacht hatten, wenn meine Tante am Werk war! Ich zögerte keinen Augenblick länger.

»Ich muß es noch einmal tun«, sagte ich, »es kommt – stoß hinein – noch mal – ganz rein – mach mich fertig – ah! Ich sterbe!«

»Meine Geliebte, auch ich komme – es blubbert herauf – Ah, da ist es schon!«

F. gab einen Stoß und ließ sich gegen mich fallen. Ich fühlte seine Ejakulation und verlor unter dem Strahl fast das Bewußtsein.

Wie kam es, daß ich während der Umarmung nicht starb? Nichts, was ich mir beim Anblick der süßen Kämpfe meiner Tante vorgestellt hatte, konnte es mit dieser Wirklichkeit aufnehmen! Ich blieb überwältigt, den Kopf auf die verschränkten Arme gelegt, mein Busen wogend, nicht fähig, mich zu bewegen.

F. zog sich zurück. Ich kam immer noch. Ich kam weiter.

Ich blieb einfach stehen, nackt bis zur Taille, ohne Schamgefühl, zitternd, mein Unterleib setzte die Bewegungen automatisch fort, was die überfließenden Säfte zu Boden tropften ließ.

F. erbarmte sich meiner. Nachdem er sich selber rasch in Ordnung gebracht hatte, zog er meine Petticoats herunter, nahm mich in die Arme und setzte sich mit mir auf das Sofa. Einen Augenblick lang war ich wie im Fieber. Er beruhigte mich; seine süße Stimme brachte mich ein wenig zu mir. Ich bat ihn, mich allein zu lassen, und er ging.

Schließlich hatte ich meine Sinne wieder beisammen. Ich befand mich in einem Zustand völliger Auflösung und mußte meine Wäsche wechseln. Hemd und Strümpfe waren nicht nur von den Liebessäften befleckt, sondern auch mit zahlreichen Blutspritzern besprenkelt. Mein Umgang mit einem Glied in derart königlichem Format war nicht ungestraft geblieben.

Nachdem ich meine Kleider und meine Gedanken in Ordnung gebracht hatte, ging ich zu Bett und fiel in einen gesunden Schlaf, mein Gemahl wollte erst spät am Abend nach Hause kommen. Ich erwachte gegen sieben, glücklich, frisch wie eine Lerche und stärker, als ich mich seit langem gefühlt hatte.

Ich werde nicht all die Gedanken rekapitulieren, die sich mir aufdrängten, denn ich sagte ja bereits, daß ich von unwiderstehlichen Gefühlen und vor allem von einer natürlichen, absoluten Sehnsucht nach dem Geschlechtsakt vorangetrieben wurde, der für mich so lebensnotwendig war wie simples Essen.

Und dennoch war ich alles andere als lasterhaft! Ich liebte meinen Gemahl als wahren Freund und Lebensgefährten, und hätte er die Manneskraft besessen, die für mich unverzichtbar war, oder auch nur meine geschickten Liebkosungen zu beherrschen gewußt, so hätte ich nie auch nur davon geträumt, ihm untreu zu werden! Ich beschloß, ihm alle Sorgen zu ersparen, und hatte damit vollen Erfolg, denn er hat nie den leisesten Verdacht geschöpft!

Dieser Entschluß verlangte große Umsicht, Mühe und sogar Entbehrung. Die Stadt, in der ich lebte, war dem Klatsch sehr zugetan, und da war es sehr schwer für mich, meine Verbindung geheimzuhalten, und erforderte endlose Vorsichtsmaßnahmen.

Ich warnte meinen Liebhaber, der gewissenhaft auf meinen guten Ruf bedacht war und versprach, alles in seiner Macht Stehende zu tun, keinen Verdacht zu erwecken, und ich wußte, daß ich mich auf ihn als Ehrenmann verlassen konnte.

Einige Tage vergingen, ohne daß wir uns trafen. Ich litt sehr darunter und er ebenfalls! Ein Zeichen, ein Blick während unserer Spaziergänge waren acht lange Tage unser einziger Trost.

Schließlich konnte F. es nicht mehr aushalten und stattete uns einen Besuch ab; wir unterhielten uns auf normale, freundliche Weise; jemand anders kam vorbei, und F. verabschiedete sich; mein Gemahl brachte ihn zur Tür und kehrte zurück. Ich weiß nicht, welcher Instinkt mich warnte, daß F. das Haus nicht verlassen hatte! Ich erhob mich, und mit einer Entschuldigung, die umso plausibler war, als der Besucher sich mit meinem Gemahl über technische Dinge unterhielt, ging ich ins Vestibül. Ich hatte mich nicht geirrt; F., der keine Dienstboten in der Nähe sah, wartete an der Haustür.

Sobald er mich sah, warf er sich auf mich, nahm mich in die Arme und rief mit ungestümer Leidenschaft: »Mein liebster Engel, wie ich leide!«

»Und ich? …«

Wir befanden uns wieder in dem Raum zwischen den Doppeltüren. Bevor ich wußte, wo ich war, klebten unsere

Lippen aufeinander, meine Petticoats waren bis in Höhe des Bauchnabels hochgehoben, und sein Finger schob sich in meine brennende Spalte, die sich unter dem Druck öffnete. Meine Hand hatte das geliebte Objekt in Besitz genommen.

Was soll ich noch sagen? Nach ein oder zwei Sekunden – nur wenige Handbewegungen fanden statt – befand ich mich bereits im Zustand der Verzückung, und ich zog meine Hand weg, die in ein Übermaß der warmen Flüssigkeit gebadet war.

Danach verging einige Zeit, in der wir uns nicht treffen konnten, bis uns ein glücklicher Augenblick der Freiheit geschenkt wurde. Eine ganze Stunde gehörte uns.

Ach, wie wir sie genossen! Mein Geliebter kam in mein Boudoir. Ich flog ihm entgegen und verzehrte ihn mit Liebkosungen.

»Laß es uns schnell tun«, riefen wir beide gleichzeitig, »laß uns unser geheimes Glück bis zum Äußersten auskosten!«

Ich riß mich von ihm los, hob meine Röcke hinten hoch, kniete mich auf das Sofa und präsentierte ihm meinen Hintern.

Er stieg sofort ein, und schon bald geriet ich unter seiner ausgiebigen Entladung in Verzückung.

Dann setzten wir uns, doch mein Liebhaber war noch nicht befriedigt, und trotz meiner Ängste konnte ich mich ihm nicht verweigern. Er kniete zwischen meinen Beinen nieder und drückte sie weit auseinander. Ich nahm sein kräftiges Scheit in die Hand; es war bereits so hart, wie es nur sein konnte. Ich streichelte es eine Sekunde, dann schob ich es allmählich in mich hinein, in Ruhe das entzückende Vergnügen genießend.

Als der Pfeil gänzlich in seinem Köcher verschwunden war, lehnte sich F. über mich, hob meine beiden Beine über seine Arme und warf mich zurück, dann ging er so lustvoll ans Werk, daß sich bald eine zweite Ejakulation zu der ersten gesellte, von der ich bereits angefüllt schien.

Ich beabsichtige nicht, alle unsere köstlichen Zusammenkünfte Tag für Tag nachzuzeichnen; ich will mich vielmehr auf eine Beschreibung der Höhepunkte dieser wundervollen Liaison beschränken, von der ich mir wünschte, daß sie ein Leben lang anhielte.

Er brachte mir die Bezeichnungen für alles bei, manchmal ließ er sie mich selbst aussprechen, aber nur im Strudel der Leidenschaft; er gebrauchte sie selbst in den Momenten der höchsten Seligkeit, denn er meinte – und mit Recht –, daß eine solche Würze niemals überbeansprucht werden darf, weil sie sonst an Geschmack verliert! Während ich schreibe, verliere ich mich in diesen süßen Erinnerungen, aber was macht das schon?

Welch raffinierte Liebkosungen, welch lustvolle Stellungen hat er mir nicht beigebracht! Welche Einfälle, Kinderspiele und sogar das Hinauszögern auf beiden Seiten! Welche Verfeinerungen des Genusses haben wir nicht in die Tat umgesetzt, sobald sie uns in den Kopf gekommen waren! Ich machte unter diesem exzellenten Lehrer so große Fortschritte, daß ich ihn oft übertraf.

Es machte mir unheimlich Spaß, die Stellung öfter zu wechseln. Manchmal, wenn ich zum Beispiel von hinten zugestöpselt war, eine meiner Lieblingspositionen, warf ich meinen Kavalier ab, drehte mich schnell um, gab meinem rosigen, von meinen Ergüssen feuchten Eroberer einen Kuß, und entfloh ans andere Ende des Raums, wo ich mich in einen Sessel setzte, die Beine erhoben und meine Pussy, die ich in provozierend zuckende Bewegungen versetzte, ganz offen. Kaum war mein Liebster wieder in mir drin, als mir eine neue Idee kam, ich ihn herausschob und auf einem Stuhl Platz nehmen ließ, mich auf seine Knie setzte, ihm den Rücken zuwendend, seinen Ständer nahm, ihn bis zum

Anschlag in mich hineinstopfte und seinen brennend heißen Strahl unsere süße Operation vollenden ließ.

Mein lieber Minet, wie ich das Prachtinstrument meiner Freude zu nennen pflegte, war zu meiner Leidenschaft geworden, ein Objekt echter Anbetung. Ich wurde niemals müde, seine Dicke, seine Steifheit, seine Länge zu bewundern, alle gleichermaßen phantastisch. Ich hätschelte ihn, lutschte ihn, pumpte daran, liebkoste ihn auf tausenderlei unterschiedliche Weisen, ich rieb ihn zwischen meinen Titten, hielt ihn dort fest, indem ich meine Brüste mit beiden Händen zusammendrückte. Oftmals stieß er, gefangen in dieser sinnlichen Passage, seinen Tau aus.

Mein Liebhaber zahlte all meine Zärtlichkeiten mit Zinsen zurück. Meine Pussy war sein Gott, sein Idol. Er versicherte mir, daß keine Frau je eine vollkommenere besessen habe. Er pflegte sie zu öffnen und ihr alle möglichen Arten der Behandlung angedeihen zu lassen. Die größte Freude bereitete es ihm, sie mit seinen Lippen zu bearbeiten und durch Kitzeln mit der Zunge, das mich fast wahnsinnig werden ließ, sozusagen die Quintessenz der Lüsternheit herauszuholen. Ich fand einen solchen Gefallen an dieser köstlichen Methode, meine Säfte zum Fließen zu bringen, daß kaum eine unserer Begegnungen verging, ohne daß F. mich in ihren Genuß kommen ließ.

Für dieses Vergnügen hatte ich mir eine Lieblingsstellung zu eigen gemacht. Ich lehnte mich in einem großen Sessel zurück, den ich zu diesem Zweck in mein Boudoir gebracht hatte, die Schenkel geöffnet und über die Armlehnen des Möbels gelegt; vor mir kniend vollführte mein Liebhaber eine köstliche »Minette«, wie er diese Art des Liebesaktes nannte, und wenn ich mich auf dem Höhepunkt der Wonne drehte und wand, seinen Kopf gegen meinen Bauch drückte und sanft an seinen Haaren und Ohren zog und auf seine Wangen klapste, pflegte er sich meinem Zugriff zu entziehen, in meine Möse einzutauchen, und so trieben wir dann gemeinsam auf einsamen Höhen dahin, bis wir fast den Verstand verloren.

Manchmal kniete ich auf dem Sofa und empfing seine Zungenopferung von hinten, wobei mein Geliebter sein Gesicht zwischen meine Hinterbacken drückte und so die empfindsame Stelle fand, die ihn mit Freude aufnahm.

Eines Tages schaffte es F. nach längerer Trennung, mich allein vorzufinden. Oje! Ein monatlich eintretendes Hindernis machte unsere üblichen Vergnügungen unmöglich. Ich konnte sehen, daß er litt und flehend meine Hand ansah. Ich war gerne bereit, ihm auf diese Weise Erleichterung zu verschaffen, als mir eine verrückte Idee kam! Ich erinnerte mich an die letzte Szene zwischen meiner Tante und Monsieur B. im »Pavillon« im Park. Die Situation war identisch, ich wollte sie in allen Einzelheiten nachstellen und hatte keine Schwierigkeit, F. zu überreden, mir Folge zu leisten. Ich hieß ihn aufstehen, brachte ihn in die gleiche Position und tat genau das gleiche wie Bertha. Ich schaffte es sogar, während ich die Lust aus ihm herausdestillierte, daß er die gleichen Worte wie Monsieur B. gebrauchte. Weit spritzte sein Tau heraus, und die letzten Perlen sammelte ich in meinem Taschentuch auf.

Als er fertig war, konnte ich mir ein Lachen nicht verkneifen.

Er fragte mich nach dem Grund meiner Fröhlichkeit.

»Es ist nichts«, entgegnete ich gedankenlos, »es hat mich nur an etwas erinnert.«

Ich sah, wie sich sein Gesichtsausdruck veränderte, und wurde mir des Fehlers bewußt, den ich gerade begangen hatte, und welcher Verdacht darob im Kopf meines Liebhabers entstand. Weil ich jedes Risiko vermeiden wollte, ihm auch nur den geringsten Ärger zu bereiten, ließ ich ihn dicht neben mir Platz nehmen, und da ich mir seiner Diskretion sicher war, erzählte ich ihm alles, was ich vor meiner Heirat so getrieben hatte. Die Geschichte machte ihm großen Spaß; er ließ mich alles bis ins kleinste Detail wiedergeben … Als ich ihm erzählte, wie ich dazu verlockt worden war, mir selbst das süße Vergnügen angedeihen zu lassen, rief er aus: »Ach, Liebling, was hätte ich nicht gegeben, dich deine köstliche kleine MUSCHI befingern zu sehen!«

Er stellte mir noch eine Menge Fragen zu meinen solitären Gewohnheiten, und ich ging so weit, ihm zu berichten, wie ich an dem Tag unserer Begegnung bei Madame D. so viel an ihn gedacht hätte, daß ich es noch am gleichen Abend wieder getan hatte.

»Meine Güte«, erwiderte er, »das ist wirklich seltsam! Vertrauen gegen Vertrauen, mein lieber Engel. Es tut gut, zu wissen, daß wir in der gleichen Nacht und wahrscheinlich sogar zur gleichen Stunde unsere Seelen im wechselseitigen Wichsen ausgetauscht haben!«

»Wie meinst du das?«

Hör zu. Ich ging nach Hause, wahnsinnig verliebt in dich – ich wollte dich gleich, als ich dich sah. Ich konnte damals noch nicht glauben, daß ich das Glück genießen sollte, dich zu besitzen, aber alle meine Bemühungen galten diesem ersehnten Ziel. Ich ging zu Bett und dachte nur an dich! Es war ein fürchterlicher Zustand, wie du dir sicher vorstellen kannst. Ich löschte das Licht, beschwor im Geiste dein Bild herauf und bedeckte es mit imaginären Küssen. Dann tat ich, was auch du tatest, und die Wonne war so groß, daß ich sicher bin, daß wir beide gleichzeitig kamen …«

»Was! Können Männer auch wichsen, wie wir Frauen es tun?«

»Gewiß doch. Warum sollte dieses natürliche Mittel der Entspannung ihnen versagt sein? Was deine hübsche Hand soeben für mich getan hat, führte meine häßliche Pfote zu meiner einsamen Befriedigung aus.«

»Wirklich? Das würde ich aber gerne mal sehen!«

»Unsinn! Willst du etwa, daß ich …?«

»Ja. Du mußt mir zeigen, wie du es machst.«

»Aber du weißt sehr wohl, wie das geht. Ich tue es wie du …«

»Oh, ich bitte dich! Tu mir den kleinen Gefallen!«

Mit diesen Worten legte ich sein Instrument bloß, das, durch unser Gespräch erregt, bereits wieder in all seiner Pracht aufgeschossen war. Ich nahm seine Hand und legte sie darauf.

»Also wirklich, das ist doch der reinste Blödsinn!«

»Nein, Monsieur!«

»Aber ich hätte lieber deine Finger oder deine schönen Titten, wenn du sie mir nur leihen wolltest.«

»Kein Wenn und Aber! Ich befehle dir, dich zu beeilen und es bis zum Ende durchzuziehen, sonst mag ich dich nicht mehr.«

Mein Geliebter konnte mir keinen Wunsch abschlagen, und nachdem er noch ein wenig herumgedruckst hatte, sagte er: »Ich stimme zu, aber unter der Bedingung, daß du mir deinerseits so bald wie möglich eine Vorstellung deiner mädchenhaften Vergnügungen gibst.«

»Einverstanden, aber jetzt tu schon, was ich von dir verlange!«

Er fing an, und indem ich mich über ihn lehnte, verfolgte ich sein konvulsivisches Schütteln mit einem einzigartigen Gefühl ergötzlicher Neugier. Bald jedoch bekam ich Mitleid mit ihm, löste mein Korsett und ließ ihn zwischen meinen Brüsten fertig werden.

Kurz nach dieser meiner kapriziösen Anwandlung bekam mein lieber F. seine Rache. Er erinnerte mich an das Versprechen, das ich gegeben hatte, und trotz eines gewissen Maßes an Scham streckte ich mich auf dem Sofa aus und bereitete mich darauf vor, ihn zufriedenzustellen.

»Nein, nicht so«, sagte er. »Du hast mich nach deinen Wünschen in Stellung gebracht, laß mich das jetzt auch mit dir tun.«

»Wie meinst du das?«

»Das wirst du gleich sehen; setz dich auf den Stuhl da.«

Ich gehorchte.

»Ja, so ist es gut. Jetzt zeig mir deine kleine MUSCHI und befriedige dich mit deiner linken Hand.«

Wieder gehorchte ich, wenn auch höchst verwundert.

Während dieser Übung hakte F. das Oberteil meines Kleides auf und zog es bis zur Taille herunter. Ich wollte jetzt unbedingt kommen. Meine erotischen Instinkte begannen aufzuflammen. Aus der Operation, die ich im Scherz begonnen hatte, nur um ihm gefällig zu sein, war eine in höchstem Maße ernsthafte Angelegenheit geworden, als ich spürte, wie F. mit heruntergelassener Hose hinter mir stand, meinen nackten Oberkörper an sich preßte und sein Organ unter meinen rechten Arm geklemmt hatte. Die Originalität dieses phantastischen Einfalls entflammte meine Einbildungskraft mehr denn je. Ich neigte den Kopf und betrachtete mit Begeisterung das herrliche Gerät, dessen Kopf mit jedem Stoß meines Liebhabers abwechselnd hervortrat und verschwand, der seinen Blick auf meine linke Hand fixiert hatte, die auf Teufel komm raus draufloswichste.

Bald hatten wir unsere Bewegungen synchronisiert, wir warnten einander, daß das Ende nahe sei, und unsere doppelte Entladung erfolgte dann auch gleichzeitig!

So verstrichen einige köstliche Monate.

Unsere Liebe wuchs täglich an, statt schwächer zu werden oder sich aufgrund der Häufigkeit, der Raffinesse und der völligen Freiheit unserer Beziehung abzunutzen! Die Vorsichtsmaßnahmen, die wir so sorgfältig trafen, sorgten für vollkommene Geheimhaltung, und nur einmal wurden wir fast auf frischer Tat ertappt.

Wir dachten, eine Störung sei ausgeschlossen, da mein Gemahl verreist und alle Bediensteten außer Hause waren.

Nachdem wir ein wenig geplaudert und Zärtlichkeiten ausgetauscht hatten, hatte ich meinem Liebhaber durch ein wohlbekanntes Zeichen deutlich gemacht, was ich wollte. Er hatte mich seinen Wünschen entsprechend plaziert, zurückgelehnt in dem großen Sessel, die Beine auseinandergestreckt, und mit seiner herrlichen, lüsternen Leckerei begonnen.

Ich war gerade dabei, in seinem Mund zu kommen! Meine Augen waren geschlossen, und ich gab mich ganz dem Genuß hin, kostete jede der tausend deliziösen Empfindungen aus, die seine Zunge in mir auslöste, als wir plötzlich Schritte und Stimmen im angrenzenden Raum hörten. Schnell wie der Blitz waren wir auf den Beinen, hatten unsere Kleider in Ordnung gebracht und uns sittsam, in angemessenem Abstand voneinander, hingesetzt.

Meine Zofe, die ohne mein Wissen zurückgekehrt war, öffnete die Tür und kündigte den Besuch einer Dame aus unserer Stadt an.

Mir war regelrecht schwindelig, aber die kühle Ausstrahlung meines Liebhabers, der die Dame kannte, gab mir Zeit, mich wieder zu sammeln.

Wir waren gerettet!

Teil 3

Es war Sommer, ich sollte zur Kur in ein Dorf in einiger Entfernung von meinem Wohnort fahren und fürchtete den Moment, da ich mich vorübergehend von F. trennen mußte.

Mein Liebhaber war verzweifelt, aber diese Reise war notwendig, und mein Gemahl wünschte, daß ich sie unternahm; begleiten konnte er mich nicht, da seine berufliche Tätigkeit ihn in Z— festhielt, aber er wollte mich häufig besuchen und kam auch, sobald es ihm möglich war. Es wäre unklug gewesen, F. zu empfangen, wenn ich mich ganz allein dort befand.

Sehr niedergeschlagen machte ich mich auf die Reise und verbrachte die ersten Momente in meiner neuen Behausung in absoluter Zurückgezogenheit.

Mein Gemahl kam mich nach einer Woche besuchen und sagte, nächstes Mal würde er F. und zwei weitere Bekannte mitbringen, um mit mir den Tag zu verbringen. Diese Hoffnung hielt mich aufrecht, und ich sah dem glücklichen Moment in fiebriger Erwartung entgegen.

Endlich, zehn Tage später, erhielt ich einen Brief, der mir ankündigte, daß der Besuch für den folgenden Tag geplant sei.

Die Herren machten sich bereits in der Nacht auf den Weg, so daß sie um vier Uhr morgens eintrafen. Mein Gemahl kam umgehend zu mir ins Bett.

Ich sah sofort, daß meine Abwesenheit eines seiner seltenen Gelüste geweckt hatte, und obwohl ich erwartete, von meinem geliebten F. reichlich beglückt zu werden, muß ich hier gestehen, daß ich mich bereitwillig Charles' Begierde überließ.

Ich nahm ihn in die Arme, ließ meine Hand unter sein Nachthemd gleiten, ergriff sein Glied und rieb es einige Minuten, und nachdem ich es auf diese Weise in einen prächtigen Zustand der Erektion gebracht hatte, steckte ich es selbst in meinen Schlitz.

Charles machte seine Sache besser als sonst und gestand, daß die Liebkosungen meiner Hand ihm die höchsten Lustgefühle vermittelt hätten. Seitdem habe ich oft die Handübung bei ihm praktiziert, und er hat mich auch oft darum gebeten.

Wir schliefen bis acht Uhr.

Wir frühstückten in einem Restaurant im Ort mit den Herren; das Mahl war gut, und wir waren alle in heiterer Stimmung, mein lieber F. sprudelte über vor geistreichen Bemerkungen und guter Laune. Nur durch unsere Augen kommunizierten wir miteinander, aber wie verstanden wir deren Sprache! Er schien zu sagen: »Wo können wir uns treffen?«

Mein Gemahl selbst ermöglichte uns unfreiwillig das Stelldichein.

Er schlug einen Spaziergang im Wald vor, wenn die Hitze nachgelassen hätte, jetzt aber würde er mich erst einmal nach Hause bringen und dann zum Schlafen in ein Hotel gehen, um sich von der anstrengenden Reise der vergangenen Nacht zu erholen.

F. sagte, er werde inzwischen ein paar alten Freunden einen Besuch abstatten, und die anderen Herren wollten die Heilquellen besichtigen.

Ein Blick zu meinem Liebhaber, und alles war klar.

Um ein Uhr mittags schnarchte mein Gemahl im Hotel,

und F. war in mein Zimmer geschlüpft. Da ich seinen Geschmack kannte, hatte ich mein Haar sorgfältig frisiert sowie rosafarbene Seidenstrümpfe und dazu passende hochhackige Schuhe angezogen. Ich hatte mir nur einen leichten Morgenrock über die Schultern geworfen und erwartete seine Ankunft mit rasender Ungeduld. Sobald er erschien, hängte ich mich um seinen Hals und küßte und biß ihn.

»Endlich habe ich dich wieder, mein Engel, meine Liebe! Wie ich mich nach dir gesehnt habe! Ich würde dich am liebsten fressen!« sagte ich, während ich die Tür abschloß und ihn an mich zog.

»Komm in meine Arme! Fünfzehn Tage ohne dich. Ich bin fast gestorben. Oh, wie ich gelitten habe!«

»Und mir ist es genauso schlecht ergangen, mein Liebling. Wir haben nur wenig Zeit, machen wir das Beste draus. Und wenn wir nun gestört werden?«

»Ich bin ganz dein. Tu mit mir, was du willst.«

Noch während wir sprachen, lag mein Gewand bereits am Boden. Mein Liebster, nackt wie Gott ihn schuf, setzte mich auf die Bettkante und legte mir zwei Kissen in den Rücken. Er entblößte meine Brüste, die er eine Weile betastete und küßte, dann schob er mein Hemd nach oben, kniete sich hin und brachte seine Lippen auf meine feurige Nische, die seine Liebkosung mit einem glückseligen Zukken willkommen hieß.

»Ah, mein Liebling«, sagte ich. »Ah! … Ich komme bereits … es kommt … schon wieder … Oh, welch Entzükken … genug … du bringst mich ja um … gib mir jetzt deinen wunderschönen SCHWANZ! … Ich will deine RUTE in mir spüren … Komm in meine MÖSE … komm und FICK mich!«

F. stand auf, hob meine Beine über seine Arme und begann mich zu beharken. Zurückgelehnt, mit schmachtendem Blick, sah ich bei der, ach, so süßen Einführung zu.

»Tu es langsam«, sagte ich, »damit es lange dauert … Ah, wie ist das schön! … Ich spüre, wie er eindringt … mich anfüllt! … Ah! … ah! … Ich sterbe … halt ein bißchen an … ah! … Ich komme … ich komme!«

»Und ich auch … Ah! … Ich kann … nicht mehr … mein Liebling! Mein FICKLING … ich … ich komme … Da, nimm alles … nimm meine ganze SOSSE!«

Ich fiel fast in Ohnmacht, aber ich war noch nicht befriedigt, mein Geliebter war auf mich herabgesunken, ich legte meine Arme um seinen Kopf und preßte meine Lippen auf seine.

»Ah!« flüsterte ich, »du bist zu schnell gekommen.«

»Ich konnte nichts dagegen tun; aber beweg dich jetzt nicht!«

»Was hast du vor?«

»Ich bin doch noch in dir drin.«

»Aber ich bin ganz naß!«

»Das macht nichts, ich will dich noch einmal FICKEN, ohne vorher rauszukommen.«

»Das ist nicht möglich!«

»Du wirst schon sehen. Was für herrliche Ballons du hast, mein Schatz. Gib mir deine Zunge. So ist's gut. Bewege deinen lieben Arsch auf und ab, langsam. Ich wache schon wieder auf, fühlst du es?«

»Ja, er wird wieder steif. Ah! Ich kann es nicht aushalten; ich muß schon wieder kommen. Stoß weiter zu. Schneller. Ah. Ich werde wahnsinnig. Ich sterbe. Mir ist so schwindelig. Ich komme wieder … Ich bin gekommen. Ich ficke. Ich komme immer noch. Bist du bereit?«

»Ja. Es kommt … da! Ich komme. O Gott!«

Eine zweite Entladung vermischte sich mit der ersten Flut; eine Zeitlang lagen wir hilflos da; schließlich ließ F. meine Beine los, zog sich zurück, und eine wahre Flut des Liebesextrakts prasselte auf den Boden.

Ich stand auf und drückte meinen Liebhaber ans Herz.

»Ah, mein Geliebter«, sagte ich, was für ein großartiges Erlebnis! Wie glücklich du mich machst! Noch nie im Leben bin ich so gekommen. Ich kam die ganze Zeit ohne eine Sekunde Unterbrechung.«

Wir mußten sämtliche Spuren unserer großartigen Liebeskämpfe beseitigen. Meine Schenkel und mein Bauch waren buchstäblich bedeckt mit dem süßen Naß: Ich hatte kein Ankleidezimmer, wagte es aber nicht, in einem solchen Zustand zu verbleiben. Ich holte meine Waschschüssel, sagte F., er solle sich umdrehen, und begann mit meinen Waschungen.

Mein Geliebter, weit davon entfernt, mir Gehorsam zu leisten, ließ sich nichts entgehen, er umarmte mich, während meine Petticoats noch hochgeschlagen waren, küßte mich und murmelte: »Ich muß dich noch einmal ficken.«

»O nein, bitte, du wirst mir noch krank!«

»Aber sieh doch, er hat sich schon wieder aufgerichtet.«

Der Anblick machte mich vollends verrückt, ich fiel auf die Knie, umfing mit meinen Lippen das schöne, rosige Köpfchen, schob es in meinen Mund und begann wie wild daran zu saugen.

Plötzlich hörte ich ein Geräusch im Korridor. Ich stand sprungartig auf, lief zur Tür und guckte durch das Schlüsselloch. Wenn es mein Gemahl war, so waren wir verloren. Glücklicherweise war er es nicht.

Seufzend sagte ich F., daß es keinen Anlaß zur Sorge gebe. In dieser Stellung, mit meinem Auge am Türschloß, war mein Hintern entblößt, denn mein Hemd war hochgesteckt. Im Nu war mein Liebhaber hinter mir, und bevor ich Zeit hatte, mich zu sammeln, steckte er schon wieder in mir drin, und ich war von dem herrlichen Instrument ausgefüllt, das keine Ruhe zu kennen schien. Ah! Und ich half ihm nach Kräften durch Öffnen und Schließen meiner Hinterbacken und indem ich mich wand, meinen Körper verdrehte und selbst in Verzückung geriet.

Unsere Zeit war schnell vergangen. Hastig schickte ich meinen Liebhaber fort, machte das Bett und mich für die Promenade hübsch. Ich war kaum fertig, da kam auch schon die Kutsche vorgefahren, und mein Gemahl trat ein, um mich abzuholen. Er fand mich in bester Stimmung vor, und ich sagte ihm, ich sei, von der Hitze überwältigt, eingeschlafen.

Wir gingen nach unten, wo ich von den Herren fröhlich begrüßt und für mein neues, geschmackvolles Kostüm komplimentiert wurde. Heimlich sah ich hin zu F., doch glücklicherweise verriet nichts, daß irgend etwas Besonderes stattgefunden hätte. Wir fuhren los.

Der Wald, den wir erforschten, war herrlich kühl und malerisch; wir kamen zur Hütte eines Wildhüters, wo uns ein leichtes ländliches Mahl gereicht wurde. Wir genossen unseren Imbiß in fröhlicher Runde, und ich wurde gezwungen, mehrere Gläser Champagner zu trinken, obwohl ich das gar nicht brauchte, um mich in Stimmung zu bringen.

Nach dem Essen setzten wir unseren Spaziergang fort, mein Gemahl plauderte mit F., und ich leistete ihnen Gesellschaft. Die beiden Gäste hatten einen anderen Pfad genommen, als wir an einen wildromantischen Ort voller Felsen im Schatten von großen Bäumen gelangten.

In diesem Augenblick rief einer der Herren aus ziemlicher Entfernung meinem Gemahl zu: »Kommt schnell her, hier gibt es was zu sehen!«

Charles rannte davon und ließ uns stehen. Kaum war er verschwunden, preßte F. seine Lippen auf meine.

»Engel«, sagte er, »laß uns diesen Augenblick nutzen!«

»Du bist verrückt!«

»Nein, ich liebe dich, laß mir meinen Willen.«

»Mein Gott, man wird uns entdecken! Ich bin verloren!«

»Nicht, wenn du dich beeilst. Beuge dich herunter!«

»Steckst du schon drin?«

»Bin schon da. Er geht hinein!«

»Ah! Mach schnell. Ich zittere!«

»Da, Liebling … komm … komm noch einmal!«

»Ah! Ich bin gekommen! Nun aber weg!«

»Oh! Nun geh schon.«

Gerade noch rechtzeitig. Meine Petticoats, hinten alle hochgeschlagen, waren kaum in Ordnung gebracht, als wir den Rest der Gruppe zurückkommen hörten.

Ich ging ihnen entgegen, und wir stellten fest, daß sie uns einen Bienenschwarm hatten zeigen wollen, der aus einem Baumwipfel geholt worden war.

Wir stiegen in unsere Kutschen und kehrten in den Ort zurück. Am Abend tanzten wir in den Kurhallen und verabschiedeten uns dann von den Herren, die am nächsten Morgen aufbrechen wollten, aber mein Gemahl blieb noch bei mir.

Es ist leicht, meine Gedanken zu erraten, als ich mich, wieder zu Hause, für die Nacht auszukleiden begann. Ich kämmte mein Haar vor dem Spiegel, und mein Gemahl, dem der Ausflug offenbar wohlgetan hatte, war sehr gut gelaunt und zärtlich.

Ich hatte mein Nachthemd an, das sich hintenherum sehr eng an meine Figur schmiegte und die verführerische Form meines Hinterteils hervorhob. Im Spiegel konnte ich sehen, daß Charles daraufblickte und seine Augen dabei funkelten.

»Aha!« sagte ich mir, »könnte es möglich sein, daß er dann und wann auch mal in der Lage ist, es mir zweimal am gleichen Tag zu besorgen?«

Ich wollte, daß er mich beglückte, und nahm kokett

eine Haltung ein, die das, was einer meiner größten Vorzüge war, noch besser zur Geltung brachte. Dann setzte ich lässig einen Fuß auf einen Stuhl, wobei ich dafür Sorge trug, daß sich mein Hemd über das nötige Mindestmaß hinaus nach oben raffte, und löste mein Strumpfband.

Der Trick tat seine Wirkung. Charles, ebenfalls im Nachthemd, stand auf, trat zu mir, küßte mich in den Nacken und legte seine Hand zwischen meine Pobacken.

»Oh, oh«, sagte ich, wandte mich um und erwiderte seinen Kuß. »Was fehlt dir denn?«

»Mein liebes Weib, ich finde, daß du äußerst schön anzusehen bist!«

»Bin ich nicht jeden Tag die gleiche?«

»O ja; aber heute abend bist du noch schöner.«

»Also, worauf willst du hinaus? – Komm schon!«

Mit diesen Worten legte ich meine Hand auf sein Instrument, das ein wenig erhoben, aber noch weit entfernt von einer richtigen Erektion war.

»Du siehst doch, daß du gar nichts machen kannst.«

»O doch, das kann ich. Bitte streichle ihn ein bißchen.«

»Was erregt dich denn so?«

»Nun, sein ... sein ...«

»Ja, was denn nun?«

»Dein herrlicher Hintern!«

»In der Tat! Dann wirst du ihn jetzt nicht mehr zu sehen kriegen!«

Geschmeidig wie eine Katze raffte ich mit der einen Hand mein Leinen auf, so daß mein Hinterteil nackt war und sich meine Vorderseite im Spiegel reflektierte; gleichzeitig hatte meine andere Hand ihren Griff nicht gelockert und das, was sie hielt, mit Geschick erregt. Bald fühlte ich mit Genugtuung, daß es hart wurde. Ich wollte von dieser momentanen Begierde profitieren, hieß Charles sich hinsetzen und wollte dann rittlings auf seinem Schoß Platz nehmen, stellte aber bald fest, daß diese Stellung mich zu sehr dehnte und die Erweiterung des betreffenden Körperteils nicht zu seinem dünnen Gerät paßte.

Ich stand wieder auf und mußte von vorn beginnen … Ich war zu erregt, um mich jetzt noch aufhalten zu lassen, und begann erneut mit den Streicheleien meiner agilen Hand. Ich beschloß, mein Bestes zu geben, und er half dabei mit, so daß ich seinen Schwanz bald von neuem im Prachtzustand bewundern konnte! Dann zog ich einen Stuhl vor den Spiegel, stellte einen Fuß darauf und steckte ihn mir von hinten rein.

Charles, von mir verführt, bis er fast außer sich war, tat es so, daß ich dreimal kam. Es dauerte lange bei ihm, doch schließlich kam auch er zum Schuß, dank der raffinierten Bewegungen meiner Hinterbacken und des Talents, das ich mir darin erworben hatte, sein dürftiges kleines Gerät zu drücken und zu kneifen.

Danach waren wir beide sehr müde und betteten uns zur Ruhe. So war ich nun also an diesem denkwürdigen Tag sechsmal gevögelt worden! Ich übertreibe nicht, wenn ich sage, daß ich dabei mehr als zwanzigmal gekommen war!

Doch so stark waren mein Temperament und meine Begabung für das Liebesgefecht, daß ich mich am nächsten Morgen so frisch und fröhlich von meinem Lager erhob, als wäre nichts geschehen.

Ich fuhr nach Z— zurück, wo F. und ich in unsere süßen Gewohnheiten zurückverfielen, die zwar leider häufigen Unterbrechungen unterworfen waren, aber dafür nach jeder Entbehrung um so heißer wurden.

Mein Gemahl verreiste kaum noch für länger als jeweils einen Tag, so daß sich unsere Vergnügungen auf die kurzen Stunden eines Nachmittags beschränkten, doch fanden auch einige längere Reisen statt, von denen wir dann profitierten.

Eines Abends, glücklich vereint in der Sicherheit einiger Stunden, beschlossen wir, das Glück in vollen Zügen zu genießen. Mein Liebhaber schlug vor, daß wir uns ausziehen und uns auf mein Bett legen sollten. Eifrig stimmte ich zu. Bald war er bis auf sein Hemd entkleidet und hatte sich rücklings aufs Bett gelegt, während ich noch mein Korsett löste. Nur mit Hemd und Strümpfen bekleidet, gesellte ich mich zu ihm. Er nahm mich in die Arme, und wir umklammerten uns wie zwei Wahnsinnige! Bald wurde mein Liebhaber eifersüchtig auf das hauchdünne Gewebe, das mich immer noch bedeckte, und riß es herunter, trotz meiner leichten Gegenwehr.

Erst betrachtete er meine völlige Nacktheit mit Begeisterung, dann bedeckte er meinen ganzen Körper mit brennenden Küssen, ohne auch nur eine Stelle auszulassen!

Ich war wahnsinnig, im Delirium! Nun wollte ich ihm die Wonne, die er mir bereitet hatte, mit gleicher Münze heimzahlen. Auch ich küßte mit Hingabe jeden Teil seines so männlichen und schönen Körpers. An einer bestimmten Stelle, als ich zu dem geliebten Juwel gelangte, der stolz und steif aufrecht stand, hielt ich an und küßte ihn; ich lutschte ihn, und am liebsten hätte ich ihn ganz und gar heruntergeschlungen.

In dieser Stellung war mein Hinterteil dem Gesicht meines Liebhabers zugewandt, ich spürte, wie er meinen linken Schenkel gefaßt hatte und versuchte, ihn über sich zu heben.

»Was hast du vor?« fragte ich und wandte ein wenig meinen Kopf.

»Leg deine Beine über mich.«

»Aber wie? … Warum?«

»Das wirst du bald erfahren. So, das genügt!«

Jetzt saß ich auf seiner Brust, wobei sich mein Kopf immer noch an der gleichen Stelle befand!

»Jetzt«, sagte er, »beuge dich herab, schieb deinen lieblichen Arsch nach hinten … so … jetzt komm mit deiner kleinen Muschi auf meinen Mund.«

»Da bin ich!«

»Gut. Jetzt laß uns beide *Minette* spielen. Sag mir rechtzeitig Bescheid, damit wir zusammen kommen!«

Obwohl etwas verwundert über diese neue Methode, machte ich mit und fühlte bald eine geschickte, delikate Zunge über meine Spalte wandern. Ich geriet in eine Art Raserei, ergriff von neuem sein Instrument, das ich einen Augenblick lang losgelassen hatte, steckte mir den ganzen Kopf in den Mund und pumpte wie wild drauflos! Ein elektrischer Strom schien meinen Körper zu durchlaufen, jeder Zungenstreich von F. wurde von meinem Mund beantwortet! … Welch köstlicher Genuß! … Ich war bereits dreimal gekommen, und als ich fühlte, wie es mir zum vierten Mal kam, während mein Liebhaber, erschaudernd und zitternd, den höchsten Moment erreichte, rief ich aus: »Ich bin bereit! Komm, Liebling, komm in meinem Mund!«

Was dann geschah … weiß ich nicht! … Unter dem heißen Strahl verlor ich das Bewußtsein.

* * *

Die Lektionen meines Liebhabers hatten mich zur Expertin gemacht; ich dachte, nun gäbe es nichts mehr, was er mir noch beibringen könnte. Doch ich lag falsch, eine letzte Lektion war noch übrig, die ich zu lernen hatte.

Ich habe schon des öfteren erwähnt, daß mein Hintern, oder vielmehr mein Arsch, von seltener Schönheit war. Die Falte, die das Oval teilte, hatte bereits Tausende und Abertausende Küsse meines Liebhabers empfangen, dem es die größte Freude bereitete, mich so zu plazieren, daß er dieses Spektakel gründlich genießen konnte. Dann pflegte er die Lippen der Liebesspalte zu öffnen, sie zu liebkosen, zu küssen und ihr auf jede mögliche Weise seine Verehrung zu erweisen. Manchmal pflegte sein Finger dann höher zu wandern, und ich konnte ein seltsames Kitzeln an der geheimen Öffnung darüber verspüren! Manchmal, wenn er bis zur Wurzel in mich eingestöpselt war und ich unter dem göttlichen Tau, der in mich hineinspritze, fast die Besinnung verlor, fühlte ich den Finger sogar weit in die enge Passage eindringen!

Diese einzigartige Liebkosung bereitete mir eine ganz besondere erotische Wonne, die ich nicht zu analysieren versucht hatte.

An einem der seltenen Abende, an denen wir es zwischen die Bettlaken schafften, zog mir mein Liebhaber, nachdem wir uns einige Zeit am ganzen Körper befühlt hatten, das Hemd aus und sah sich liebevoll meine Nacktheit an.

Da ich um die leidenschaftliche Liebe wußte, die er für meinen Arsch empfand, präsentierte ich ihn ihm, wobei ich, auf Ellbogen und Knien ruhend, meinen Kopf senkte und meinen Po so weit wie möglich spreizte. F. erhob sich hinter mir, doch statt wie gewöhnlich in meine Fotze einzudringen, begnügte er sich damit, den Kopf seines Schwanzes an mir zu reiben.

»Steck ihn schon rein«, rief ich, »und quäl mich nicht so.«

»Warte ein bißchen.«

»Was machst du da? Du tust mir weh. Nicht da!«

Und in der Tat spürte ich, wie er in die einzigartige Öffnung einzudringen versuchte, die ich soeben erwähnt habe.

»Laß mir meinen Willen, meine Geliebte! Ich bitte dich. Eine liebenswerte Frau ist ganz und gar Muschi, kein einziger Teil deines wunderschönen Körpers darf meiner Darbringung gegenüber Jungfrau bleiben!«

»Aber das ist unmöglich! Der geht niemals da rein!«

»O doch, ich kann ihn ganz reinbringen, wenn du mich nur läßt.«

»Aber du wirst mich umbringen. Ich werde leiden. Ich werde kreischen, ich werde nicht kommen.«

»Doch, das wirst du, und hinterher wirst du selbst sagen, wie schön es war. Ich wette, du wirst mich oft darum bitten.«

»Nein, es ist unmöglich. Komm, Liebling, steck ihn weiter unten rein, das ist genauso schön für dich!«

»Aber ich flehe dich an, laß es mich tun. Es ist der größte Liebesbeweis, den eine Frau geben kann. Ich verlange diesen Beweis.«

»Ach, du Grundgütiger! Ich kann es dir nicht verweigern. Also dann los, tu es. Aber irgendwie seltsam ist das schon.«

Ich sagte nichts weiter und verhielt mich passiv, gab, so gut ich konnte, was von mir verlangt wurde. Mein Liebhaber ging zum Toilettentisch und fettete sich mit einem Kosmetikstift ein, dann ging er wieder in Stellung und klopfte erneut an die enge Pforte. Seine ersten Versuche scheiterten; ich litt und fühlte überhaupt kein Vergnügen, aber ich liebte ihn so sehr, daß ich noch Schlimmeres hätte ertragen können. Und außerdem hielten mich meine Neugier und mein Interesse für das Unbekannte bei der Stange. Mein Liebhaber unterbrach seine Bemühungen einen Augenblick, steckte seine Hand zwischen meine Schenkel und begann mich zu wichsen. Jetzt machten sich erste Anzeichen von Wonne bemerkbar, und ich selbst bat um einen zweiten Versuch, aber die gekrümmte Haltung meines Liebhabers war zu unbequem. Er nahm meine Hand und legte sie dahin, wo die seine herumgespielt hatte. Ich verstand und rieb nun selber drauflos. Erneut fühlte ich den schrecklichen Stachel – die Wonne vorn neutralisierte den Schmerz, den mein armer Arsch immer noch verspürte.

Schließlich kam es mir vor, als würde ein enormer Ring in meinem Innersten gedehnt, und plötzlich schlüpfte der monströse Zylinder in seiner Gänze hinein. Ich beschleunigte die Bewegung meiner Hand. Ein immenser … doppelter … scharfer … außerordentlicher Orgasmus überwältigte mich. Ich verlor fast das Bewußtsein und fiel in einem unbeschreiblichen Anfall nach vorn.

Glücklicherweise warf das meinen Liebhaber nicht aus dem Sattel; er folgte meiner Bewegung und lag nun der Länge nach auf mir. Er gab noch ein paar Stöße und füllte seinen seltsamen Unterschlupf mit einer heißen Ejakulation, die er unter Ächzen und Stöhnen herausspritzte, von der lebhaften Wonne zeugend, die er empfand.

Wir blieben eine Weile in dieser Stellung liegen, ohne zu sprechen. Ich fühlte eine gewisse Scham, die ich nicht erklären konnte, und war fast verärgert darüber, daß ich durch die Schändung dieser so ungewöhnlichen Nische einen so schönen Orgasmus erlebt hatte. Andererseits konnte ich nicht umhin, über die Erschließung dieser neuen Quelle des Genusses Entzücken zu empfinden.

F. küßte mich und flüsterte: »Also, wie denkst du jetzt darüber?«

»Ich weiß nicht recht.«

»Bist du gekommen?«

»Nun, ja!«

»Bist du jetzt sauer, daß du meiner Laune gefolgt bist?«

»Nein.«

»Wirst du mich bitten, es wieder zu tun?«

»Ich glaube schon, aber nicht zu oft.; es ist zu erregend – einfach zu schrecklich schön!«

Während unserer Plauderei blieb unsere Stellung unverändert; der Stab meines Liebhabers steckte noch immer in meinem winzigen Loch, ich fühlte, wie er schrumpfte, und er wollte ihn herausziehen. Ich kniff meine Pobacken zusammen, so daß ich ihn, ob er wollte oder nicht, auf seinem Posten hielt.

»Du wolltest rein«, sagte ich bei mir, »und da bleibst du jetzt!«

Ich vertraute auf seine wohlerprobten Regenerationskräfte, und während ich darauf wartete, neckte ich ihn und gebrauchte all die Worte, die er mir beigebracht hatte.

»Wie nennst du diese Art des Fickens?« fragte ich ihn. »Du hast die arme kleine Muschi nicht angefaßt, die diesmal gar nichts abgekriegt hat.«

»Es heißt ... aber egal, wir nennen es einfach *mignonner*. Das ist ein hübsches Wort, nicht wahr? Und paßt gut zu *minette*.«

»Also, mein Lieber, dann *mignonne* mich noch mal, ich fange an, es zu mögen. Ah! Ich spüre schon, wie dein hübscher Schwanz wiederauflebt; sei nett zu diesem ARSCH, den du so sehr liebst ... Geh noch nicht weg, ich bitte dich. Ich will noch mal spüren, wie du kommst.«

Während ich all diese kleinen Obszönitäten hervorstieß, die, wie ich wußte, meinen Liebhaber elektrisierten, löste ich allmählich die Anspannung meiner Pobacken, um ihm volle Handlungsfreiheit zu gewähren.

Von neuem begann ich die Vorboten der doppelten Wonne zu spüren, die ich soeben genossen hatte; mein Liebhaber war noch nicht ganz soweit, und ich hatte den Eindruck, daß er schlapper wurde, also bat ich ihn, mich nicht zu verlassen, und wir erhoben uns ganz, ganz vorsichtig zu unserer Anfangsstellung.

»Jetzt, mein Liebling«, sagte ich, »beweg dich nicht. Ich werde alles selber tun!«

Vorsichtig begann ich mit meinem Unterleib vor und zurück zu wackeln. Mein Liebhaber, der hinter mir kniete, nahm leidenschaftlich diesen libidinösen Anblick in sich auf. Er konnte seinen Pfeil, wie er mir hinterher erzählte, wie von einem Schraubstock umklammert, fast vollständig erscheinen und dann wieder, dem Blick völlig entzogen, in seinem engen Köcher verschwinden sehen.

Nach einigen Minuten dieses köstlichen Spaßes hatte mein Geliebter seine ursprüngliche Kraft zurückgewonnen. Das konnte ich an der wachsenden Dicke und Steife des Gliedes erkennen, das unsere Körper miteinander verband. Bald fühlte ich ihn erschauern; abgehackte Laute entsprangen seinen Lippen. Ich ließ ihn wissen, daß ich bereit war, und ein frischer Strahl Sperma ließ uns beide von neuem in Verzückung geraten.

* * *

Mein geliebter F. hatte recht gehabt. Ich lernte es zu lieben. Wie oft hat er mich nicht, über mich gebeugt, mit seiner sanften Stimme gefragt: »Wo möchtest du es haben?«

Und wie oft habe ich dann nicht mit meinem Finger auf meinen Hintern gezeigt und geantwortet: »DA!«

Dolly Morton

Im Sommer des Jahres 1866, kurz nach Ende des Bürgerkrieges zwischen den Nord- und den Südstaaten in Amerika, war ich in New York. In diese Stadt war ich gekommen, um meine Passage auf einem Dampfer der Cunard-Linie nach Liverpool anzutreten. Ich war auf meinem Weg von einem Jagd- und Angelausflug in der kanadischen Provinz Nova Scotia (Neuschottland) zurück nach Hause in einer der Midland-Grafschaften in England.

Ich war damals dreißig Jahre alt. Ohne Schuhe maß ich einen Meter dreiundachtzig, war stark und gesund und von abenteuerlicher Veranlagung. Mir gefielen die Frauen, und ich war ziemlich rücksichtslos hinter ihnen her; so zog ich denn während meines Aufenthalts in New York nachts viel um die Häuser und bekam dabei so manche sonderbare Dinge zu sehen, auch verschiedene seltsame Vorkommnisse in den Mietshäusern. Ich habe jedoch nicht vor, hier meine Erlebnisse in den Slums von New York City wiederzugeben.

Eines Nachmittags gegen fünf Uhr war ich in den Central Park geschlendert, wo ich mich auf eine Bank im Schatten eines Baumes setzte, um eine Zigarre zu rauchen. Es war ein wunderschöner Tag im August, und die Sonne, die sich schon dem Westen zuneigte, schien hell von einem wolkenlosen Himmel. Es wehte eine leichte Brise, welche die Hitze milderte und die Blätter an den Bäumen angenehm rascheln ließ, und ich lehnte mich träge auf meinem Sitz zurück und beobachtete die schmucken und oft auch hübschen Kindermädchen verschiedener Nationalitäten, die adrett gekleidete amerikanische Kinder hüteten. Dann fiel mein Blick auf eine Dame, die auf der Nachbarbank saß und in einem Buch las.

Sie war offenbar um die fünfundzwanzig Jahre alt, eine sehr hübsche kleine Frau mit, soweit ich erkennen konnte, einer wohlgeformten, rundlichen Figur. Ihr Haar war von einem hellen, goldenen Braun, in einem großen Chignon am Hinterkopf zusammengerollt – es war die Zeit der Chignons und der Krinolinen. Sie war sauber behandschuht und hübsch, aber unauffällig gekleidet. Alles, was sie trug, zeugte von gutem Geschmack, von dem kleinen Hut auf dem Kopf bis zu den blanken Stiefeln an ihren kleinen, aber wohlgeformten Füßen, die unter dem Saum ihres weiten Rockes hervorlugten.

Ich musterte sie intensiver, als es die Höflichkeit erlaubt, und dachte, sie sei ganz der Typ einer hübschen amerikanischen Lady der Oberklasse. Nach ein oder zwei Augenblicken wurde sie meines unverwandten Blickes gewahr und sah mich, die Augen von ihrem Buch hebend, einen Moment lang fest an; dann, offenbar befriedigt von meiner Erscheinung, trat ein strahlendes Lächeln in ihr Gesicht, und sie warf mir einen kessen Blick zu, wobei sie mich gleichzeitig mit einer Handbewegung einlud, neben ihr Platz zu nehmen. Ich war ziemlich erstaunt, weil ich von ihrer Erscheinung her nicht gedacht hätte, daß sie der Halbwelt angehörte, aber ich war nur allzu gern bereit, mit ihr ein Schwätzchen zu halten und sie auch zu vögeln, wenn die Unterhaltung mit ihr mich ebenso beeindruckte wie ihr Aussehen.

Ich erhob mich, ging hinüber zu ihr, und sie zog sofort ihre umfangreichen Röcke zur Seite, um mir auf der Bank neben sich Platz zu machen. Ich setzte mich, und wir begannen zu reden. Sie sprach grammatikalisch korrekt und gebildet, und obwohl sie einen amerikanischen Akzent hatte, war ihre Stimme doch leise und musikalisch. Ich bin dem amerikanischen Akzent nicht abgeneigt, wenn er von den Lippen einer hübschen Frau erklingt, und sie war gewiß eine hübsche Frau. Ihre Augen waren groß, klar und blau, ihr Teint extrem gut, ihre Zähne weiß und regelmäßig, ihre Nase wohlgeformt und ihr Mund klein und rotlippig.

Sie war äußerst redselig, plapperte munter drauflos und benutzte drollige Ausdrücke, die mich zum Lachen brachten. Ich fand Gefallen an der lebhaften kleinen Frau, daher beschloß ich, sie nach Hause zu begleiten und die Nacht mit ihr zu verbringen. Sie hatte an meinem Akzent sofort erkannt, daß ich Engländer war, und sie setzte mich davon in Kenntnis, daß sie noch nie mit einem Mann meiner Nationalität gesprochen hätte. Nachdem wir uns einige Zeit unterhalten hatten, lud ich sie ein, mit mir zu dinieren. Sie schien sich über meine Einladung zu freuen und nahm sie sofort an; so schlenderten wir denn gemütlich von dem Park zu einem Restaurant, wo ich ein gutes Dinner mit Champagner bestellte.

Als das Mahl vorüber war und ich eine Zigarre geraucht hatte, führte ich meine Begleiterin, die sich »Dolly« nannte, in ein Theater. Am Ende der Vorstellung mietete ich ein »Hack«, wie die Droschken in New York genannt werden, und fuhr mit der Frau zu ihr nach Hause in eine der Vorstädte, etwa drei Meilen vom Theater entfernt. Da es eine helle Vollmondnacht war, konnte ich erkennen, daß das Haus ein hübsches kleines einstöckiges Gebäude mit einer von Kletterpflanzen überwucherten Veranda war, das in einem ebenfalls kleinen, von einem Eisenzaun umgebenen Garten lag. Die Tür wurde von einer sauber gekleideten Mulattin geöffnet, die uns ins Wohnzimmer führte; nachdem sie die Vorhänge zugezogen und das Licht in der Lampe hochgedreht hatte, verließ sie uns. Der Raum, mit einer Falttür an einem Ende, war hübsch ausgestattet. Es gab nichts Anzügliches darin, alles zeugte von gutem Geschmack. Der Boden war mit einem schönen Orientteppich bedeckt, die Vorhänge waren aus Samt, an den Wänden hingen einige gute Stiche, und eine Vitrine enthielt einige ausgewählte Exemplare alten Porzellans.

Meine Begleiterin bat mich, Platz zu nehmen und es mir gemütlich zu machen; dann bat sie mich, sie einige Augenblicke zu entschuldigen, und begab sich durch die Falltür in die angrenzende Räumlichkeit, bei der es sich, wie ich sah, um ein Schlafzimmer handelte. Nach kurzer Zeit kehrte sie zurück, in einen weißen Morgenrock, geschmückt mit blauen Bändern, gekleidet. Sie hatte ihre Stiefel ausgezogen und durch zierliche kleine französische Pantoffeln ersetzt, während ihr das Haar lose über die Schultern fiel, fast bis zur Taille hinunter. Sie sah so bezaubernd aus, daß ich sie sofort auf meine Knie zog und ihr einen Kuß auf die Lippen gab, den sie nicht nur erwiderte, sondern mir sogar ihre Zungenspitze in den Mund schnellen ließ. Dann schob ich meine Hand unter ihr Gewand und stellte fest, daß sie unter dem Morgenrock nichts weiter anhatte als ein feines, spitzenbesetztes Nachthemd und schwarze Seidenstrümpfe, die hoch über den Knien mit scharlachroten Satinstrumpfbändern befestigt waren; so konnte ich ihren ganzen Körper mit größter Leichtigkeit befühlen.

Sie war so rundlich wie ein Rebhuhn, ihre Figur wies keinerlei Kanten und Ecken auf. Ihre Haut war so glatt wie Satin. Ihre Brüste waren ziemlich klein, aber rund wie Äpfel, ziemlich fest und von winzigen aufgerichteten rosa Nippeln gekrönt. Sie hatte einen sehr strammen Hintern mit dicken, festen Backen, und das Haar auf ihrem Mons Veneris fühlte sich seidig an.

Sie gab mir einen Brandy mit Soda, und wir plauderten, während ich eine Zigarre rauchte. Dann gingen wir ins Schlafzimmer, wo alles vorzüglich süß und sauber war. Binnen kurzem lagen wir zwischen den Laken, meine Brust auf ihrem Busen, mein Mund auf ihren Lippen, mein amouröses Organ bis zur Wurzel in ihrer Liebeshöhle vergraben, meine Hände um ihre Hinterbacken gekrallt, und ich ritt sie mit voller Kraft, während sie seufzte und quiekste und sich unter meinen mächtigen Stößen aufbäumte. Mein Glied war groß; ihre Spalte klein und wunderbar eng. Darüber hinaus war sie ein gutes Reittier, so daß ich den »Ausflug« überaus genoß, zumal ich seit einem Monat keine Frau gehabt hatte. Doch ich hatte der kleinen Frau völlig den Atem genommen, und als alles vorüber war, lag sie keuchend in meinen Armen. Als sie sich schließlich erholt hatte, sagte sie mit einem kleinen Lacher: »Du meine Güte! Wie groß und stark du bist. Ich glaube nicht, daß ich schon einmal eine derart kraftvolle Umarmung erlebt habe. So, als wolltest du mich völlig durchbohren. Aber es hat mir gefallen.«

Ich lachte, sagte aber nichts, sondern ruhte mich nur aus. Dabei hielt ich sie immer noch in den Armen und streichelte ihre kühle, samtene Haut, bis ich wieder aktionsbereit war.

Dann ließ ich sie neben dem Bett auf allen vieren niederknien und nahm sie von hinten, nach Hundeart, und wieder zuckte und quiekste sie und wackelte mit dem Hintern. Dann kehrten wir zwischen die Laken zurück, und ich ließ sie sich auf die Seite legen, den Rücken mir zugewandt, während ich hinter ihr lag, Bauch und Schenkel gegen ihre kühlen, runden Hinterbacken gedrückt, mein halbsteifes Werkzeug in der Spalte zwischen ihren Schenkeln ruhend. In dieser Stellung schliefen wir ein.

Fanny Hills Tochter

Als ich das letzte Mal damit beschäftigt war, meine Geschichte zu Eurer geneigten Begutachtung niederzuschreiben, Madame, war ich noch im vollen Besitz meiner Jungfräulichkeit, wenigstens in körperlicher, wenn auch nicht in geistiger Hinsicht. Doch dabei sollte es nicht lange bleiben. Ich hatte das gesetzliche Alter überschritten, in dem es jetzt erlaubt ist, daß eine junge Frau ohne rechtliche Einschränkung den Beruf der Hure ergreift, und ein weiteres Zaudern war nicht erforderlich.

Es ging lediglich noch darum, daß Madame Berkley das beste Angebot für meine eifersüchtig gehütete Jungfernschaft fand und das Geschäft abschloß. In meinen jugendlichen Träumen hatte ich gehofft, daß, wenn das lang erwartete Ereignis stattfand, das Instrument meiner Entjungferung einer der jungen, adretten Herren sein würde, die das Etablissement frequentierten. Nicht selten hatte ich meine jungen Augen an dem strammen Körper von diesem oder jenem ergötzt, wenn ich gelegentlich mit einem Krug warmen Wassers oder mit frischen Handtüchern in eines der belegten Zimmer kam. Mit so einem, träumte ich oft, wäre jeder momentane Schmerz die Freuden wert, die ganz gewiß darauf folgen würden.

Madame Berkley belehrte mich rasch eines Besseren und machte diese unschuldigen Hoffnungen zunichte.

»Ich wünschte, es liefe so«, erklärte sie mir, als ich das Thema anschnitt. »Leider läuft es im Leben meistens anders.

Diese Herren – zumindest jene unter ihnen, die normalerweise Etablissements wie dieses aufsuchen –, die von der Natur mit einem attraktiven Aussehen und gesunden Körper ausgestattet wurden, sind nicht übermäßig mit königlicher Münze belastet. Um die Wahrheit zu sagen, fällt es vielen von ihnen schwer, auch nur den Preis einer Freudennacht aufzubringen, wie du leicht an der Menge der Schuldscheine erkennen kannst, die sich in meinem Besitz befinden. Es sind die Alten und oftmals Häßlichen, die über das Gold verfügen, mit dem sie ihren erlahmenden Leidenschaften huldigen können, und das ist für unsereins ein Segen.«

Unbewußt und ganz gewiß ohne jegliche Absicht, denn das wäre nicht schicklich gewesen, muß ich eine saure Grimasse gezogen haben.

»Zerbrich dir nicht den Kopf darüber«, riet Madame Berkley. »Ich versichere dir, daß es im Leben viel schlimmere Dinge gibt, als den Alten und Häßlichen zu Diensten zu sein, zumal wenn sie für diese Dienste mit gutem Geld bezahlen können. Du befindest dich in der glücklichen Lage, mein Kind, niemals Not und bittere Armut erlebt zu haben. Ein leerer Bauch würde sich für eine Kruste Brot bereitwillig zu dem häßlichsten Scheusal auf Erden gesellen.«

Nur wenige Tage nach diesem Gespräch bemühte sich Madame Berkley selbst zu mir in meine kleine Dachkammer herauf, gefolgt von ihrem Leibdiener, einem Mohrenjungen. Letzterer trug einen Armvoll Kleider, die er sorgfältig über einen Stuhl legte, um dann zurückzutreten und auf weitere Befehle seiner Herrin zu warten.

»Ich habe gute Neuigkeiten für dich, Nellie«, informierte mich Madame Berkley. »Endlich hat jemand geboten, was ich als einen angemessenen Preis dafür betrachte, der erste zu sein, der deine unschuldigen Reize genießen darf.«

»So schnell?« konnte ich nur stammeln.

»So schnell, in der Tat!« sagte Madame Berkley brüsk.

»Es ist höchste Zeit, daß du ins Geschäft kommst. Ich hatte die Hoffnung fast aufgegeben, jemals den Preis zu bekommen, den ich dich für wert erachte. Es sind fünfundzwanzig Guineen, und das ist nicht zu verachten.«

Dann befahl sie mir, mich meiner Kleider zu entledigen, so daß ich für das Ereignis, das in Kürze stattfinden sollte, angemessen herausgeputzt werden könnte. Ich stieg aus meinem Alltagskleid aus braunem Selbstgesponnenem und legte, nach einem Moment des Zögerns, auch mein Unterkleid ab. Da stand ich denn, nackt wie am Tag meiner Geburt, während Madame Berkley mich mit einem abschätzenden Blick in Augenschein nahm. »Ein regelrechter Leckerbissen«, murmelte sie, »den Preis, den er holt, wohl wert.«

Ich spürte, wie meine Wangen brannten, doch das war nicht nur wegen Madames Lobesworten. Denn ich war mir auch der Blicke des Mohren wohlbewußt, der mich heimlich beobachtete. Er war ein junger, stattlicher Bursche. Seine Haut kräuselte sich wie schwarze Seide über seinen muskulösen Körper. Er trug nur eine kurze weiße Hose, und es war deutlich zu erkennen, daß der Anblick meiner nackten Reize eine positive Wirkung auf seine Männlichkeit ausübte. Ich konnte nur hoffen, daß Madame Berkley diese Vergrößerung nicht bemerkte, denn es war in diesem Etablissement eine wohlbekannte Tatsache, daß ihr der junge Mann in mehr als einer Hinsicht zu Diensten war.

Und ehrlich gesagt, wenn ich schon meine Jungfräulichkeit verlieren sollte, dann hätte ich es vorgezogen, daß er das Instrument meiner Entjungferung gewesen wäre. Ich hegte den Verdacht, daß der gleiche Gedanke auch in seinem einfältigen dunklen Kopf irgendwo lauerte.

»Nun mach schon«, befahl Madame Berkley. »Steh nicht da wie ein Dussel mit nichts im Kopf.« Dann lachte sie. »Du wirst bald genug etwas an einer anderen Stelle als deinem Kopf in dir haben, das dich beschäftigen wird.«

So legte ich also die leinenen Petticoats und das Kleid aus geblümtem Cambric an und setzte die kleine, spitzenbesetzte Kappe auf, die sie mir gebracht hatte. Als ich fertig war, drapierte mir Madame Berkley eigenhändig ein Spitzentuch um die Schultern und legte es über meinem knospenden Busen überkreuz. Dann mußte ich mich mehrmals im Kreise drehen, sie sah sich das Ergebnis an und nickte schließlich beifällig.

Man kann sich vorstellen, mit welcher Nervosität und inneren Beklommenheit ich Madame Berkley die Treppe hinunter in einen privaten Salon im ersten Stock folgte, einen Raum, reserviert für die Bedeutendsten der Kunden, die unser Etablissement besuchten. Ich folgte ihr in den Raum und blieb dann einige Schritte hinter ihr stehen, während sie sich an das Individuum wandte, das auf einem Stuhl neben dem flackernden Kaminfeuer saß – oder, besser gesagt, ihn überquoll. Es handelte sich in der Tat um ein höchst monströses Wesen von ungeheurem Gewicht, das ich nicht einmal ansatzweise hätte schätzen können. Kein einziges Haar sproß auf seinem glänzenden Schädel, der von der Farbe gelben Talgs war. Doch von seinen kleinen Schweinsäuglein abwärts, die hinter aufgedunsenen Lidern fast verschwanden, schien sein Körper eine Aufeinanderfolge von sich überlappenden Wülsten schlaffer Haut. Seine Wangen hingen herab wie übergewichtige Wammen; er hatte mehr Doppelkinne, eins größer als das andere, als ich zählen konnte. Sein gewaltiger Bauch hing über seinen Schoß herab, und seine Schenkel und Hinterbacken schwappten ihrerseits über die Kanten des Stuhls, auf dem er wie hingegossen saß. Und in plötzlicher Sorge und Bestürzung dachte ich bei mir, was wohl aus mir werden würde, wenn ein solches Gewicht auf meinem fragilen, zarten Körper lastete? Es war dieser entsetzliche Gedanke und nicht die Idee irgendeines Instruments, das er besitzen und das meine empfindliche Jungfernhaut durchdringen könnte, der mich am meisten verstörte und ängstigte.

Mir wurde bewußt, daß sich Madame Berkley in einer höchst ehrerbietigen Weise an diesen Fleischberg wandte, die sie sich nicht nur für Gentlemen von Adel, von denen es viele gab, die unser Etablissement Ort besuchten, sondern auch für solche von Reichtum vorbehalten hatte.

»Hier ist der kleine Schatz, von dem ich gesprochen habe, Mylord«, sagte sie gerade. »So frisch und makellos wie eine Rosenknospe, die soeben ihre zarten Blütenblätter im Morgentau entfaltet.«

Ein tiefer, kehliger Laut, der wohl ein Lachen sein sollte, rumpelte aus dem Fleischgebirge heraus. »Ich zahle nicht für schöne Worte, du alte Vettel. Wenn ich auf Poesie aus wäre, würde ich zu Hause in der Gemütlichkeit meiner Bibliothek bleiben.«

»Ihr werdet selbst sehen«, erklärte ihm Madame Berkley, durchaus nicht beleidigt ob der Art und Weise seiner Anrede.

»Ich beabsichtige, mehr zu tun, als nur zu sehen«, gab er zurück.

»So werde ich Euch dann Eurem Vergnügen überlassen«, sagte Madame Berkley und verließ den Raum, mich dem überlassend, was das Schicksal für mich in petto hatte. Und, ehrlich gesagt, war ich nicht allzu glücklich über die Aussicht, die vor mir lag.

Plötzlich war ich allein mit dem Monster, so versteinert, daß ich nicht wußte, was ich tun oder sagen sollte. Meine Befürchtungen wurden keineswegs gelindert, als sich das Objekt meiner Sorge unter Grunzen und Ächzen von dem Stuhl aufhievte, hinüberging und sich auf der Couch auf der anderen Seite des Kamins niederließ. Als er sprach, klang seine Stimme nach dieser Anstrengung wie ein pfeifendes Keuchen. »Starr mich nicht mit so großen Augen an,

Kleine«, wies er mich zurecht. »Ich werde dich schon nicht verschlingen.« Er tatschte auf den Platz neben sich auf der Couch. »Komm her und setz dich neben mich. Und sag mir noch einmal: Wie beliebt man dich zu nennen?«

»Nellie, Sir«, brachte ich mühsam heraus.

Wieder deutete er auf den Platz neben sich auf der Couch. Zögernd trat ich näher. Kaum war ich auf Armeslänge heran, schoss seine Hand heraus und packte mich. Ich habe viel vom Ungestüm der Jugend gehört, aber nichts kommt auch nur annähernd an die Schnelligkeit des Alters heran, wenn es darum geht, nach einem Leckerbissen zu langen, den ihm die Natur nach ihren eigenen Gesetzen zu verweigern trachtet.

Ich versuchte ihm auszuweichen, doch war ich nicht schnell genug. Seine dicken Finger, die, abgesehen von den edelsteinbesetzten Ringen, die sie schmückten, wie rohe Würstchen aussahen, schlossen sich um mein Handgelenk. Ich geriet derart aus dem Gleichgewicht, daß ich stolperte und gegen ihn fiel. »Ein Küßchen jetzt«, keuchte er. »Ich mag es, wenn meine Püppchen mir ihre Zuneigung zeigen.«

»Sir«, bettelte ich und suchte verzweifelt nach einem Moment Aufschub. »Ihr gebt mir ja gar keine Zeit. Ich kenne Euch doch kaum, Mylord.«

»Dies ist ein Zustand, der sofort geändert werden kann. Ich will nämlich, daß du mich *sehr* gut kennenlernst.«

Mit plötzlicher Gewalt zog er mich dichter an sich heran und hielt mit der anderen Hand meinen Kopf fest, so daß er seine fetten Lippen auf meine pressen konnte. Sein Atem war derart gesättigt vom Dunst starker Alkoholika und weiß der Himmel welch reichhaltiger Speisen, daß ich beinahe auf der Stelle in Ohnmacht gefallen wäre. Ehrlich, es wäre eine Erlösung und ein Segen gewesen, denn dann hätte ich nichts von all dem mitbekommen, was mir geschah und noch geschehen sollte. Obwohl ich wußte, daß ich es nicht tun sollte, da es allem widersprach, was mir Madame Berkley hinsichtlich meines künftigen Berufes so gründlich eingetrichtert hatte, sträubte ich mich und versuchte, mich zu befreien. Meine schwache Gegenwehr schien das monströse Wesen, das mich in seinem Griff hielt, nur noch weiter zu erregen.

»Fürwahr, da habe ich ja einen temperamentvollen kleinen Drachen erwischt«, grunzte er. Mit einer für sein massiges Format überraschend schnellen Bewegung schleuderte er mich rücklings auf die Couch, so daß ich in einer würdelosen Haltung, die Beine gespreizt, zu sitzen kam. Gleichzeitig hatte er meine Petticoats nach oben geschnippt, so daß nicht nur meine Schenkel bloßlagen, sondern auch das zarte Nest dazwischen, das eigentliche Ziel seiner Begierde. Er begann, an den seidigen Büscheln zu zupfen, die meine kleine Einfahrt umgaben, und ich fürchtete, er könnte einen seiner dicken Wurstfinger hineinstecken; doch im Augenblick schien er sich damit zufriedenzugeben, lediglich an meinem entblößten Schatz herumzuspielen, etwa so wie einer von unseren Riesenkatern mit einer hilflosen Maus spielt.

»O Sir«, flehte ich, »nicht so hastig, ich bitte Euch. Gebt mir einen Moment, mich zu fassen.«

Als Antwort grunzte er etwas Unverständliches. Doch konnte ich seine Worte auch nicht verstehen, so war das Ziel seiner Handlungen nur allzu deutlich. Während er mit einer Hand weiter meine höchst privaten Teile hätschelte, machte er sich mit der anderen an seiner eigenen Kleidung zu schaffen, knöpfte seine Weste und Hose auf, bis sein Luststab fest herausstand. Er bot einen nicht gar zu furchteinflößenden Anblick, obwohl er, ehrlich gesagt, auch nicht gerade wie ein kleiner Finger aussah. Er war irgendwie zwischendrin, nicht so lang, wie es sich eigentlich gehört, dafür aber von einer bedrückenden Dicke. Ich schauderte innerlich bei dem Gedanken, daß dieser stummelartige Schwanz durch schiere Gewalt in mir landen könnte, und wand verzweifelt mein Hinterteil hin und her, um mich zu befreien.

Mein Herr und Meister ließ sich solch jüngferliche Proteste nicht gefallen. Grunzend und ächzend erhob er sich halb, um mich gleich darauf mit seiner ganzen Körpermasse niederzudrücken. Ich konnte so nicht liegenbleiben, hilf- und bewegungslos wie ein zerquetschtes Insekt, während er über meinem wehrlosen Körper prustete und schnaubte. Ich spürte, wie seine Männlichkeit zwischen meinen Schenkeln herumstocherte und den Zugang zu dem suchte, was uns die Natur zur Bewahrung der Jungfräulichkeit mitgegeben hat. Ich spannte meine Muskeln so gut ich konnte an, in dem Bemühen, den fatalen Augenblick hinauszuzögern.

In Wahrheit war es gerade meine Unerfahrenheit, die mich rettete. Denn ich war immer noch beklagenswert unwissend, was die himmelweiten Unterschiede bei den Männern betraf, wenn sie ihr Vergnügen mit Frauen suchten. Ich mußte erst noch lernen, daß manchmal die Begierde stark, das Fleisch aber erbärmlich schwach sein konnte. Und ganz besonders oft geschieht das mit Herren, die nicht mehr ganz jung sind. Was sie sich im Geiste am meisten ersehnen, können sie mit ihrem Körper nicht immer zur Ausführung bringen. Dies war auch der Fall bei diesem monströsen Wesen, Lord R., dem ersten, der sich die Erlaubnis erkauft hatte, die Pforte zu meiner so sorgfältig und eifersüchtig gehüteten Jungfernschaft zu passieren. Denn während ich mich noch vor der Penetration durch diesen stummelartigen Schwanz ängstigte, der mich innerlich zerreißen würde, gab er plötzlich ein donnerartiges Stöhnen von sich. Ein Schauder schüttelte seinen Körper, so daß jedes Pfund seines Fleisches wie ein riesiger Pudding über mir wackelte. Einen schreckhaften Augenblick lang fürchtete ich, er hätte einen tödlichen Schlag erlitten ob der mühsamen Anstrengungen, die schlecht zu einem Mann seiner Fülle und Jahre paßten, und dachte, er wäre aus diesem Leben in ein anderes geschieden. Doch dem war nicht so. Als er seine Leibesfülle von mir zu lösen begann, wurde ich mir sogleich der klebrigen Ausscheidungen bewußt, die seine Lüsternheit auf meinen zarten Schenkeln hinterlassen hatte. Ich blickte auf seine aufgeknöpfte Hose und sah, daß das, wovor ich mich in seinem starren Zustand gefürchtet hatte, jetzt nichts weiter als ein pendelnder Zipfel herabhängenden Fleisches war. Eine Portion ungeahnter Listigkeit, die ich wohl Euch, Madame, zu verdanken habe, ließ mich geschwind meine Petticoats herunterschlagen, so daß er nicht merken würde, wo er das Produkt seiner Lust abgeladen hatte.

»Diese alte Vettel hat mir keine Lüge aufgetischt, als sie darauf beharrte, daß du unberührt seiest«, brummelte er und stopfte sein welkes Glied in seine Hose. »Bin ich gut in dich reingekommen, Mädchen?«

»Nur allzu gut«, log ich, ohne im geringsten rot zu werden. »Es hat furchtbar weh getan.«

»So sollte es auch sein. Doch beim nächsten Mal wirst du weniger Schmerzen leiden.«

»Oh, bitte, Sir«, rief ich aus. »Ihr wollt doch nicht noch einmal auf mich los? Das könnte ich nicht aushalten!«

»Ich auch nicht.« Er gab ein heiseres, schnaufendes Gegacker von sich, das sich anhörte wie das Rumpeln hölzerner Räder über Kopfsteinpflaster. »Obwohl es mal eine Zeit gab, da hätte ich dich die ganze Nacht beschäftigen können, bis du um Gnade gewinselt hättest.«

»Ich bitte jetzt um Gnade, Sir«, entgegnete ich. »Ich fürchte, Ihr seid ein zu großer Gentleman für ein so winziges Würmchen wie mich.«

Er grunzte und schnaufte noch etwas mehr, aber es war

ihm deutlich anzusehen, daß er zufrieden war. Das ist eine der seltsamen Anwandlungen dieser Gentlemen, die ich seither so gut kennengelernt habe; eine Dirne kann einen Gentleman für sein Auftreten oder seinen Geist oder sein Benehmen loben, und ihre Worte werden mit Vorbehalt aufgenommen, aber man lasse sie in eitlen Worten von der kunstvollen Art und Weise salbadern, in der ein Gentleman seine Liebeslanze handhabt, oder von deren Größe, wie winzig die Natur sie auch angelegt haben mochte, und er schwillt vor Stolz an wie eine Kropftaube. Es ist eine höchst seltsame Tatsache, daß selbst Gentlemen, die auf anderen Gebieten berühmt für ihren Verstand und ihre Weisheit sind, diese seltsame Schwäche aufweisen. Das ist gut für die Angehörigen unseres Berufs, denn wo sonst würde man für falsches Lob so hübsch belohnt werden?

Für den Augenblick zufriedengestellt, knöpfte mein Herr und Meister seine Hose und Weste fertig zu, die allerdings unter dem Druck seiner schweren Atemzüge jeden Moment wieder aufzuplatzen drohten. Ich nutzte die Gelegenheit, um mich aufzusetzen und meine eigenen verrutschten Kleider in Ordnung zu bringen. Ich war mir der Klebrigkeit zwischen meinen Schenkeln unangenehm bewußt, doch im Augenblick konnte ich nichts tun, um mich davon zu befreien, ohne den Verdacht des dafür verantwortlichen Feistlings zu erwecken. Zögernd sagte ich: »Sollte ich nicht Madame Berkley davon unterrichten, was stattgefunden hat? Vielleicht hättet Ihr ja gern eine Erfrischung nach Eurem strapaziösen Tagwerk.«

Er murmelte etwas, das ich für Zustimmung hielt. Es war offensichtlich, daß seine Anstrengungen auf dem Schlachtfeld der Liebe, so kurz sie auch gewesen sein mochten, viel zuviel gewesen waren für jemanden, der jahrelang in kulinarischer Maßlosigkeit geschwelgt hatte. Sein massiver Kopf begann über seinen schlaffen Kinnfalten herabzusinken; sein Atemgeräusch wurde schwerer, bis es von kleinen, raspelnden Schnarchern durchbrochen wurde. Ich stand vorsichtshalber einige Minuten da und beobachtete ihn, bevor ich aus dem Raum schlüpfte und Madame Berkley aufsuchte.

Etwas zögernd legte ich ihr dar, was stattgefunden hatte, denn ich fürchtete, daß sie mir vorwerfen könnte, ich hätte meine Pflichten insofern vernachlässigt, als der Gentleman, der meine Jungfräulichkeit gekauft hatte, in Wahrheit nicht in den Besitz dessen gelangt war, wofür er bezahlt hatte. Doch sie schien keineswegs überrascht. Alles, was sie interessierte, war, ob Lord R. sich dessen bewußt war, was sich in Wirklichkeit ereignet hatte, oder nicht. »War er der Meinung, daß er Eingang gefunden hat?« fragte sie.

»Das war er in der Tat«, versicherte ich ihr. »Er machte sich sogar ein klein wenig Sorgen hinsichtlich des Grades an Schmerzen, die er mir zugefügt haben könnte.«

Madame Berkley nickte erfreut. »Das hast du gut gemacht, meine Liebe. Du wirst im Laufe der Zeit noch lernen, daß es bei Herren, die ein gewisses Lebensalter überschritten haben, nicht so sehr darauf ankommt, was tatsächlich geschieht, sondern was sie denken, das geschehen ist.«

Dann erfuhr ich, daß der Gentleman volle fünfundzwanzig Pfund dafür bezahlt hatte, der erste zu sein, der sich über meine Jungfräulichkeit hermachte; oder, wie ich den achtenswerten Dr. Johnson einst sagen hörte, den Schleier, der meine Unschuld hütete, zerriß. In einer Geste der Großzügigkeit, die bei ihr durchaus nicht alltäglich war, erklärte mir Madame Berkley, daß die Hälfte der Summe mir gehören sollte. Sie würde dazu benutzt werden, fügte sie hinzu, diejenigen Kleider und Accessoires zu kaufen, die jemandem meines Berufes, in den ich jetzt voll eingestiegen sei, angemessen seien.

»Aber wie könnt Ihr behaupten, ich sei eine Hure, wenn

ich immer noch meine Jungfernschaft besitze?« fragte ich in gelinder Verwunderung.

»Weil du dich bereits verkauft hast«, informierte mich Madame Berkley. »Dabei ist die Tatsache, daß dein Käufer nicht imstande war, vollen Gebrauch von dem zu machen, was er erstand, unerheblich.«

So war ich also jetzt, wenn auch immer noch jungfräulich, in den Berufsstand aufgenommen, den das Schicksal für mich vorgesehen hatte. Oder, um genauer zu sein, ich stand an der Schwelle dieses Berufs und wartete immer noch darauf, voll darin einzutauchen. Und ich wartete mehr als nur ein bißchen ungeduldig, um die Wahrheit zu sagen, denn es ist eine höchst irritierende Erfahrung, nur so zu tun als ob, ohne selbst in den Genuß des Vergnügens zu kommen, das nun einmal Teil des Hurendaseins ist.

Doch genau dies sollte noch einige Zeit mein Schicksal sein. Wie Jenny mich bereits vorgewarnt hatte, war Madame Berkley außerordentlich gerissen in der Kunst, mit der Ware, die sie zu offerieren hatte, ein gutes Geschäft zu machen. In der Tat gelang es ihr, das gleiche Spezialangebot mehrmals zu verscherbeln, ohne daß sich die jeweiligen Käufer dessen bewußt waren.

So geschah es auch mit meiner geschätzten Jungfräulichkeit. Dreimal in den folgenden zwei Wochen brachte sie sie sozusagen zur Versteigerung, und dreimal verausgabten sich die tattrigen Gentlemen, die für den Vergnügungstrip teuer bezahlt hatten, lange bevor das Ende der Reise erreicht war. Meine Hinterbacken wurden von den Begegnungen stark mitgenommen, aber mein kostbares Schatzkästlein blieb ungeöffnet.

Wie es sich für meine neuen Stellung im Leben geziemte, war ich nun von der kleinen Bodenkammer, die ich vorher mit Jenny geteilt hatte, in ein eigenes Zimmer auf einem der unteren Flure verlegt worden. Ich wurde zwar noch nicht als würdig erachtet, über meinen eigenen jungen Mohrenburschen zu verfügen, doch Madame Berkley versicherte mir, daß ich zur Belohnung einen bekommen würde, wenn ich das entsprechende Niveau in meinem Beruf erreicht hätte, das heißt, wenn ich genügend gefragt war, um die bereits überquellenden Schatztruhen sich weiter füllen zu lassen, in denen Madame Berkely bei allem, was man so hörte, ein beträchtliches Vermögen für ihre alten Tage anhäufte.

Insgeheim war ich zuhöchst erpicht darauf, daß dieser Moment käme. Ich wußte sehr gut, was ich tun würde, wenn ich einen kleinen schwarzen Diener für mich selbst hätte. Mehrere Male seit damals vor einigen Jahren, als Madame Berkley mich zum ersten Mal dabei erwischt und streng bestraft hatte, hatte ich einige gestohlene Augenblikke unschuldigen Spiels mit einem der kleinen schwarzen Burschen zustande gebracht. Der dunkle seidige Glanz ihrer Haut schmeichelte meiner Berührung, und ich empfand ein erregendes Vergnügen dabei, ihn zu necken, seine enge weiße Hose zu öffnen und mit meinen Fingern seine Geschlechtsteile zu erforschen, bis plötzlich eine ebenholzfarbene Lanze heraussprang und strammstand. Ich hatte mir viele private, angenehme Gedanken darüber gemacht, was ich mit solch einem entzückenden und spaßversprechenden Spielzeug anfangen würde, wenn ich meinen vollen Status als Hure erlangt hatte.

Ich weiß nicht, verehrte Madame, wie es bei Euch war, als Ihr erstmals Euren jüngferlichen Schatz der Lanze eines Gentleman opfertet. Ob Ihr mit Gewalt genommen wurdet oder euch willentlich hingabt, ist mir natürlich unbekannt, allerdings hoffe ich, daß Ihr es mir nicht übelnehmt und mich nicht als dreist erachtet, wenn ich vermute, daß letzteres der Fall war. Genausowenig weiß ich, in welchem Alter Eure Jungfräulichkeit bestürmt und erfolgreich besiegt wurde und ob Ihr diesen Augenblick mit Ungeduld erwartet habt oder nicht. Ich habe meine eigenen Gedanken zu diesem Thema, doch steht es mir nicht zu, sie zum Ausdruck zu bringen.

Ich kann nur von mir selbst berichten, daß meine Geduld auf eine harte Probe gestellt wurde, während ich auf das so oft versprochene Ereignis wartete, und daß die Natur – oder besser gesagt, die Natur der Gentlemen, die Madame Berkley für das Privileg bezahlten – sich nicht Bahn brechen wollte.

Ich war in der Tat höchst erpicht darauf, in vollständiger Weise das zu erleben, wovon ich bisher nur gehört und was ich gesehen hatte. Denn mehr als einmal hatte ich es gewagt, einen Raum zu betreten, in dem der Liebessport in vollem Gange war. Unbeobachtet hatte ich dann dagestanden und zugesehen, wie ein junger Galan, der besser ausgestattet und fähig war als die abgetakelten Gentlemen, die mir bisher das Leben vermiest hatten, sein erigiertes Gerät mit geübter Kunstfertigkeit zwischen die geöffneten Schenkel von Molly oder Polly oder einer der anderen Huren des Etablissements zwangen. Ich hatte beobachtet, wie nackte Leiber wogten und sich streckten, und dem Stöhnen und den Schreien der Wonne gelauscht, die solch anstrengende Betätigung hervorzurufen scheint.

Mir war sehr wohl klar, daß Madame Berkley den Moment, da ich eine der regulären Huren des Hauses werden würde, so lange wie möglich hinauszuzögern suchte. Meine weiterhin intakte Jungfräulichkeit machte mich zu einer besonderen – und viel höherpreisigen – Attraktion. Und, wie sie nicht müde wurde zu betonen, es waren die Herren im fortgeschrittenen Alter, die über das notwendige Kleingeld verfügten, um am teuersten für das Privileg zu zahlen, dieses Schatzkästlein zu öffnen.

Ich erwähne dies alles nur, um mein eigenes, höchst unprofessionelles Verhalten bei dem, was in Kürze stattfinden sollte, zu erklären. Immerhin – und ich bin sicher, Madame, daß Ihr mir nach allem, was mir hinsichtlich Eurer eigenen Eskapaden zu Ohren gekommen ist, zustimmen werdet – hat auch eine Hure, deren Pflichten eigentlich anderen gelten, das Recht, zuweilen ihrem eigenen Vergnügen zu frönen.

Es ergab sich zufällig, daß eine der erfahreneren Huren in dem Etablissement mit Namen Louisa ihr Zimmer neben demjenigen hatte, das mir erst kürzlich zugewiesen worden war. Ein weiterer Zufall wollte es, daß jemand ein kleines Guckloch in die Wand gebohrt hatte, welche die beiden Räume trennte, zu welchem Zweck, das wußte ich damals nicht. Doch nachdem ich es einmal entdeckt hatte, könnt Ihr sicher sein, daß ich auch regen Gebrauch davon machte.

Eines Tages befand ich mich am späten Nachmittag in meinem Zimmer und war mit der Reparatur eines Spitzenmieders beschäftigt, das in der vorangegangenen Nacht bei einem ungestümen, aber nichtsdestoweniger erfolglosen Angriff auf meine Jungfernschaft zerrissen worden war, als ich Geräusche unmißverständlicher Natur aus dem angrenzenden Zimmer kommen hörte. Ich legte meine Näharbeit ab, stand auf und spähte durch das Guckloch.

Dort, auf einer Couch, die gut in mein verstohlenes Blickfeld passte, lag ausgestreckt Louisa, splitternackt wie an dem Tag, als sie erstmals in dieser unserer Welt erschienen war. Selbst mein natürlicher Neid zwingt mich, zuzugeben, daß sie eines der attraktivsten Mädchen im Hause war. Sie hat ihren zwanzigsten Geburtstag noch vor sich, und ihre blonde Schönheit war noch nicht von den Verwüstungen der weltlichen Erfahrung gekennzeichnet. Ihre Züge waren scharf geschnitten und regelmäßig, ihr Körper entzückend proportioniert. Ihre Brüste waren voll und reif und fest, gekrönt von rosigen Spitzen. Die sanfte Kurve ihres Bauches führte den Blick hinunter zum Treffpunkt der weißen Schenkel, markiert durch das goldene, pelzige Dreieck, mit dem die Natur unseren kostbarsten Schatz bewacht.

Doch waren es nicht Louisas nackte Reize, die meine Augen fesselten, denn die hatte ich schon oft zuvor gesehen, sondern der bezaubernde Anblick ihres Begleiters. Neben der Couch, auf Louisas Körper herabblickend, stand wahrlich der schönste junge Galan, an dem sich je meine Augen gelabt hatten. Er war hoch gewachsen und gut gebaut, mit stämmigen Schultern und einem breiten Brustkorb. Seine Züge waren fein gemeißelt, wie die eines griechischen Gottes, und seine Haut war wie von goldener Bronze, wahrhaft eine Gabe Apolls.

Er trug nichts als sein Hemd, als mein Blick auf ihn fiel, aber fast im gleichen Augenblick zog er es auch schon aus. Ich konnte gerade noch einen Laut der Überraschung über das, was ich dann sah, unterdrücken. Wie auf ein Zeichen sprang der Liebesapparat auf, er schien aus einem Dickicht lockigen Haars herauszuwachsen, das von der Wurzel dieses köstlichen Apparats ausging und sich über seine muskulösen Schenkel und seinen Bauch breitete. Er war von eindrucksvoller Größe und furchterregend anzuschauen, und ich konnte mich nur wundern, wie Louisa es jemals fertigbringen würde, ihn gänzlich in sich aufzunehmen, ohne die schlimmsten Schmerzen zu erleiden. Doch dieser schreckliche Gedanke schien sie nicht zu belasten; im Gegenteil, sie erschien fast ungeduldig, seine unwiderstehliche Kraft zu fühlen.

Ihre Beine spreizten sich weit, in der Tat so weit, daß ich ihre Ritze erkennen konnte, rot in der Mitte, deren Lippen nach innen hin die Farbe von Zinnober annahmen, das Merkmal ihres Geschlechts.

Und nun brachte sich der junge Gentleman zwischen Louisas weit ausgebreiteten Schenkeln in Stellung, und indem er diesen grimmigen erigierten Apparat in die Hand nahm, führte er ihn an sein Ziel. Louisa kam ihm zu Hilfe, indem sie mit ihren Fingern die Lippen ihres Schatzkästchens auseinanderzog. Dann folgte der erste Stoß, der nur halb hineinging, und ich hielt erneut den Atem an und erschauderte vor Entzücken bei dem Gedanken, an die Kraft und die Gefühle, die er hervorrufen mußte. Doch Louisa schien es nichts auszumachen. Vielmehr schien sie mit Aufwärtsbewegungen ihrer Hüften nachzuhelfen, so daß bei seinem nächsten Stoß die enorme Lanze komplett hineinfuhr und ganz und gar in ihr verschwand, und ich konnte mich nur wundern, wo sie abgeblieben war.

Und dann begann eine Leibesübung, wie ich sie bis dato noch nie erlebt hatte; bei jedem mächtigen Stoß nach unten und innen hob sich Louisa an, zuerst langsam und sanft und dann in einem regelmäßigeren Rhythmus, um sich dem des Gentleman, über ihr anzupassen. Die beiden schienen dem Takt einer unhörbaren Melodie zu folgen, einer Melodie mit einem zunehmend wilderen und fordernderen Rhythmus. Louisa hob ihre Beine und legte sie um die Hüfte des auf ihr lastenden strammen Burschen, so als versuchte sie, jeden Zoll von ihm in sich hineinzuziehen. Sie begann laut aufzuschreien, mit abgebrochenen Worten und Sätzen. »Oh, oh … Gib mir mehr, mein Liebling, gib mir mehr … Ich halt's nicht aus, ich halt's nicht aus … gleich werd ich … gleich werd ich …« Diese und ähnliche Sätze schienen ihr zwanghaft mit jedem Atemzug über die Lippen zu kommen.

Dann vollführte der junge Gott, der auf ihr ritt, noch zwei, drei mächtige Stöße, so als wollte er ihren Körper regelrecht durchbohren, und dann erschauderten sie beide und lagen bebend da in der Ekstase erschöpfter Leidenschaft.

Sie verfielen in einen trägen Zustand der Ruhe, und ich

riß mich von dem Guckloch los. Obwohl lediglich mit einem leichten Kambrik-Hemd bekleidet, war mir, als stehe mein Körper in Flammen. Meine Haut fühlte sich heiß an, und ich spürte, wie mein Blut wie flüssiges Feuer durch meine Adern brauste. Ich fühlte, wie meine kleine Schatztruhe, die sich unversehrt in das seidige Dickicht zwischen meinen Schenkeln schmiegte, vor Begierde bebte und sich danach sehnte, geöffnet und erforscht zu werden.

Ich setzte mich auf meine eigene Couch, die Beine eng aneinandergelegt, und versuchte die Kontrolle über meine stürmischen Gefühle wiederzufinden. Ich war arg versucht, mich selbst zu streicheln, wie ich es zuvor schon manchmal getan hatte, und so eine gewisse Erleichterung zu finden, doch der Gedanke an die Einsamkeit dieses Tuns deprimierte mich. Ich merkte, daß es mir schwerfiel, still sitzen zu bleiben, stand wieder auf und tigerte nervös in der Enge meines Zimmers umher. Die Versuchung war stark, nochmals durch das Guckloch zu schauen und zu sehen, was sich nunmehr in der Stille des Raums nebenan abspielte. Ich wußte aber nur zu gut, daß allein der Anblick der beiden nackten, liebevoll ineinander verschlungenen Leiber meine eigenen Leidenschaften nur noch mehr entflammen und die brennende Unruhe, die mich erfüllte, vergrößern würde.

Ich weiß nicht, wie lange ich so in meinem kleinen Zimmer einherschritt, ein Raub turbulenter Gefühle, die sich nicht bändigen ließen, bis ich mich auf meine liebe Freundin Jenny besann, mit der ich so lange ein Bett geteilt hatte. Jenny war wohl versiert in der raffinierten Kunst, Ekstase zum Gipfel der Erfüllung zu führen, selbst wenn eine solche Erfüllung immer noch etwas zu wünschen übrigließ. Dennoch war das besser als eine einsame Sitzung mit sich selbst. Ich konnte nur hoffen, daß Jenny nicht mit irgendwelchen Gentlemen in den Gemeinschaftsräumen im Erdgeschoß beschäftigt war und ich sie in der Dachkammer finden würde, die wir einst geteilt hatten.

Dies im Kopf, durchquerte ich mein Zimmer und öffnete die Tür zum Korridor. Im gleichen Augenblick öffnete sich die Tür von Louisas Zimmer, und der junge Galan, den ich so bewundert und dessen Vorstellung mein tiefstes Inneres so aufgewühlt hatte, trat auf den Gang hinaus. Er wandte sich um und erblickte mich, die ich dort in meiner Tür stand, mit nichts als meinem Hemd angetan, durch das gewiß jede Kontur meines Körpers deutlich zu erkennen war. Seine Augen weiteten sich bei dem Anblick. Dann kam er, nach einem raschen Blick über die Schulter, um sicherzugehen, daß die Tür zu Louisas Zimmer auch richtig geschlossen war, auf mich zu.

»Was für ein bezaubernder Anblick, meine Kleine«, sagte er überrascht. »Wo kommst du denn plötzlich her?«

»Von nirgendwo«, stammelte ich, »Das heißt, ich habe mein ganzes Leben hier verbracht.«

»Unmöglich!« meinte er. »Wie kommt es dann, daß ich dich noch nie bei den anderen Mädchen unten gesehen habe?«

»Weil Madame Berkley mich in Reserve gehalten hat für –« Ich wollte sagen, daß Madame Berkley mich in Reserve gehalten hatte, um dem höchsten Bieter meine Jungfräulichkeit zu verkaufen, doch eine teuflische Eingabe gebot mir rechtzeitig Einhalt. Statt dessen beendete ich meine Rede mit: »In Reserve für besondere Gelegenheiten.«

»Darauf will ich wetten«, brummte er vor sich hin, den Blick noch immer auf meine fast entblößten Reize geheftet. »Gelegenheit soll wohl heißen, eine gutgefüllte Börse, wie ich Madame Berkley kenne.«

Als ich mich langsam, aber nicht zu langsam, in mein Zimmer zurückzog, folgte mir der junge Mann. Ich wußte sehr wohl, daß ich ihn umgehend hätte fortschicken sollen; daß Madame Berkley äußerst ungehalten sein würde, wenn sie wüßte, was hier geschah. Oder, um genauer zu sein, was gleich geschehen würde. Denn um ganz ehrlich zu sein, muß ich sagen, daß ich, ohne es im Geiste genau so in Worte zu kleiden, mir völlig im klaren darüber war, daß er mehr mit mir tun würde, als lediglich in höflicher Distanz seine Zeit bei mir zu verbringen.

Was ich jedoch sagte, war: »Ihr solltet am besten die Tür hinter Euch schließen. Es wäre für uns beide verhängnisvoll, wenn bekannt würde, daß Ihr hier seid.«

»Hältst du es denn für verhängnisvoll?« fragte er und trat noch dichter an mich heran. Als Antwort schüttelte ich nur den Kopf, denn ich wollte nicht für vorlaut gehalten werden, indem ich meinen innersten Gedanken laut Ausdruck verlieh. Ich hatte mich rückwärts durch die Enge meines Zimmers zurückgezogen. Jetzt stießen meine Beine plötzlich hart gegen den Rand der Couch, und ich fiel rücklings darauf. Das kam so unerwartet, daß, als ich auf dem Rücken landete, meine Beine nach oben flogen, desgleichen mein Kambrik-Hemd, so daß ich seinem anerkennenden und suchenden Blick voll ausgesetzt war.

»Oh!« keuchte ich und versuchte mit schneller Hand die Verletzung meines Anstands zu reparieren. »Was werdet Ihr jetzt von mir denken?«

Er stand nur da und lachte mit seinen dunklen, klaren, dichtbewimperten Augen fröhlich auf mich herab. »Was immer du willst, daß ich denke, meine Liebe«, versprach er. »Gib mir nur einen Augenblick Zeit, mich in deinem natürlichen Zustand zu dir zu gesellen.«

Während er noch sprach, waren seine Hände bereits mit dem Aufknöpfen seiner Hose beschäftigt. In weniger Zeit, als es bedarf, dies niederzuschreiben, hatte er sie ausgezogen. Er zögerte einen Moment, noch mit seinem Hemd angetan, dann entledigte er sich auch dieses Kleidungsstücks.

Ich hatte befürchtet, daß die vorangegangene Ausschweifung mit Louisa, deren heimlicher Zeuge ich geworden war, seine Männlichkeit etwas beeinträchtigt haben könnte, was ja ganz natürlich gewesen wäre, doch glücklicherweise entbehrte diese Befürchtung jeglicher Grundlage. Sein Liebesapparat, der stramm hervorstand, erschien sogar noch großartiger und ehrfurchtgebietender, als ich ihn noch vor kurzem durch das Guckloch wahrgenommen hatte. Zögernd, fast ohne es selbst zu wollen, streckte ich meine Hand aus, um ihn zu berühren, zog aber meine Finger schnell wieder weg.

Mein Tun schien ihm zu gefallen und Spaß zu bereiten. Er beugte sich über mich, und mit einer schnellen Bewegung schnappte er nach meinem Hemd und zog es flugs nach oben über meinen Kopf, so daß ich jetzt splitternackt vor seinen Augen auf der Couch lag. »Ah«, brummte er. »Und was für ein schöner Leckerbissen du bist. Verführerisch genug, um einen Mönch aus dem Kloster oder sogar eine Leiche aus dem Grab zu locken.«

Mit den Fingern begann er meine Brustspitzen geschickt zu liebkosen, und als sie sich gerade aufgerichtet hatten, beugte er seinen Kopf herab und neckte sie mit den Lippen und der Zunge. Kleine Schauer, gleichzeitig kalt wie Eis und glühend heiß wie Feuer, durchrieselten meinen Körper, und ich krallte meine Finger fest in sein Haar und zog so seinen Kopf ganz nah an mich. »O Gott!« schluchzte ich. »Ach du lieber Gott … du weißt nicht, was du mir antust …«

Als Antwort verlagerte er seinen Körper, so daß er zwischen meinen geöffneten Schenkeln zu liegen kam. In einer Hand hielt er seine Lanze, die er mit geübter Kunstfertigkeit an die pelzumrandete Spalte führte, die sein Ziel war. Er fand die richtige Stelle – und sondierte – und sondierte, stieß zu – und hielt inne.

»Oh Sir!« rief ich aus, teils wegen geringfügiger Schmerzen, teils erwartungsvoll gespannt. »Ich fürchte, ich habe es versäumt, Euch zu sagen, daß ich noch Jungfrau bin!«

»In der Tat, das bist du!« entgegnete er. »Und weiß Gott, ich sollte nicht hier sein!«

Doch er machte keine Anstalten, mich zu verlassen. Das Wissen um meine Jungfräulichkeit schien seine Begierde nur noch zu steigern. Wieder sondierte er meine jungfräuliche Blume, die noch ungepflückt war, wieder stieß er kräftiger mit seiner Lanze zu. Diesmal war der Schmerz stärker, fast ließ er mich protestierend aufheulen, doch immer noch keine Penetration. Er fluchte leise, es waren deftige Flüche der Frustration, und gleichzeitig kochte mein Inneres in einer Agonie der Begierde. Dann kam ihm eine Idee, die zweifellos auf früheren Erfahrungen beruhte. Er langte nach dem Kissen am Kopf der Couch, hob mich hoch und legte es unter meine Hüften. Es war Instinkt, nicht Erfahrung, die meine Bewegungen lenkte, mit denen ich seinem Ansturm entgegenkam. Ich spreizte meine Schenkel so weit wie möglich und nahm meine Hände zu Hilfe, um die Lippen meiner wartenden Ritze zu teilen. Wieder spürte ich, wie der brennende Kopf seines Liebesspeers klopfend Einlaß begehrte. Ein kleines Stück, und noch ein kleines Stück, und dann schlug seine vorsichtig pikende Geduld in heiße Begierde um. Mit einem mächtigen finalen Stoß brach er hindurch.

Ich konnte kaum den Schrei unterdrücken, der sich mir zu entringen drohte. Nur die Furcht, daß ein solcher Schrei gehört werden könnte und andere Leute in mein Zimmer gerannt kämen, gebot meiner Stimme, sich im Zaum zu halten, und zwang mich, mir auf die Unterlippe zu beißen, bis auch sie blutete.

Walter

Mein geheimes Leben

In Aldershot. – Die Briefmarke. – Die Mätresse des Majors. – Das Eisenbahnabteil. – Fleischliche Andeutungen. – Fleischliche Praxis. – Ein hübscher Fuß. – An den Strumpfbändern. – Kopf bei Schwanz. – Ein verführerischer Priapus. – Auf dem Boden. – Auf der Sitzbank. – Nach dem Dinner. – Das Werkzeug des Majors. – Die Vagina der Lady. – Ein schreiender Cunnilingus. – Abschied. – Madeline, die Putzmacherin. – Meine Karriere in der Liebe. – Das Sex-Gesetz. – Der Kristallpalast. – Nach dem Dinner. – Eine Brosche und Strumpfbänder. – Ein empfänglicher Schenkel. – Überfließende Hoden.

Im Monat ... war ich in Aldershot* gewesen, und hatte dort einen Freund besucht. Er brachte mich zum Bahnhof und ließ mich dort, der Zug nach London war noch nicht angekommen. – Als er dann einfuhr und ich gerade einsteigen wollte, kam eine hochgewachsene, dunkeläugige, hübsche und elegant gekleidete junge Frau herbeigeeilt und fragte den Schaffner nach einer Briefmarke. Er sagte, er könne keine besorgen, er habe keine Zeit, zum Stationsvorsteher zu laufen. Der Zug habe bereits eine Viertelstunde Verspätung. »Oh, bitte, es ist äußerst wichtig«, entgegnete sie. – »Ich werde ihn ohne Briefmarke in den Kasten werfen, Ma'am.« – »O nein.« – Da zückte ich meine Brieftasche und nahm

* Etwa 60 km südöstlich der Londoner City.

eine Briefmarke heraus. »Hier ist eine, geben Sie mir den Brief.« Sie reichte ihn mir, und ich klebte die Marke darauf. »Bitte, Schaffner, warten Sie eine Sekunde.« Ich lief zum Stationsvorsteher, der gerade auf der Bildfläche erschien, gab ihm den Brief, kehrte zurück, sah die Dame besorgt aus dem Fenster eines Erste-Klasse-Abteils blicken, sprang zu ihr hinein, dem Schaffner zuzwinkernd, der die Tür hinter mir schloß, und noch bevor ich mich gesetzt hatte, fuhr der Zug schon los. Es war ein Express zur Waterloo Station.

Die Lady sagte, sie sei mir zutiefst verpflichtet, und erklärte mir, wie zur Entschuldigung, warum es so wichtig sei, daß der Brief noch mit der Nachtpost abginge. Natürlich kamen wir ins Gespräch, und Vertrauen erweckt Vertrauen. – Sie war mit Major … vom …-Regiment verabredet gewesen und hatte bei der Ankunft festgestellt, daß er abgereist war. Ein Telegramm hatte ihn zu seiner Mutter gerufen, die gefährlich erkrankt war. – »Hier ist sein Brief«, sagte sie, und ich las ihn. Er war sehr liebevoll abgefaßt und mit »John« unterzeichnet.

Dann fand ich heraus, obwohl sie das nicht mit diesen Worten zugab, daß der Major sie aushielt – ich bin ein zu alter Fuchs, um alles zu glauben, was eine Frau mir erzählt, doch ihre Geschichte erschien plausibel. Nicht daß sie freiwillig viel preisgab, aber im Laufe des Gesprächs kam alles heraus; und ich ließ sie im Gegenzug einiges über mich wissen, darunter auch den Grund für meinen Besuch in der Kaserne.

Nach und nach erfuhr ich, daß sie den Major seit zwei Wochen nicht gesehen hatte. Sein Regiment war jüngst von … nach Aldershot verlegt worden, und während der Vorbereitungen wäre es für sie nutzlos gewesen, ihn zu besuchen. Er zog es vor, daß alles ruhig war, wenn sie zu ihm kam, und er wollte auch nicht, daß seine Offizierskameraden zu viel über sie erfuhren. Er wußte auch nicht, wo er eine Nacht Quartier machen sollte, und so war es ihm unmöglich gewesen, zu ihr in die Stadt zu kommen. – Das alles war, soviel wußte ich, ganz im Rahmen des Üblichen, wenn ein Regiment verlegt wurde. Gleichzeitig machte es mir jedoch auch klar, daß dieses hübsche junge Ding, das nicht älter als dreiundzwanzig aussah, vierzehn Tage lang ohne einen Schwanz ausgekommen sein musste – es sei denn, sie hatte einen gehabt, der nicht dem Major gehörte. Ich vermutete daher, daß sie dieses Instruments dringend bedurfte, wenn sie es sich nicht selbst kräftig besorgt oder sich von ihrer Zofe hatte lecken lassen, falls sie über einen treuen Fan für solche Vergnügungen verfügte. – Doch ich hielt mich nicht lange mit Einzelheiten dieser Art auf. – Vierzehn Tage ohne Liebhaber, mehr brauchte es nicht, um mich wissen zu lassen, daß ihr ein Fick gerade recht käme. Zu diesem Ergebnis gelangte ich bereits, bevor ich auch nur zehn Minuten in dem Abteil mit ihr verbracht hatte.

Das sinnliche Feuer, das immer in meinen Eiern zu schwelen scheint, begann aufzuflackern. Ich hatte ihr gegenübergesessen und sie angesehen; jetzt wechselte ich an ihre Seite, indem ich sagte, daß der Wind mich störe, der mir ins Gesicht blase. Als ich mich auf die Armstütze lehnte, die sich zwischen den Sitzen befand, waren unsere Gesichter näher zusammen, und unser beider Atem vermischte sich. Sie hatte sich mir zugewandt, ebenso wie ich mich ihr. Doch in ihren Augen war keine Begierde zu erkennen. – Es war ein Paar dunkler Augen, glänzend, aber mit ruhigem Blick. – Ich stellte fest, daß sie dünn war, nur leichte Anzeichen einer Brust aufwies und auch hintenherum nicht viel zu bieten hatte. – Das waren jene zwei exquisiten Körperteile einer Frau, die, wie ich finde, voll und rund aussehen und sich fest und glatt anfühlen sollten. Ihre Figur schien somit nicht meinem Geschmack zu entsprechen, doch sie hatte ein liebliches Gesicht. Sodann bemerkte ich, daß ihre

Füße dünn und schmal, aber nicht sehr klein aussahen und in eleganten Schuhen steckten, und daß sie kleine Hände hatte. Alles in allem schien sie eine süße, angenehme Variante ihres Geschlechts zu sein, und als ich Körperteil für Körperteil über sie nachdachte, schwoll mein Schwanz leicht an.

»Ihr vermißt den Major – Ihr erwartetet einen Gatten und müßt nun Witwe bleiben«, sagte ich, mich vorsichtig herantastend. – »Natürlich wollte ich ihn sehen.« – »Natürlich, und um so schwerer die Enttäuschung, da Ihr bei ihm zu übernachten gedachtet.« – »Ja, und meine Sachen mitgebracht hatte, aber nur für zwei Tage«, und sie deutete auf eine kleine Reisetasche, die in das Netz über uns gelegt worden war. »Es war nur zum Wechseln, denn er wollte anschließend mit mir nach London kommen.« – »Wohin da?« fragte ich. – Lächelnd entgegnete sie: »In unser Haus.« – »Laßt mich mit zu Euch nach Hause kommen, er wird nicht da sein.« – »Oh, das kommt nicht in Frage, was für ein Ansinnen!« – Doch ich sah ein lüsternes Lächeln in ihrem Gesicht. »Dann machen wir das hier zum Haus«, mir wurde wärmer und wärmer. – »Was für ein Haus denn?« sagte sie und wandte den Blick ab. Ich sah, daß sie mich verstand. – »Ein Eisenbahnwagen hat nicht gerade viel Ähnlichkeit mit einem Haus.« – »Oder mit einem Bett, aber ich habe früher schon einen als beides benutzt.« Sie lachte herzhaft. (Damals gab es bei der Eisenbahn in England weder Schlafwagen noch sonst irgendwelche Einrichtungen für nächtliche Reisen.)

Sie lenkte die Unterhaltung auf das Theater, doch brachte ich es bald auf amouröse Gleise zurück. Ich fragte sie, was sie tat, wenn sie allein schlafen mußte, und erhielt die üblichen ausweichenden Antworten, die eine Frau zu geben weiß, wenn sie nicht will, daß man merkt, daß sie einen versteht. Doch alle meine Fragen und Anspielungen bezogen sich auf das Bett und männliche Gesellschaft, denn ich weiß, daß dieses Thema jede Möse heiß macht, die schon einmal gefickt worden ist. – Ich spielte mit ihrer Hand und knöpfte ihren Handschuh zu. – Sie ließ all dies mit sich geschehen. – Meine Lüsternheit ließ mich kühner werden: »Ihr müßt mir für meine Briefmarke einen Kuß gaben.« – »Nein, danke. Nicht für einen Penny.« – »Sie hätten mir fünfzig gegeben, um die Nachtpost nicht zu verpassen.« – »Das allerdings«, und sie lachte. – »Dann werde ich sie mir eben jetzt nehmen.« Ich legte meinen Arm um sie, zog sie an mich heran und küßte sie ein halbes Dutzend Mal; sie machte mir keine Schwierigkeiten. – »Jetzt gebt mir einen von den fünfzig Küssen.« – »Nein, danke.« – Dann lud ich sie ein, mit mir zu dinieren. Da sie zu Hause nicht erwartet wurde, würde es dort nichts zu essen geben. – Nein, sie würde sich einen Tee machen, das würde reichen.

Ich rückte so nahe an sie heran, wie die (starre) Armlehne es zuließ. – Mein Bein berührte ihres, und sie zog es nicht weg. Nachlässig legte ich meine Hand auf ihr Knie, hob ein Stückchen ihres Seidenkleides an und bewunderte es. – Eine Minute später. – »Ihr Strumpfband sitzt unter dem Knie«, sagte ich, entschlossen, herauszufinden, wie weit ich gehen konnte, denn in einer Dreiviertelstunde würden wir in London sein, und es gab keine Zeit zu verlieren. »Das stimmt nicht, es ist über dem Knie, wie ungehobelt Ihr seid.« – »Mein Gott! Ich fühle mich ungehobelt, und ich kann kaum stillsitzen«, und indem ich mich wieder ihr ge genübersetzte, pries ich ihren Fuß und Stiefel und fragte sie, wer ihr Schuhmacher sei. – »Das sage ich Ihnen nicht.« – »Na, dann laßt mich wenigstens Euren Fuß ansehen, er ist schlank und hübsch.« – Schon legte sie ihn neben mich auf die Sitzbank. – Ich befühlte ihn, kniff sie in den Knöchel, und als sie nicht zurückzuckte, ließ ich meine Hand bis hinauf zu ihrem Knie gleiten, fühlte das Strumpfband und gerade noch das Fleisch darüber, bevor sie ihren Fuß wieder herunternahm.

Sie war verärgert, ich hätte die Gelegenheit auf schmähliche Weise ausgenutzt – ich entschuldigte mich, ich hätte nicht anders gekonnt. – »Eure Schönheit hat mich in einen derartigen Zustand der Begierde versetzt, daß es regelrecht schmerzt – wie glatt Eure Haut ist – und ich habe festgestellt, daß Ihr Eure Strumpfbänder über dem Knie tragt« – und noch vieles mehr. Auf all dies gab sie keine Antwort, sondern blickte erst aus dem Fenster, dann mich an und so weiter.

Nochmals bat ich sie, mit mir zu dinieren – mir ihre Adresse zu geben. – »Nein, das kommt nicht in Frage. – Ihr hättet nichts davon, und mir könnte es schaden.«

Etwas lag in ihrem Verhalten, das mich für den Augenblick auf Distanz zu ihr hielt. – Doch bald machte ich in aller Ruhe weiter, redete von den Offizieren im Lager, die sich dort ihre Mätressen hielten, und erzählte ihr von einem, der soviel Lärm machte, wenn er mit seiner Lady zusammen war – »sie im Bett umarmte, Ihr wißt schon« – (ich stellte fest, daß sie sehr wohl wußte, was ich meinte), daß mehrere Leute außerhalb der Hütte ihn hörten und ihn dann in der Offiziersmesse damit aufzogen. – Etwas in der Art war mir erzählt worden, ich bauschte es auf, und ab und zu befühlte ich meine Eier von außerhalb der Hose und sah ihr dabei ins Gesicht, bis sie den Kopf zum Fenster wandte und über meine Bemerkungen lächelte. Ich wußte, daß sie den Zustand meiner Rute erriet, daß ein Teil ihres Lächelns diesem galt, und war sicher, daß sich wollüstige Gefühle in ihr regten. Jetzt blickte sie jede Sekunde zu mir, dann zum Fenster hinaus, dann wieder zu mir, und ich erkannte in ihren Augen lüsternes Verlangen.

Dann setzte ich mich wieder neben sie. Bald riß ich sie an mich und küßte sie und sagte, ich sei wahnsinnig verliebt in sie. – »Ihr seid daran schuld – mein Gott, in welchen Zustand Ihr mich gebracht habt! – Zeigt mir noch einmal Euren lieblichen Fuß.« – Kokett legte sie einen Fuß auf die gegenüberliegende Sitzbank. Ich beugte mich vor und hatte in einer Sekunde meine Hände an ihren Schenkeln. Sie legte sie überkreuz und klemmte meine Hand zwischen ihnen ein, aber die war schon an ihr Haar gebettet. – Ich hatte nicht nur das Eis gebrochen, sondern war glatt hindurchgegangen und versuchte nun, weiter vorzudringen. »Mein Liebling, laß mich deine Möse fühlen, nur eine Minute, laß mich sie fühlen, nur fühlen, dann nehme ich meine Hand wieder weg.«

»Das werdet Ihr nicht, beim nächsten Halt steige ich aus. – Oho, ho, das werdet Ihr nicht«, kreischte sie, als ich mich vor ihr auf die Knie warf, ihre Petticoats hochhob und mein Gesicht auf ihre Schenkel brachte. Zwar wehrte sie sich, doch meine nunmehr ungezügelte Lust machte mich stark. – Mit Gewalt drückte ich ihre Schenkel auseinander, schob meinen Kopf dazwischen, meine Nase auf ihrer Matte, meine Zunge nahe der Klitoris. Tiefer bekam ich meinen Mund nicht, nahm jedoch den stimulierenden Duft einer netten Möse wahr, die sich nach einem Fick sehnt – ich bin sicher, daß das Mösenaroma der süßesten Frauen intensiver, ja würziger wird, wenn sie das Verlangen nach einem Mann überkommt. Ich rief: »Ich kann deine Möse riechen, es ist köstlich, öffne deine Schenkel, laß mich sie küssen, los, Geliebte.« Ich versuchte sie nach vorn zu ziehen, doch ohne Erfolg, doch ich behielt mein Gesicht einige Minuten lang auf ihren Schenkeln und ihrer Matte, betastete ihre Hinterbacken, ließ unter ihren Petticoats lüsterne Sprüche los, bis sie aufhörte, gegen mich anzukämpfen.

Den Kopf noch da, wo er war, zog ich meinen Pinsel heraus und rieb ihn fest an ihrer Wade. »Was reibe ich da an deinem Bein herum? – Oh, laß mich dich haben.« – »Steht auf, nun steht schon auf – seid kein Narr. – Oh! Wenn der Schaffner kommt. – Ich werde den Schaffner rufen.«

Ich stand auf, unbekümmert lüstern, und setzte mich; mein Schwanz ragte steil vor ihr auf. Ihre Augen waren feucht, und streng sah sie mich an. »Oh, paßt auf, wir kommen an einen Bahnhof.« Der Zug verlangsamte seine Fahrt; es sah aus, als wollte er anhalten. »Oh! Wie Ihr mich erschreckt habt; wenn er nun angehalten hätte – was hätte ich dann getan? – Wie närrisch Ihr seid.« – »Ich werde ihn wegstecken, wenn du ihn anfaßt – fühl ihn doch mal!« sagte ich. – Ich nahm ihre behandschuhte Hand und legte sie darum. Wie geschmeidig sich das Wildleder auf meinem empfindsamen Rammer anfühlte!

Bald war der Handschuh weg, und sie fühlte ihn mit ihrer nackten Hand; während meine Finger zwischen den Lippen ihrer Möse rieben – und wie feucht die war! –, zog ich sie an mich und küßte sie. »Laß mich dich haben, laß uns ficken, mein Schatz.« – »Das werde ich nicht, wie könnt Ihr so reden, das geht hier nicht. – Jetzt laß mich los. – Oho – nicht – hör auf. – Man wird uns sehen.« – Wir sausten an einem Bahnhof vorbei. »Oh, wenn das mein Mann wüßte, wäre ich für den Rest meines Lebens ruiniert. – Oh, dann *werde* ich eben mit Euch dinieren, und Ihr *werdet* nach dem Essen … – Ich kann Euch nicht mit nach Hause nehmen, ich traue mich nicht, Euch zu sagen, wo ich wohne. – Oh! – Ich *werde* nach dem Essen … – oh – jetzt« – und ihr Hinterteil und ihre Schenkel bewegten sich in dieser unruhigen und doch lüsternen Weise, jenem ruhelosen Wackeln von Bauch, Hintern und Möse, das eine Frau nicht verhindern kann, wenn ein Mann sie wichst und das köstliche Gefühl völliger Geilheit und das Verlangen, gefickt zu werden, ihren Körper beherrschen.

Ich dachte, auf dem Bahnhof würde sie mir entwischen, und meine Chance wäre vertan. – Ich sah den Sieg schon vor mir und wichste weiter drauflos. – »Wir werden jetzt ficken, meine Liebe, alles ist sicher hier.« Ich stand auf und pflanzte mich vor ihr hin, wobei mein Schwanz fast ihr Gesicht berührte, während sie dasaß, den Blick darauf fixiert. Ich flehte sie an. »Nein – ich kann mich doch nicht auf den Boden legen.« – »Dann nimm deinen Hut ab und bleib, wo du bist.« Das tat sie – und ich legte Kissen über Kissen auf den Boden, um mich auf die passende Höhe zu bringen, dann kniete ich mich darauf, öffnete ihre Schenkel, warf ihre Petticoats auf, und indem ich sie sanft nach vorne zog, bis ihre Möse ein gutes Stück vor der Sitzkante war und sie zurückgelehnt dasaß, führte ich meine Rute ein. Obwohl der Winkel zwischen meinem Ständer und ihrer Möse etwas ungünstig war, glitt er köstlich hinein und verstöpselte sie bis zu den Eiern. – Dann schob ich meine Arme unter ihre Schenkel und fickte sie. – Wir blickten einander an, bis sich unsere Augen in der Verzückung des Höhepunkts schlossen und mein Schwanz sein Sperma herausschoß, während ihre Möse sich in den beseligenden orgiastischen Krämpfen zusammenzog und unsere sexuellen Säfte sich miteinander vermischten.

Während wir ausruhten, ließ sie mit keinem Zeichen ihren Wunsch erkennen, sich von mir lösen zu wollen. Einander sprachlos in die Augen schauend (wie gern hätte ich gewußt, woran sie dachte), hielten wir zusammen. Sie war dünn, aber nicht dürr oder knochig, ihr Hintern nicht groß, ihre Möse nicht dicklippig; sie paßte sich mir gut an und hielt meinen Schwanz in wundervoller Gefangenschaft, trotz der Bewegungen des Zuges. (Einige dünne Frauen, habe ich seitdem festgestellt, können das.) In der lieblichen Wärme und glitschenden Nässe ihrer Möse verweilte ich gern, zog meinen weich gewordenen Priapus schließlich jedoch aus dem paphianischen Tempel* heraus. Als ich meine Hand aufhielt, um ihn in Empfang zu nehmen, floß eine kleine Flut der Liebessäfte heraus, nachdem mein Schwanz sie verlassen hatte. Ich sagte ihr, sie solle stillhalten, zog mein Taschentuch heraus und hielt es an ihre Möse, die sie damit abwischte. Dann reinigte ich auch meine Hand. »Ach, wie eklig«, sagte sie. – »Unsinn, meine Liebe, weder Schwanz noch Möse, noch Sperma sind eklig, nie.« – Dann setzten wir uns und redeten. – »Es war viel zu schnell vorbei.« – »Es war – wo ist mein Hut?«

»Das kommt davon, wenn man um eine Briefmarke bittet«, sagte sie. – »Glück für mich«, erwiderte ich. – Dann sprachen wir über den Major ... »Oh, erwähnt ihn bloß nicht, armer Bursche, er würde mich erschießen, und sich selbst obendrein, wenn er wüßte, was wir getan haben. – Ich bin ihm noch nie untreu gewesen.« – »Aber er wird es nicht erfahren, meine Liebe. – Laß mich noch mal fühlen.« – »Nein, nicht, sie ist ja noch ganz naß«, aber ich tat es trotzdem, befühlte sie, und sie ebenso meinen Schwanz, doch gerade da wurde der Zug langsamer und blieb schließlich stehen. – Wir dachten, wir wären auf einem Bahnhof, aber etwas stimmte mit einem der Wagen nicht. Dann wurde der Wagen abgehängt, die Passagiere wurden auf andere Wagen verteilt, und der Zug setzte sich wieder in Bewegung. Der Schaffner hatte unsere Tür abgeschlossen.

Während wir warteten, stand sie vor dem Fenster und schaute hinaus, ich befühlte im Sitzen ihr Hinterteil und war, als der Zug sich wieder in Bewegung setzte, bereit für einen neuen Fick. – Sie weigerte sich. – Ich bestand darauf, zog sie von der Sitzbank hoch und ließ sie diagonal darauf knien, den Hintern mir zugewandt. Ich fickte sie im Stehen und hatte nie größeren Spaß an einer Möse. – »Oh,

---

* Siehe Fußnote *** S. 95.

wenn Major … das wüßte«, sagte sie nochmals. – »Aber das wird er nie, meine Liebste, denn deine Möse hat keine Zunge und kann nicht sprechen.« – »Also, ich habe noch nie so einen Rohling gehört.« – »Du schmeichelst mir.« – Ich fuhr mit meinen obszönen Reden fort, und sie prustete los.

Als wir Waterloo erreichten, wollte sie mich verlassen. Zu Hause wartete aber kein Dinner auf sie, denn man rechnete nicht mit ihr, daher fuhr ich zu K…s, nahm ein Privatzimmer und bestellte ein Abendessen. – Wir wuschen uns die Hände und das Gesicht, und auch Schwanz und Möse bekamen ihren Anteil an Wasser und Seife. – Sodann: »Jetzt werde ich –, und du brauchst dich gar nicht dagegen zu wehren, du wirst diesen Raum nicht verlassen, bis ich sie gesehen habe« – und das tat ich.

Ich sah ihre schlanken, jedoch wohlgeformten Schenkel und dazwischen ihre eher kleine, vorstehende, aber dünnlippige Möse, die spärlich mit nußbraunem Haar bewachsen war. – Die Klitoris und inneren Schamlippen waren kaum erkennbar. – Es war keine liebliche Möse, obwohl an ihr eigentlich nichts auszusetzen war, aber sie war mal was Neues, und wieder wurde ich steif, setzte meine Rute an und gab ein oder zwei Dutzend Stöße, da ich jedoch kein übermäßiges Verlangen spürte, zog ich sie wieder heraus. – Das Schlafzimmer bekamen wir nur, um uns zu waschen, später konnten wir nicht mehr darüber verfügen, so beeilten wir uns mit dem Dinner und fuhren danach zu einem Bordell. Als wir dort ankamen, war sie ein wenig groggy.

Zum Dinner hatte sie keinen Wein trinken wollen, sie sagte, er steige ihr sofort in den Kopf. – Ich hielt das für einen Vorwand, drängte sie, füllte ihr Glas. – Der Champagner war gut, und das war nun das Ergebnis. – »Oh, ich habe zuviel getrunken, wie soll ich nur nach Hause kommen?« – »Nein, das braucht Ihr nicht – ich sage Euch nicht, wo – ich wage es nicht.« Im Kopf schien sie noch klar zu sein, auch wenn sie beim Gehen torkelte, ich konnte weder aus ihr herausbekommen, wo sie wohnte, noch ihren Namen. Sie legte sich sofort aufs Bett, ließ sich von mir ausziehen und sagte, sie fühle sich schläfrig. »Erst ficke ich dich.« – »Ja, fick mich.« – Es war das erste Mal, daß sie ein obszönes Wort in den Mund nahm. Doch dann kam mir eine Idee. »Nein, ich werd's dir französisch besorgen.« – »Wie geht das?« – »Deine Möse lecken, wenn ich bitten darf.« – »Der Major tut das mehr als alles andere« (lachend). »Fickt er dich nicht?« – »Manchmal.« – Ich schob noch einige Fragen über seine sexuellen Vorlieben nach.

Ich interessiere mich jetzt immer für andere Männer. – »Hat er einen großen Schwanz?« – »Ich weiß nicht, ich glaube, er ist klein«, und sie lachte. – »Wo wohnst du?« – »Sag ich nicht, wirst du es nicht tun?« – »Ich mach's dir französisch.« – »Nein, tu das nicht, dann muß ich schreien.« – »Schreien?« – »Ja«, sagte sie mit belegter Stimme, »es tut mir auch weh.« – Unsinn, dachte ich. – Ich zog sie an die Bettkante, wischte ihre Möse mit einem Handtuch ab und begann mit der libidinösen Übung. Es war wohl die Tatsache, daß kaum etwas von einer Klitoris oder den inneren Schamlippen zu sehen war, die mich dazu brachte, denn noch nie habe ich eine Vagina gesehen, denen diese Anhängsel so weitgehend fehlten. Wenn man die Lippen öffnete, war da nichts zu sehen als die rote Innenhaut und die Vagina.

Ich fand die erregbare Stelle gleich über dem kleinen Knochen und leckte sanft drauflos. Bald spürte sie meine Zunge, obwohl ich dachte, sie wäre fast eingeschlafen. »O nein! – Steck ihn mir rein.« – Wie wild fuhr ich fort. – »Oh! – Ich komme – hör auf – heee – haaa – hiii«, kreischte sie. »Es tut weh – hiii – ich komme«, und sie klammerte sich in mein Haar, bis ich dachte, sie wolle mich skalpieren. Ich hörte auf, und eine Minute lang herrschte Ruhe. – Ich begann von neuem. Diesmal kam sie noch schneller, und ich habe noch nie eine Frau vor Wonne so schreien gehört. – »Oh – hiii – hee – hiii – hiii – haaa – oh, das halte ich nicht aus!« – Sie richtete sich halb auf, fiel zurück, sie kam und war erschöpft. – »Wenn du so weitermachst, kriege ich einen Anfall. Manchmal muß ich *ihn* stoppen, ich habe schon Anfälle gehabt, wenn er es tat.«

Ich war immer noch zwischen ihren Beinen, auf dem Boden hockend, als sie sagte, sie würde einen Anfall bekommen. Doch dies und ihr Kreischen, das mich zwar irritierte, schien mich doch zum Weitermachen zu stimulieren. – Mir war, als hätte ich ihr immenses Vergnügen bereitet, und das entzückte mich. Ich warf ihre Beine von neuem über meine Schultern, hielt sie fest umklammert, vergrub meinen Mund in ihrer Möse und begann wieder zu lecken. – »Oh, nicht! – Ich kriege einen Anfall«, dabei versuchte sie sich an meinem Kopf hochzuziehen, fiel aber wieder zurück, als ich mit meinen Schultern gegen ihre Schenkel drückte, wobei ich, den Mund halb in ihrer Möse vergraben, hervorzischelte: »Komm, komm, meine Liebe – komm!« – Und weiter leckte meine Zunge, so schnell, wie eine Zunge nur lecken kann. – Ihr Hintern bebte, ihr Bauch hob und senkte sich ruckartig. — »Oh – hör – auf – oh – mein Gott – ich komme. – Oh – Ahrrr – oho«, sie schrie, bis es von den Wänden widerklang, und gerade als ihr wonnevolles Zucken nachließ und ihr Hintern sich beruhigt hatte, klopfte ein Bediensteter an die Tür und wollte wissen, was los sei.

Die sexuelle Erregung schien sie ernüchtert zu haben, und eine starke Tasse Tee, die ich bringen ließ, erweckte sie wieder zum Leben. Ich legte mich neben ihr aufs Bett und hörte mir an, was sie alles über die seltsam erregende Wirkung des französischen Verkehrs auf sie zu berichten hatte. Ich kam zu dem Schluß, daß das Hauptvergnügen des Majors darin bestand, ihre Klitoris mit seiner Zunge zu kitzeln, und daß er dies dem Ficken vorzog. – Aus ihrer Schilderung ging ebenfalls hervor, daß der Schwanz des Majors zweifellos sehr klein war. Doch je mehr sie ernüchterte, desto zurückhaltender wurde sie mit ihren Enthüllungen. – Sie hatte jedoch erklärt, daß der Major sie zwei- oder dreimal so lange geleckt habe, bis sie eine Art Anfall bekam – ich hatte noch nie etwas derartiges gehört, von keiner Frau.

Ich gab es ihr noch zweimal, bevor wir gingen, und hatte wirklich großen Spaß mit ihr. Ihre Möse war tief und elastisch, und solchermaßen wirkt sich eine Neuheit auf mich aus, daß ich fand, die dünnen äußeren Lippen verliehen ihr einen besonderen Charme und erhöhten mein Vergnügen. – Jedenfalls blieb ich noch ungewöhnlich lange in ihr stecken, nachdem auch ich gekommen war. Ihre Möse schien sich danach wie ein Handschuh um meinen Schwanz zu legen. Doch ihre Schenkel und ihr Bauch gaben nicht ein so luxuriöses Lager ab, um nach dem Fick darauf zu liegen, wie eine korpulente Frau mit breiten Hüften und einem weichen Bauch.

(Obwohl ich nie eine Frau so laut und schmerzvoll habe schreien hören, wenn ich sie leckte, habe ich mehr als eine gekannt, die zwar in gedämpftem, aber dennoch halb wahnsinnigen Ton schrie, wenn auch in einem Ton des Entzückens, sobald sie kam, und die eine oder andere stößt auch obszöne Worte und Gedanken aus, wenn erotische Bilder in ihr Gehirn aufsteigen. – Ich selbst schreie jetzt auf ähnliche Weise, wenn mir ein charmantes Wesen das Sperma mit dem Mund heraussaugt. Es ist eine Wonne, obszöne Worte von mir zu geben, wenn mein Sperma kommt.)

Nach dem zweiten Fick wollte sie gehen, sie hatte keinen Hausschlüssel und begann sich zu fragen, ob *sie* vielleicht ausgegangen waren und in ihrer Abwesenheit vielleicht ihr Spielchen trieben, da sie nicht mit ihr rechneten; doch erfuhr ich nicht, wer *sie* waren. – »Nein.« Sie wurde verschlossen wie eine Auster. »Gebt mir etwas Silbergeld, ich bin völlig fertig mit den Nerven – und folgt mir bloß nicht.« – Ich gab es ihr und nicht mehr, und sie ging. Sie versprach mir nicht, mich wiederzusehen. – Nein. Selbst wenn sie gern würde, würde sie es nicht tun, es würde ihre Zukunftsaussichten ruinieren. – Wenn ich ihr je in der Kaserne begegnete? – »Wenn Ihr ein Gentleman seid, so werdet Ihr keine Notiz von mir nehmen. Ich bin sicher, Ihr wollt eine arme Frau nicht ruinieren.«

Ich war hinterher noch mehrmals in der Kaserne, aber ich hatte sowohl den Namen des Majors als auch den seines Regiments und seine Waffengattung vergessen und trieb daher auch keine Nachforschungen. – Sie nannte mir eine Adresse, an die ich schreiben könne, und nannte mir einen Namen. Ich schrieb, bekam aber nie eine Antwort. Sie hatte mir einen köstlichen, amüsanten Tag geschenkt. – Davon habe ich viele gehabt, aber keinen mit so seltsamen Zwischenfällen.

Einige Wochen vor dieser Affäre mit der Briefmarken-Lady begann ich einen Flirt mit einem hübschen Wesen namens Madeline S…h, ohne irgendwelche Hintergedanken, außer das Vergnügen zu haben, mit ihr zu reden und gemeinsam die Zeit zu verbringen. Er endete in einer Liaison, die sehr kurz und sehr süß war, und dabei kam es zu einem nicht gerade alltäglichen Zwischenfall, der mich unmittelbar betraf – ich habe in Nach-Dinner-Gesprächen und in den zotigen Enthüllungen von Männern in den Rauchzimmern der Clubs von ähnlichen physischen Krisen gehört, die Männer befallen, und ich erinnere mich, daß mir Ähnliches ein- oder zweimal selbst passiert ist. Vielleicht sind unter sexueller Erregung viele ansonsten kerngesunde Männer davon betroffen. Ich jedoch steuere auf die mittleren Jahre zu, deshalb hat mich der Zwischenfall ziemlich überrascht, obwohl er als Beweis meiner sexuellen Kraft und Potenz sehr willkommen war.

Manchmal wundere ich mich über mein Liebesleben – und ob diese temporären Verbindungen mit Frauen, diese von sexueller Lust bestimmten Liebschaften, mir von den Umständen aufgezwungen werden oder ob ich instinktiv nach ihnen suche. Ob es die Frauen sind, die sie in Gang setzen – oder ich selbst. Was also? – Ich weiß keine Antwort darauf. – Natürlich weiß ich, *wann* ich sie suche, *wann* ich auf Mösenjagd bin, wie ich es bezeichne. Aber so viele Frauen (keine Kurtisanen) sind meinen Umarmungen erlegen (und in dieser Geschichte spreche ich nur von meinen Amouren einer bestimmten Art), wie mir scheint nur kraft Zufalls oder Gelegenheit, durch reines Glück sozusagen; es sei denn, es waren die Frauen, die den Anstoß gaben. Bringen eine durstige Möse und ein harter Hodensack Männer und Frauen zusammen, ohne daß er oder sie an einen Koitus zunächst überhaupt nur denkt, bis die Lust sich einschleicht, stärker wird und das Schamgefühl allmählich schwindet, bis die Mauern der Konvention von dem einen oder von beiden niedergerissen werden und sie sich der Magie der Sinnlichkeit beugen, bis sie miteinander ficken? – Ist es nicht das Gesetz der Tierwelt, daß Männlein und Weiblein einander blind und instinktiv suchen, um miteinander zu kopulieren? Liegt das nicht im großen Schöpfungsplan begründet? Wenn dem so ist, warum sollte man es ihnen zum Vorwurf machen, daß sie dieses gebieterische Verlangen befriedigen, dieses Universalgesetz, diese blinde Notwendigkeit zu ficken? Warum ersinnt der Mensch Gesetze juristischer und sozialer Art, um Männer und Frauen daran zu hindern, zu kopulieren, sich zu vereinigen und ihre Liebe und Lust zu befriedigen, wann immer sie das wollen? – Liebe und Lust sind bedeutungsgleiche Begriffe, Synonyme; dennoch wird erstere oft als rein bezeichnet, letztere als schmutzig. Es ist der Priester, von dem das stammt. Doch wiederum frage ich mich, war es mein *Fehler*, oder der Fehler der Frau, oder wessen *Tugend* war es, daß wir einander in die Arme fielen und kopulierten? – Und an wessen Fehler oder Tugend lag es, daß Madeline und ich für kurze Zeit sexuell zueinanderfanden?

Einige Tage nach meinem Abenteuer mit der Briefmarken-Lady begab ich mich zum Crystal Palace* (damals an gewissen Tagen ein eleganter Salon, nachdem er viele Jahre lang geschlossen gewesen war), um ein nettes Wesen zu treffen, eine Putzmacherin, die etwa zwanzig Jahre alt war. – Sie hatte bei mir im Haus gearbeitet, als sie noch sehr jung war, jetzt aber war aus ihr eine gutgewachsene und für ihr Alter reife Frau geworden. – Ich hatte sie in früheren Jahren oft zur Kenntnis genommen und ihr einmal unter einem Vorwand einen verstohlenen Kuß sowie eine halbe Krone** gegeben. – Ich verlor sie aus den Augen, als ich als befreiter Mann das Haus aufgab, und begegnete ihr dann etwa ein Jahr später eines Abends zufällig wieder. Ich stellte fest, daß sie immer noch Putzmacherin war, und sie machte einen so sittsamen Eindruck, wie man es sich nur wünschen konnte. Ich lud sie zu einem Glas Wein ein, worauf sie sich nur widerstrebend einließ, und begleitete sie anschließend, ihr meinen Arm bietend, ein Stück Weges nach Hause. Sie wohnte am Stadtrand, und im Dunkeln

---

* Für die Weltausstellung 1851 aus Stahl und 84 000 qm Glas zunächst im Hydepark erbaut (Entwurf: Sir Joseph Paxton), danach in den Stadtteil Lewisham versetzt (1854 wiedereröffnet), 1861 durch einen Sturm teilweise schwer beschädigt, danach restauriert, 1936 durch ein Feuer endgültig zerstört. Der Crystal Palace Park existiert heute noch.

** Siehe Fußnote * S. 11.

gab ich ihr einen Kuß, der ihr gefiel, dann versuchte ich sie erfolglos zu befummeln; ich konnte zwar meine Hand an ihren Schenkel legen und sie so zum Schreien bringen, gab ihr einen Sovereign und einen Kuß, brachte sie sogar dazu, ihn zu erwidern, danach sah ich sie bis vor kurzem nicht wieder, zwei Jahre *nach* meinem erfolglosen Versuch, sie zu begrapschen. Jetzt erschien sie mir recht fröhlich, ja übermütig, sie war Unter-Vorarbeiterin bei Mrs. ..., einer Schneiderin, und hatte, wie sie sagte, einen Liebsten. Sie war ein sehr hübsches Wesen, mit sanften grauen Augen und lieblichem kastanienbraunem Haar. – Irgendwie hatte ich die Vorstellung, daß sie, wie die meisten Putzmacherinnen, heimlich vögelte, ein bißchen aus Liebe und ein bißchen für Seidenkleider. Als ich sie drei Tage nach meinem Besuch in Aldershot traf, sagte sie mir, sie habe vor, am Samstag in den Crystal Palace zu gehen. Ich sagte, ich würde das gleiche tun. Dazu bemerkte sie, daß sie wisse, ich könne jetzt tun und lassen, was ich wollte. – Ihr Name war, wie gesagt, Madeline S...h.

Zu meinem Ärger brachte sie eine Freundin mit, auch eine Putzmacherin, die mir einen ebenso munteren Eindruck machte, so als würden zwei Schwänze ihr besser zupaß kommen als nur einer. Ich nahm Miss S...h beiseite und sagte ihr, ich sei etwas irritiert, denn ich wollte mit ihr essen gehen. Es täte ihr leid, sagte sie, aber der Freund ihrer Freundin würde um vier Uhr zu ihnen stoßen. – Darauf sagte ich: »Laß sie sausen, komm raus und geh mit mir essen.« Damit erklärte sie sich einverstanden, ich ging weg, fand ein Lokal; halb Restaurant, halb Taverne, wie sie damals gerade in Mode kamen, bestellte ein Dinner in einem Privatzimmer, gab die Hälfte der Zeche als Anzahlung und begab mich zurück zum Palace.

Alles geschah wie verabredet, und gegen fünf Uhr, als ein Konzert vorbei war, das sie gerne noch abwarten wollte, machten wir uns in aller Stille davon und nahmen unser Dinner ein. Sie aß und trank fleißig und war dabei ausgelassen wie ein Grashüpfer. – Ich hatte keinerlei Anspielungen gemacht. Abgesehen von der Bequemlichkeit eines Sofas im Raum, von dem ich hoffte, daß es das Gewicht zweier rastloser Menschen aushalten würde, hatte ich nichts gesagt, was im Ton irgendwie lüstern war, obwohl ich während des Dinners ein Sehnen nach ihr verspürte. Denn seit der Geschichte mit der unbekannten Briefmarken-Lady hatte ich mich von den Damen ferngehalten. – Nachdem abgedeckt und der Kellner gegangen war, brachte ich sie zum Fenster, um hinauszuschauen, legte meinen Arm um ihre Taille, küßte sie und sagte, meiner Meinung nach müsse sie mich jetzt als Dank für das Dinner küssen. – Nach einem sehr kurzen Scheingefecht tat sie das auch, und wir küßten uns recht leidenschaftlich. Dann setzte ich sie auf das Sofa, wo ich ihre Tugend auf die Probe zu stellen gedachte, zog den Tisch ein wenig näher heran, schenkte Wein aus und legte los.

Wie ich das üblicherweise tue, erzählte ich zunächst anzügliche Geschichten, dann unanständige, aber ohne obszöne Wörter zu gebrauchen. Sie lachte über alles. – »Oje! – Der hatte es faustdick hinter den Ohren.« – »Oh, was für eine schändliche Geschichte!« und so weiter. – Sie errötete nicht, geriet aber in Erregung, und ich dachte, alles liefe gut. Zwischendurch küßte ich sie immer mal wieder. Sie würde es ihrem Liebsten nicht erzählen, sagte sie, denn sie habe einen, der sie heiraten wolle. Dann begann ich über ihre Strumpfbänder zu sprechen und fragte sie, ob ihr Liebhaber sie ihr schon mal angelegt hätte. Was ich mir denn dächte? »Natürlich nicht.« – Warum sie ihm das verweigerte, fragte ich. – »Es wäre nicht recht.« – »Das ist nicht der Grund.« – »Was denn sonst?« – »Du fürchtest, er könnte seine Hand zwischen deinen Schenkeln höher hinaufschieben?« – »Oh, du Lump, so zu reden!« – Sie warf den Kopf zurück. – »Und deine Muschi betatschen, Madeline?« fuhr ich fort. – Sie gab mir einen Klaps auf die Birne. – »Wenn du so redest, gehe ich.« Schon so manche Frau hatte mir mit Kopfnüssen gedroht, und einige hatten es auch wahr gemacht, aber nicht sehr heftig.

»Was wäre schon dabei, mein Liebling, wenn dein Liebster das täte, und was ist dabei, die Dinge beim Namen zu nennen?« – »Oh, du Lump!« – Ich machte auf die gleiche Weise weiter und kniff und kitzelte sie, bis sie aufkreischte. »Oh, du Lump, hör auf damit!« – »Der Kellner wird kommen, wenn du solchen Lärm machst«, sagte ich, stand auf und verriegelte die Tür. »Also, tu das nicht mit mir.« – »Ich kann nichts dagegen tun, ich bin wahnsinnig verliebt in dich.«

Eine Zeitlang verhielten wir uns leiser, dann zog ich sie auf dem Sofa zurück und begann mit ihr zu schmusen. »Du weißt, daß dein Liebster mit dir im Bett gewesen ist« – Das war er nicht, so dumm wäre sie nicht gewesen. – »Laß mich.« – »Was?« – Mein Arm lag um ihre Taille, meine Lippen nahe den ihren, meine Hand auf ihrem Schoß. Direkt über ihrer Kerbe griff ich in ihre Kleider. Sie mußte den Angriff auf ihren Hügel verspürt haben, und ich sagte: »Fick dich«, und küßte sie mit wilder Lust.

Jetzt gab sie mir einen kräftigen Klaps auf den Kopf und drohte damit, zu gehen, erhob sich aber nicht. – »Habe ich dir weh getan?« – »Tu das nicht wieder, und rede auch nicht mehr so, oder ich spreche nie mehr mit dir.« – Wieder küßten wir uns, ich gab ihr mehr Wein und verschüttete etwas auf ihr Kleid. – »Du hast mein Kleid ruiniert«, jammerte sie.– »Mach dir nichts draus, meine Liebe, sag mir nur, was es gekostet hat, ich bezahle dir ein neues«, und ich zog meine Börse heraus. – »Du warst immer so freundlich, aber vielleicht kriege ich den Fleck ja heraus.« – »Na, hier hast du einen Sovereign* für die Reinigung« – sie wollte das Geld nicht annehmen.

Einige Jahre zuvor hatte ich einen Haufen hübscher, billiger Broschen gekauft. – Die meisten davon hatte ich an Dienstmädchen und andere Frauen verschenkt, und sogar an meine Lieblingsnutten. Eine hatte ich mir in die Tasche gesteckt, außerdem hatte ich zwei Paar wunderschöne Strumpfbänder dabei.

Ah, es ist doch immer das gleiche – wie oft ist es mir schon passiert – es ist, als hätte ich es mein halbes Leben lang eingeübt, und so war es auch jetzt wieder. »Na, ist das nicht eine hübsche Brosche?« – »Oh, das ist sie wirklich.« – »Ich will sie einer Freundin schenken.« – »Oh!« sagte sie in einem Ton, daß ich sofort sah, daß sie gemeint hatte, ich wollte sie *ihr* geben. »Und ein Paar Strumpfbänder wie diese, unter einer Bedingung.« – Ich brachte sie zum Vorschein. – »Und die wäre?« – »Daß sie mich sie ihr anziehen läßt.« – »Wird sie das tun?« – »Ich denke schon, ich habe es schon einmal gemacht, und sie ist eine nette kleine Lady.« – »Nicht gerade eine Lady.« – »Ist sie aber, und dazu noch verheiratet.« – »Dann sollte sie sich aber schämen.« – »Pah, meine Liebe, wer wird schon davon erfahren außer ihr und mir? Als ich sie ihr das letzte Mal anzog, lag sie auf dem Bett, und dann stieg ich zu ihr aufs Bett, und dann ...« Hier hielt ich inne. »*Du – bist – ein – richtiger Spitzbube*, habe ich gehört«, sagte Madeline und errötete. – »Warum denn das, meine Liebe?« – »Eine arme Frau derart in Versuchung zu führen.« – »Unsinn, meine Liebe, *sie* hat *mich* in Versuchung geführt, aber welches Paar hättest du denn gern?« – »Dieses hier.« – Darauf sagte ich, ich würde es ihr geben, wenn sie mich sie ihr anlegen ließe. – Sie weigerte sich.

Ich zog sie auf. »Du bindest deine Strümpfe mit Bindfa-

* Goldmünze im Wert von 20 Schilling.

den fest, oder?« – »Das wüßtest du wohl gern.« – »Ja, und fühlen würde ich es auch gerne«, worauf ich den Versuch unternahm, scheiterte und eine weitere Kopfnuß kassierte. – Sie erhob sich, sagte sie werde nicht länger bleiben, doch nach kurzer Bedenkzeit setzte sie sich wieder.

Ich redete weiter in der gleichen Art und Weise– alles, was sie von Zeit zu Zeit erwiderte, war: »Oh, du Strolch.« Aber ich hatte das Gefühl, daß mein Gerede sie sinnlich berührte, und sie ließ sich jedesmal hinterher von mir küssen, wenn sie mich so genannt hatte. – Schließlich, indem ich sie immer wieder fragte, verfing der Köder. Sie wählte ein Paar aus, und unter den gleichen Sicherheitsvorkehrungen, die auch andere Frauen ergriffen hatten, wurde erst das eine, dann das andere Strumpfband angelegt. – Als ich ihr das letzte festmachte, senkte ich den Kopf und küßte das kleine Stück Schenkel, das über dem Strumpfband bloßlag. – Der Duft des warmen Fleisches verstärkte meine Geilheit, dann überwältigte mich die Lust, und sie fortwährend leidenschaftlich küssend, zog ich sie auf dem Sofa zurück und schob meine Hand unter ihren Kleidern nach oben und konnte gerade noch ihre Schenkel und das Haar auf ihrem Hügel berühren. – Mit einem lauten Schrei stieß sie mich sofort zurück. – »Laß mich dich ficken, meine Liebe. Ich sterbe für dich.« – »Oh, du Strolch, scher dich weg.« – »Sieh nur, in welchen Zustand du mich gebracht hast«, und ich zog meine glühend rote Rute heraus, die so heftig pulsierte, als wollte sie den Samen sofort ausstoßen, der in meinen Eiern ruhte.

Schon stand sie auf und ließ mich auf dem Sofa sitzen, samt meinem entblößten, pulsierenden Fotzenrammbock mit der puterroten Spitze. »Du bist auf dem falschen Dampfer, wenn du mich hierhergebracht hast, um dich so zu benehmen. – Ich werde auf der Stelle gehen.« – Sie meinte es ernst. Nein. Sie würde allein zum Palace zurückkehren.

Es war verabredet, daß wir ihre Freundin dort treffen und dann alle zusammen in die Stadt gehen würden. Sie sagte noch eine ganze Menge, stand die ganze Zeit dicht bei mir und sah jeden Augenblick auf meine zuckende Maschine – wohl eher gegen ihren Willen, wie ich annehme. Ich packte sie um die Taille, schwor, daß ich nicht weiter gehen würde, zog sie wieder auf das Sofa herab und steckte meinen Riemen wieder in die Hose. – Sie war erregt. Der Anblick eines stolzen, steifen Prügels versetzt eine junge Frau immer in Erregung, ob sie nun schon mal gevögelt worden ist oder nicht, und erweckt lüsterne Gefühle in ihr.

Sie wußte wohl nicht genau, wo sie ihre Freundin treffen sollte, sonst wäre sie wohl ohne mich gegangen – ich sah jetzt, daß ich mein Ziel nicht erreichen würde, und sie war hellwach. Sie hatte einen Liebsten, der sie heiraten wollte, und würde nicht das Risiko einer Schwangerschaft eingehen, dachte ich. Ebenso war ich mir fast sicher, daß sie bereits gebumst worden war. Ich habe schon ein Dutzend junger Putzmacherinnen gehabt, und nur eine war noch Jungfrau gewesen, und obwohl diese Frau bei ihren Eltern lebte und respektabel erschien, so wußte ich doch, daß, je mehr Frauen, die so lebten wie sie, außer Hause gevögelt werden, desto größere Mühe geben sie sich eine Zeitlang, ihre Spielchen vor ihren Eltern und Arbeitgebern geheimzuhalten. – Für den Augenblick enttäuscht, ließ ich von ihr ab.

Es wurde bereits dunkel, sie wollte gehen, ich wollte sie mehr und mehr haben. Mein Ständer legte sich nicht, sondern drohte sich in meine Hose zu entladen. – Es war Montag gewesen, als ich die Briefmarken-Lady gehabt hatte, und seitdem war ich keusch geblieben, in der angenehmen Hoffnung, Madelines Höhle mit reichlich Samensaft zu überschwemmen. – Wieder packte und küßte ich sie. »Da ist die Brosche, ich gebe sie dir, bin aber schrecklich enttäuscht, denn ich sehne mich so nach dir, und niemand würde davon erfahren als du und ich.« – »Sei kein Narr, benimm dich nicht wie ein Rohling.« – »Oh, laß mich doch wenigstens deine Haut fühlen, beim allmächtigen Gott, wenn du mich deine Schenkel betasten läßt, nur halbwegs über dem Knie – damit wäre ich schon zufrieden, weiter gehe ich nicht.« – »Du Rohling, laß mich aufstehen«, und sie unternahm einen halbherzigen Versuch, sich zu erheben. – Gewann die Lüsternheit endlich die Oberhand bei ihr? – Es war ein elendes kleines Sofa, mit kaum Platz für eine Person, sich darauf auszustrecken; sie saß seitlich zurückgelehnt, und ich hielt sie so, daß einer ihrer Füße auf dem Boden stand, der andere ihn beinahe berührte, und sie betrachtete die meiste Zeit die Brosche und war anscheinend ganz entzückt von ihr.

Ich habe mich seitdem oft gefragt, ob es die Brosche war, die ihre Gedanken fesselte und sie sorglos machte, oder ihre Dankbarkeit dafür, was sie veranlaßte, mir für den Augenblick halb und halb nachzugeben. Oder verspürte sie ein sinnliches Vergnügen bei meinem Versuch, sich in Sicherheit wiegend, daß sie meine Hand jederzeit zurückweisen konnte, wenn ihr danach gelüstete? War sie in diesem Moment geil und gab daher nach? – Wie schade, daß bei einer Frau ein sichtbares Anzeichen von Geilheit nicht zu erkennen ist; daß sie nichts hat, was sich erhebt und steif wird wie ein Schniedel. – Der Mann trägt immer dieses Zeichen seines Erregungszustandes, und die Frau braucht sich dann nicht mit Zweifeln zu plagen.

Weiter betrachtete sie die Brosche, steckte sie sich an die Brust, nahm sie wieder ab, um sie sich abermals anzusehen, während ich fortfuhr, sie zu küssen, zu beschwatzen, ihre Schenkel außen zu kneifen und mir kleine Freiheiten herauszunehmen. »Nein, kommt nicht in Frage.« – »Nur ein Schenkel – ein bißchen Haut, nur auf dieser Seite. Bitte.« Ihre Taille umfassend, raffte ich auf dieser Seite ihre Kleider hoch und schob meine Hand gleich oberhalb des Strumpfbandes auf ihren Oberschenkel. – Mit beiden Händen bremste sie mich. – »Das war's, und jetzt laß mich in Ruhe. – Schön blöd, daß ich dich überhaupt lasse. – Nicht doch. – Was soll denn das?« Sie ließ die Brosche fallen.

Geschwind öffnete ich den einzigen Knopf, der meinen Steifen in der Hose hielt, und schon streckte er sich munter heraus; ich hob ihre Kleider an jener Seite, schob eine Hand unter ihren Schenkel, hob ihn mit Gewalt etwas an und drehte mich weiter zu ihr hin, in der Absicht, meinen Riemen in Kontakt mit ihrer Haut zu bringen. Ich hatte weder die Hoffnung noch die Absicht, in sie einzudringen. – Allein der Gedanke, daß mein Schniedel ihre Haut berührte, erfüllte mich mit wollüstigem Entzücken. – Ich vollführte heftige Stoßbewegungen, hielt ihren Schenkel, der jetzt noch weiter bloßgelegt war, mit beiden Händen und preßte meinen Körper darauf. – Trotz ihrer Gegenwehr berührte sie mein Riemen. – Laut rief sie aus: »Hör auf – oh, du widerlicher Kerl, nicht!« – Ich scherte mich nicht darum und machte, erhitzt durch den Kontakt, weiter. – Ein wildes Entzücken durchfuhr mein Glied, und eine unbeherrschbare Bewegung meines Hinterteils schob ihn vor und zurück. – Seine Spitze rieb gegen das kleine Stück nackten Schenkels, pulsierte heftig und schoß, bevor ich wußte, wie mir geschah, und sie sich von mir befreien konnte, einen Strom heißen, dicken Spermas auf ihren Schenkel. Es rann auf eine meiner Hände herab, während ich einen tiefen Seufzer von mir gab. – »Mein Gott – ich bin gekommen – es ist auf deinem – Schenkel.« – Dann sank ich, halb ohnmächtig vor Lust, an ihre Schulter.

»Tu das nicht – was du da tust – laß mich aufstehen«, war alles, was ich von ihr vernahm, und inzwischen hatte sie ihre Kleider heruntergezogen, das Sperma und alles verdeckt, und ich war auf das Sofa zurückgefallen, meinen Pfriemel in der Hand. – Die ganze Sache, von dem Moment an, wo ich von ihrem Schenkel Besitz ergriff, hatte nicht einmal die Zeit in Anspruch genommen, die es braucht, um ein Dutzend dieser Zeilen niederzuschreiben.

* * *

Richard, Madelines Geliebter. – Mrs. B..t.ns Unfall. – Entgegenkommen in Kutsche und Haus. – Bertha, die Obsthändlerin. – Männliche Neckereien. – Eine erotische Vision im Laden. – Ist sie tugendhaft? – Wieder Madeleine. – Eine durchbrochene Membran. – Gegenseitige Fickgefühle. – Vererbung eines Elfenbeinhinterns. – Jüngferlicher Ausfluß einer Frau. – Nach Paris verreist. – Madelines Liebster wieder versöhnt. – Onanistische Ergüsse. – Kondome und Vaginalschwämme. – Welche Einflüsse Frauen zum Kopulieren bringen. – Madelines Absichten und Eingeständnisse.

Sie erhob sich, nahm die Brosche, legte sie auf den Tisch und setzte schweigend und hastig ihren Hut auf. Ich stand ebenfalls auf, verschämt steckte ich meine immer noch geschwollene Maschine weg und sagte, es täte mir ja so leid, was ich getan hätte, ich könnte nichts dafür, es sei ihre Schuld gewesen. – Darauf sagte sie nichts außer: »Ich werde niemals wieder mit dir essen oder auch nur sprechen, du bist ein Wüstling.« – »Wenn du mich nur gelassen hättest.« – »Du bist ein Halunke.« – Ich redete weiter, sie bat mich in gereiztem Ton, mich zu beeilen, »ich würde ja ohne dich gehen, aber ich finde den Weg nicht, was wird Mrs. B..t.n (ihre Putzmacher-Freundin) wohl denken, wenn ich zu spät komme?« – Ich wollte sie nicht verletzen, beglich daher rasch die Rechnung, und wir kamen zwar spät, aber nicht zu spät, zu der Verabredung. – Mrs. B..t.n war allein, ihr

Freund war gegangen. – Sie trat auf Madeline zu und sagte: »Richard war hier und ist fast verrückt geworden. – Ich konnte nicht sagen, daß du nicht da bist, also sagte ich ihm, du wärst mit einer Freundin gegangen usw., usw.« – Madeline begann zu weinen und sagte zu mir: »Du hast mir eine Menge Ungelegenheiten bereitet«, und wurde ganz mürrisch. Die beiden hielten ein langes Gespräch, abseits von mir, Mrs. B..t.n schien erregt. – Madeline weinte, bis wir zum Zug eilten und uns in ein Abteil setzten.

Es war dann eine lange Fahrt quer durch London, vom Bahnhof bis in die Gegend, wo Madeline wohnte. – Ich setzte mich zu ihnen in die Kutsche. – Madeline war auf dem ganzen Weg mürrisch. – Ich wußte, wo sie wohnte, und sie bestand darauf, am Ende der Straße abgesetzt zu werden. Nur ihre Freundin stieg mit ihr aus – ich sagte auf Wiedersehen und daß ich hoffte, daß ihr junger Mann nicht lange böse sein würde. – Madeline sagte, es sei ein Unglück für sie gewesen, daß ich sie im Crystal Palace getroffen hätte – und so trennten wir uns. Ich hatte von Madeline erfahren, daß ihre Freundin, die Putzmacherin, im Herzen von London lebte, nicht weit von einer anderen Werkstatt, und da ich wußte, daß sie dorthin mußte, ließ ich die Kutsche um die Ecke der Straße fahren und wartete selbst zu Fuß in Sichtweite von Madelines Haus – ich hatte in der Kutsche Mrs. B..t.ns neugierige Blicke wahrgenommen, die soviel zu besagen schienen wie: »Ich weiß, was ihr beide miteinander getrieben habt.« Sie schien mir auch ein wenig lüstern zu sein – sie war Witwe, wie ich gehört hatte. Sie war um die Dreißig und eine ziemlich kleine, schlanke, gereifte Frau, die eine gute Figur zu haben schien. – Da ich mir wirklich Sorgen um Madeline machte und hoffte, sie nicht verletzt zu haben, wartete ich, um Mrs. B..t.n abzufangen und Erkundigungen bei ihr einzuziehen.

Es hatte ziemlich lange gedauert, um vom Palace nach

XXX zu gelangen (aber nur halb so lange wie früher, als es noch keine Eisenbahn gab). Es war etwa halb zehn, als Mrs. B..t.n schließlich erschien und überrascht war, mich zu sehen. Ob sie bitte in meiner Kutsche Platz nehmen würde, ich würde sie nach Hause fahren. – Sie nahm das Angebot sofort an. – Eine Minute später. »Was habt ihr zwei denn miteinander getrieben?« fragte sie wißbegierig und lachte anzüglich.

»Nichts.« Ich hätte Madeline bereits als Mädchen gekannt, und sie gefiele mir. Ich sei ihr zufällig im Palace begegnet, und da ich selbst hätte essen gehen wollen, hätte ich sie eingeladen, mit mir zu essen. Nichts weiter. – »Das war alles?« Wir seien sehr lange weggeblieben. – »Ich wünschte, es wäre nicht alles gewesen, denn ich würde zwanzig Pfund dafür geben, sie haben zu können.«

»Scht!« sagte Mrs. B..t.n und legte mir ihre Hand auf den Mund. – »Ich glaube Euch nicht« – doch ich wiederholte es, sagte, sie sei ein liebliches Geschöpf, und ich würde ihr auf keinen Fall weh tun, und sobald wir in der XXX Street ankämen, wo ich sie absetzen würde, würde ich ins Argyle gehen und mir eine Frau für die Nacht besorgen.

»Ihr seid ein netter Junge. – Ich habe schon von Euch gehört, Ihr solltet besser *sofort* nach Hause fahren.« – »Nein«, sagte ich, »ich brauche erst eine Frau.« Fünf Minuten später küßte ich Mrs. B..t.n, nach weiteren fünf Minuten befühlte ich ihre Fotze, zehn Minuten später waren wir in einem Stundenhotel, und fünf Minuten danach war ihr rotlippiges, haargesäumtes, feuchtes, warmes, aromatisches Organ, das wie bei anderen Frauen auch bei ihr zwischen den Schenkeln, dem Arschloch und dem Bauchnabel gelegen war, mit einer Portion Sperma versorgt. – So schnell, wie es unter den Umständen möglich war, verabreichte ich ihr noch eine Dosis. – Keiner von uns zog sich aus, denn Mrs. B..t.n lebte, obwohl Schwanzübungen in sich offenbar durchaus nicht abgeneigt, und obwohl Witwe, ebenfalls mit einer Freundin zusammen und mußte zu früher Stunde nach Hause.

In der Pause zwischen den Ficks erzählte sie mir alles über Madeline. – Sie hielt sie für tugendhaft und glaubte nicht, daß sie schon mal gefickt worden war. Ich ließ sie diese Worte aussprechen. Es bereitet mir großes Vergnügen, eine Frau, die nicht sowieso schon verlottert ist, obszöne Ausdrücke gebrauchen zu lassen. – Ein junger Mann, von gleicher sozialer Stellung wie sie, hatte vor, sie zu heiraten. Er war in den Crystal Palace gekommen, um sie zu treffen, nachdem er zufällig erfahren hatte, daß sie dort hingehen würde. – Mrs. B..t.ns männlicher Begleiter hatte unbedachterweise erklärt, daß sie mit einem Gentleman essen gegangen sei, und der Liebste hatte sich wütend davongemacht und geschworen, nichts mehr mit ihr zu tun haben zu wollen, und er werde sich ein Loch in den Kopf schießen. Mrs. B. hatte Madeline erklärt, sie hätte Richard gesagt, es sei eine Freundin gewesen, mit der sie weggegangen sei. Das sollte sie beruhigen – seitdem glaube ich, daß Mrs. B. keine wahre Freundin war.

Ich traf mich zwei Tage später mit Mrs. B. und fickte sie. Diesmal nahm sie ein kleines Geschenk. Madeline hatte nichts mehr von ihrem Liebsten gehört und dachte, sie hätte ihn verloren; der gleichen Meinung war auch Mrs. B. – Aus ihrem Schweigen schließe ich, daß Madeline ihr nichts von Strumpfbändern und Brosche erzählt hat, noch davon, wie ich auf ihren Schenkel abgespritzt hatte, vielmehr hatte sie gesagt, daß ich mich wie ein perfekter Gentleman verhalten hätte. »Also, ich werde mich nicht mehr mit ihr treffen, weder im Crystal Palace noch sonstwo«, bemerkte ich, versuchte aber, Madeline auf dem Weg zu oder von der Arbeit auf der Straße abzufangen, was mir aber nicht gelang. Ich nahm an, daß sie und ihr Liebhaber sich wieder versöhnt hatten und sie mir aus dem Weg ging. Ich machte mich nicht mehr an Mrs. B..t.n heran und vergaß diese Affäre fast völlig, denn ich war, wie bereits seit ein oder zwei Monaten, wieder auf Fotzenjagd, und zwar mit ziemlichem Erfolg, was mir Madeline aus dem Kopf schlug, und ich hatte alle Hoffnung aufgegeben, sie jemals zu kriegen. – Dinner, Wein, obszönes Gerede, der Versuch, sie zu begrapschen, der Anblick meines Riemens, mein Kommen auf ihrem Schenkel, all dies hatte nichts gebracht. – Nein, höchstwahrscheinlich ist sie zwar schon gefickt worden, sieht aber jetzt die Möglichkeit einer Heirat und will deshalb nichts mehr riskieren; so gingen meine Gedanken, und tief in meinem Herzen machte ich ihr daraus auch keinen Vorwurf.

[Die Geschichte greift jetzt etwas zurück. – Die Liaison mit Madeline ist bisher fortlaufend erzählt worden (eine Sitte, die ich in der Geschichte meines geheimen Lebens normalerweise beachtet habe). Aber eine andere mit einem Mädchen namens Bertha begann, während ich Madeline den Hof machte – von der Briefmarken-Lady habe ich ja schon berichtet, und ein Paphianischer Ball, von dem noch zu berichten sein wird, fand ebenfalls während meiner Liebschaften mit Madeline und Bertha statt, und es fällt mir schwer, die Geschichte in meiner üblichen Weise anzuordnen, so ineinander verwoben, und ebenso in meinem Manuskript miteinander vermischt, waren all diese Liebesabenteuer.]

Einige Monate bevor ich Madeline begegnete, hatte ich einen großen Teil meiner Zeit mit Börsenspekulationen in der City verbracht. – Als ich eines Tages in einem sehr kleinen Obstladen etwas kaufte, bemerkte ich ein hübsches Mädchen, das dort bediente. – Sie war von eher kleinem Wuchs, kräftiger Statur, dunkelhaarig, dunkeläugig und hob sich nach Aussehen und Auftreten von den üblichen Verkäuferinnen ab. Ich hielt sie für zwanzig, aber sie war noch nicht einmal achtzehn. Ich werde sie Bertha nennen.

Die Besitzerin hatte zwei Läden und war normalerweise

in dem anderen und Bertha allein in diesem. Die Kunden schienen fast ausschließlich wohlhabende City-Leute zu sein und kauften ihre Waren am Nachmittag. Sie neckten sie gern und ausführlich, was ihr nichts auszumachen schien, und kamen manchmal wieder. – Ein Ausdruck in ihren Augen schien mir auf eine gewisse Sinnlichkeit hinzudeuten, Frauen können nicht umhin, Lüsternheit zu fühlen, und wie sie es fertigbringen, sich mit zuckender, schwitzender Möse den perfekten Anschein von Anstand zu verleihen, wird mir immer ein Rätsel bleiben. – Schließlich kam ich immer häufiger in den Laden und begann sie wie die anderen anzumachen. – Dann bemerkte ich, wie manche der Männer sagten: »Stimmt so, ich mag keine Kupfermünzen«, so tat ich das gleiche, um mich bei ihr einzuschmeicheln. Eines Tages raubte ich ihr einen Kuß, was ihr überhaupt nichts auszumachen schien, und als ich meinen Einkauf mit einem Sovereign bezahlte und sich unter dem Wechselgeld ein halber Sovereign befand, schob ich ihn zu ihr hin und sagte, sie könne ihn behalten. – Ein paar Sekunden lang sah sie mich unverwandt an, irgendwie seltsam, und lehnte dann ab. »Ach du meine Güte, das ist zuviel«, sagte sie und schob ihn weg. – Als ich sagte, ich würde mir dafür Küsse nehmen: »Nein, das werdet ihr nicht.« Sie nahm das Geld nicht, und ein paar Tage nach diesem Besuch im Laden, in dem die Kunden nur so ein und aus gingen, geschah mir folgendes. – Eine der seltsamsten und vollständigsten, und doch fast unbewußten Leistungen erotischer Phantasie, die ich jemals vollbrachte. Das Ganze ähnelte eher einem erotischen Traum.

Ohne irgendwelche sexuellen Begierden, soviel ich weiß, und gewiß ohne jegliche sexuelle Absichten, saß ich da und blickte in ihr hübsches Gesicht und besonders auf ihren Mund, der ungewöhnlich klein und mit schönen, dicken Lippen versehen war; Lippen, die ich jedesmal küssen will, wenn ich sie sehe. – Nachdem ich eine Weile geguckt hatte, fragte ich mich, ob ihre Möse auch dicke Lippen hätte. – Ich weiß, der Gedanke, daß die auch dick sein müßten, weil die ihres Mundes dick waren, ist absurd; und daß ein kleiner Mund nicht auch eine kleine Möse impliziert oder dicke Lippen oben ebensolche unten bedeuten; aber für solche Gedankenassoziationen kann man nichts, so absurd sie auch sein mögen. Dann verspürte ich plötzlich den heftigen Wunsch, ihre Möse zu sehen und sie zu ficken, und ich saß da und stellte Überlegungen über ihre Größe, ihre Behaarung und ihr Aussehen an, während ich mit ihr redete und ihr in die Augen und auf den Mund sah. Dann fing mein Schniedel an, vor Lust zu prickeln, schwoll an, stand einen Augenblick hart und aufrecht, und gerade da wandte sie sich jemandem zu, der soeben eintrat, und bediente ihn.

Während sie dies tat, schloß ich meine Augen, eine heftige Lüsternheit erfaßte mich, und ich stellte mir vor, wie mein Sperma in sie hineinspritzte – ich genoß die Vorstellung zur Gänze ohne die physischen Begleiterscheinungen. – Ich sah eine liebliche kleine, fettlippige Möse mit einem kleinen Busch darum, und stellte mir vor, ich sähe das wollüstige Vergnügen in ihren Augen, während mein Riemen langsam eindrang. – Ah, welch exquisite gemeinsame Empfindung von Geist und Körper, die man erfährt, wenn die Eichel erst von der Vagina zusammengedrückt wird und sich dann langsam vortastet. – Zweifellos gehen dem weiblichen Wesen ähnliche Gedanken durch den Kopf, wenn ihre Möse die Dehnung durch die glatte Penisspitze spürt und sie weiß, daß sie bis in ihr Innerstes vordringen wird.

Später sagte ich zu ihr: »Ich habe von dir geträumt, als du diese Leute bedient hast.« – »Was habt Ihr denn geträumt?« – »Du würdest erröten, wenn ich es dir erzählte.« – »Dann erzählt es lieber nicht.« – Ich begann mich zu fragen, ob sie noch Jungfrau sei oder nicht, und neigte eher dazu, daß sie es nicht mehr war, denn ich sah, wie ein junger Mann sie zu küssen versuchte, als ich bald darauf wieder einmal in den Laden kam, und hielt es für unwahrscheinlich, daß eine kleine Verkäuferin, die gutgekleidete Männer und junge wie ältere Gentlemen bediente, unter den Versuchungen, denen sie in meiner Vorstellung dort ausgesetzt sein mußte, ihre Möse so lange hätte für sich behalten können. Ich begann mich nach ihr zu sehnen, obwohl ich zu jener Zeit XXX vögelte und dazu noch sinnliche Freuden mit einigen englischen und französischen Aphroditen sowie einer großen deutschen Frau genoß, welch letztere ich allerdings bald wieder fallenließ.

Letztendlich kam ich zu dem Schluß, daß sie nicht tugendhafter war, als sie sein sollte, und daß ich geradesogut zu den Glücklichen gehören könnte. Dennoch kam ich auf das Thema erst zu sprechen, als ich eines Tages sah, wie wieder einmal jemand sie küßte, worauf ich sagte: »Hallo, Miss Bertha, das werde ich Mrs. C.h.n sagen.« – Derselbe junge Mann, mit dem ich ein paar Tage zuvor gesprochen hatte, aß gerade ein paar Erdbeeren und lachte mit mir. »Wir küssen dich doch alle, oder, Bertha?« sagte er. – »Nein, erzählt dem Herrn keine Märchen über mich, einige von Euch lasse ich, und Mrs. C.h.n weiß darüber Bescheid; ich würde nicht lange hierbleiben, wenn ich wegen jedem bißchen, was man mir sagt, ein Theater machen würde. Miss XXX wurde entlassen, weil sie das tat, und *Ihr* seid schuld daran.« Dann wandte sie sich einem Kunden zu, der gerade eintrat – ich bemerkte zu dem Mann, daß ich annähme, sie sei ziemlich intim mit dem einen oder anderen. »Das denke ich auch, und viele haben es versucht.« Dann nickte er mir zu und ging.

Gleich danach sagte sie mir, ich solle nicht glauben, was der Mann gesagt hatte, er sei ein Plagegeist und ärgere sie ständig, sei aber ein so guter Kunde, daß sie ihn nicht vor den Kopf stoßen wolle. – »Er will dich ins Bett kriegen, Bertha.« – »Dann ist er wie viele andere auch, aber da werden sie eine Enttäuschung erleben«, sagte sie und blickte mir direkt ins Gesicht, kein bißchen beschämt. – »*Mich* enttäuschst du aber nicht, sonst werde ich mich erhängen.« – »Je schneller Ihr das tut, desto besser.« – Diese Kaltblütigkeit überraschte mich. Ich dachte nicht daran, was für ein abhärtender moralischer Prozeß unablässige erotische Nekkerei ist; wie schnell ein junges Mädchen lernt, sie zu erwidern, und wie angenehm verhüllte Anspielungen auf Heirat, auf das Vergnügen, im Bett Gesellschaft zu haben, und andere indirekte Anspielungen auf das Ficken sind – wie sie Geist und Körper in einem Zustand leichter Lüsternheit halten, besonders angenehm für eine Frau, die sich unter anderem geschmeichelt fühlt durch die Anspielungen, die ihr gegenüber gemacht werden; denn eine Frau fühlt sich immer angenehm berührt durch den Wunsch eines Mannes, sie zu besitzen.

Dann saß ich eines Tages im Laden auf einem kleinen Hocker, und sie erzählte mir eine Menge über das Geschäft und sich selbst. – Sie lebte bei einer Tante und ging abends allein nach Haus. Der Laden machte normalerweise um acht Uhr zu, manchmal blieb er auch bis zehn Uhr auf, wenn die Gefahr bestand, daß das Obst bei schlechtem Wetter verdarb. – »Komm, ich lade dich zum Essen ein – zu Hause kannst du sagen, daß der Laden länger geöffnet war.« – »Nein, danke, ich weiß schon, was Ihr damit bezwecken wollt.«

An einem anderen Tag brachte ich ihr die letzte meiner neapolitanischen Broschen mit. – Sie war entzückt. Kurz danach mußte sie auf einen Hocker steigen, um etwas aus dem Regal zu holen, und ich riskierte es, meine Hand unter ihre Petticoats zu schieben. »Das ist unfair«, sagte sie ärgerlich und stieg herab. – »Das habe ich von Euch nicht erwartet.« – »Ich bin verrückt nach dir, sterbe für dich, ich werde dich nicht in Ruhe lassen, bis du die Meine gewesen bist.« – »Das habe ich schon oft gehört.« – »Dann auf Wiedersehen, ich werde nicht wiederkommen.« – »Warum?« – »Weil du mich nicht ranläßt.« – »Auf Wiedersehen, seid kein Narr, es täte mir leid, wenn Ihr nicht mehr kämt, Ihr redet netter als die meisten, die hier hereinkommen, aber ich kenne alle Eure kleinen Spielchen. – Da ist ein Mann in mittleren Jahren, der immer hierherkommt, der hatte die Unverschämtheit, mir anzubieten, mich auszuhalten und mir fünfhundert im Jahr zu geben; und ich habe seine Frau und seine Kinder hier mit ihm gesehen – ein Halodri.«

Da dacht ich mir, sie ist ein bißchen über dem Durchschnitt, aber wenn sie noch nicht gefickt worden ist, dann wird es bestimmt nicht mehr lange dauern. Ich kam nun seltener, dann war ich einige Zeit verreist. – Als ich zurückkehrte, fragte sie, warum ich nicht mehr gekommen sei. – »Weil du nicht mit mir essen gehen willst.« – »Es wird Euch nichts nützen, wenn ich das tue.« – Wieder legte ich meine Hände um ihre Fußgelenke, und sie schien diesmal weniger verärgert. – An einem anderen Tag tat ich es nochmals, gelangte aber nicht bis zu ihren Strumpfbändern, sie war einfach zu flink für mich.

»Wenn jemand hereinkommt und Euch dabei erwischt, wie Ihr das versucht, dann werde ich meine Stelle verlieren; Küssen macht nichts, aber unschickliches Benehmen schon.« – »Dann geh doch mit mir essen.« – »Oh, Ihr plagt mich so. Eines Tages werde ich es tun, aber es wird Euch nichts nützen, denkt daran.« – Damit blieb die Angelegenheit erst einmal in der Luft, denn weil ich Geld verloren hatte, hörte ich auf zu spekulieren und ging nicht mehr zu meinen Börsenmaklern, sondern amüsierte mich, indem ich meinen Liebschaften hinterherlief.

Wieder ging ich hin, und im Gespräch mit einem Mann

in dem Laden, den ich ein wenig kannte, sagte dieser, er finde, daß Bertha schwer auf Draht sei und daß Mr. XXX sie gehabt habe. Sie schien sehr erfreut, mich zu sehen, und ich, der ich an jenem Tag sehr kühn und heiß war, schob meine Hand unter ihre Kleider bis zum Oberschenkel hinauf, worauf sie sich maßlos erboste und erklärte, wenn ich einen solchen Versuch noch einmal wagte, würde sie nie mehr mit mir reden noch mich bedienen und würde es der Ladenbesitzerin melden – »und ich werde niemals mit Euch essen gehen.« – Ich machte mich davon und ließ mich einige Zeit nicht sehen.

Einige Tage später begegnete ich auf der Straße Madeline (ich kann mich nicht entscheiden, ob sie sich mir in den Weg warf oder nicht). Wir redeten, und sie begann zu weinen. Sie habe seit damals ihren jungen Mann nicht wiedergesehen. – Er habe ihr geschrieben, daß er mit ihr fertig sei, und an allem sei ich schuld, sagte sie. Das konnte ich nicht akzeptieren. Es sei ein unglücklicher Zufall gewesen, nichts weiter. – Sie würde sich nie mehr mit mir oder sonst jemandem verabreden, doch an jenem Tag endete es damit, daß sie zustimmte, mit mir am darauffolgenden Tag essen zu gehen, um zu besprechen, was man unternehmen könnte.

Ich nahm eine Suite im Hotel XXX, mit einem Schlafzimmer und einem Salon, die ineinander übergingen, und brachte einen kleinen Koffer mit; ich war mir sicher, daß sie schon mal gevogelt worden war und auch zum Vögeln kam und daß das Hotel bequemer sein würde als ein Bordell.

Sie war pünktlich, brachte einen guten Appetit mit und war, wenn sie auch gelegentlich weinte, wenn ich auf Richard zu sprechen kam, guter Laune. – Sie arbeitete immer noch als Schneiderin bei Mrs. XXX, aber weil sie durch den Verlust ihres Galans nicht ganz auf dem Damm war, brachte sie nichts auf die Reihe, und ihre Arbeitgeberin hatte ihr bereits gedroht, wenn sie sich nicht bessere, werde sie sie entlassen.

Madeline schien mir darob in einer eher sorglosen Gemütsverfassung zu sein, sie sagte, sie müsse halt tun, was möglich sei. Wenn sie gehen müsse, müsse sie eben gehen; was ihre Eltern dazu sagten, dafür könne sie nichts, und so weiter. Ihre Haltung war etwa in der Art von »Soll's doch der Teufel holen«, die ich in Frauen ihrer Klasse beobachtet habe, die ihrer Arbeit und ihrer Stellung müde sind und sich einfach nur vergnügen wollen. – In der Tat steckt dahinter, wenn auch vielleicht unbewußt, der Wunsch, gevögelt zu werden; und sie sind halb dazu bereit, alles aufs Spiel zu setzen, um einen Pimmel in sich zu spüren. – Daß sie nach allem, was zwischen uns geschehen war, sich nun wieder mit mir traf, verleitete mich zu der Annahme, daß sie sich in einem solchen Zustand befinden könnte, und durch ihre – manchmal auch ausweichenden – Antworten auf meine Fragen kam ich zu dem Schluß, daß Richard schon einmal den roten Einlaß in ihren Körper, der sich, wie bei anderen Frauen auch, zwischen ihren Schenkeln befand, passiert hatte.

Nach dem Dinner setzten wir uns aufs Sofa, und ich begann sie zu küssen. – Dabei zeigte sie sich durchaus entgegenkommend. Beim Gespräch über Richard sagte sie, sie hätte gehört, daß Richard jetzt »in eine andere junge Frau verliebt« sei, und obwohl sie dabei wimmerte, sagte sie, es sei ihr ziemlich egal. Ich stellte fest, daß es bei ihr eher der Verlust eines zukünftigen Ehemannes, und zwar eines so ehrbaren, war, worüber sie sich so aufregte, und nicht der des Individuums. Da begann ich wieder zu zweifeln, daß sie ihn in sich gespürt hatte, und scherzte, daß sie nun nicht so schnell wie erwartet einen Bettgenossen bekommen würde. Statt seiner bot ich mich an, sprach über die Ehe, über die Absurdität, daß ein Mann und eine Frau, die sich mochten, vor der Ehe nicht das tun könnten, wozu die Natur sie aufforderte, und wie ihnen dadurch ein Vergnügen entginge, mit dem man nicht früh genug beginnen könne. Sie nippte am Wein und wurde liebevoller in ihrem Verhalten, ich drückte sie an mich, und unserer Küsse waren viele. – »Das reicht«, sagte sie, als sei ihr gerade eingefallen, daß sie mir schon zu weit nachgegeben hatte.

Mein Schniedel begann sich bereits drohend aufzurichten, und ich beschloß, sie jetzt entweder zu nehmen oder gehen zu lassen. Obwohl ich versprochen hatte, nie mehr zu erwähnen, was sich bei unserem vorherigen Dinner abgespielt hatte, fragte ich sie, ob sie seitdem ihren Schenkel gewaschen und sich danach ihren Unterrock angesehen habe. – Sie wurde rot und wollte gehen, ich zog sie wieder herunter, sagte, ich hätte mein Gelöbnis vergessen und könne nichts dafür. – Ich würde es gern noch mal machen, und wenn sie mich ließe, noch etwas Besseres. – Frauen sind so raffiniert, man kann sie nie dazu bringen, bis sie bereits seit langem einem Mann gehören, daß sie ihre Lust eingestehen; aber ich bezweifle nicht, daß Madelines Möse bei meinem Gerede innerlich zu schwitzen begann. Die halb verschämte Weise, in der sie mich anblickte, und der lächerliche Widerstand, den sie meiner Küsserei jetzt ein oder zwei Sekunden lang entgegensetzte, gaben mir die Gewißheit, daß sie in diesem Augenblick ficken wollte, sich jedoch dagegen wehrte. – Frauen können ihre Leidenschaft bis zu einem gewissen Grad beherrschen, dann erschlaffen sie und geben sich ganz plötzlich hin, wie ich selbst festgestellt habe.

Sie war wirklich wütend gewesen, erwiderte aber jeden meiner Küsse. »Hast du die Strumpfbänder an?« – »Ja.« – »Lass sie mich sehen« – und ich unternahm den Versuch. – »Nein, nein, das wirst du nicht«, und sie wehrte sich, doch ich bekam ihren Schenkel zu fassen.

Sie schob meine Hand weg, doch nach einer weiteren Minute lag ihr Kopf an meiner Schulter, ich küßte jetzt ihr Ohr, dann ihre Wange und flüsterte Obszönes. – Ich hatte sie zum Schweigen gebracht, als ich von meinem Sperma auf ihrem Schenkel sprach, das eigentlich in ihre Möse gehörte – dann hätte sie eine ebensolche Freude genossen wie ich, während mein Priapus sich entlud. – »Laß mich deine Schenkel fühlen. – Nun komm schon – wenn nicht, mach ich es wieder so.« – »O nein, tu das nicht«, sagte sie halb flüsternd. – »Nun, dann laß mich deine Strumpfbänder sehen, sonst tu ich's«, und indem ich ihre Taille losließ, schob ich ihre Kleider hoch, sah Strumpfbänder und Schenkel, beugte mich herab und küßte ihre Haut, bevor sie mich daran hindern konnte. Sie stieß einen kleinen Schrei aus, aber im nächsten Augenblick umfing ich ihre Taille, und ihr Kopf lag wieder an meiner Schulter, meine Finger auf ihrer Möse, und ich flüsterte ihr etwas von fleischlicher Liebe ins Ohr, während ich ihre Klitoris kitzelte.

[Wie gewöhnlich das alles erscheint, während ich dies nun frisch niederschreibe. – Mit wie vielen Frauen habe ich fast das gleiche Spiel getrieben, und wie viele haben sich unter ähnlichen Umständen verhalten wie Madeline? Es ist immer dasselbe. – Eine Frau ist eine Frau, eine Möse ist eine Möse, überall. Erotische Gefühle sind allen gemeinsam, Lüsternheit läßt den Mann angreifen, und die Frau gibt nach. Auf der ganzen Welt ist es das gleiche und wird es immer sein. – Und doch gibt mir jede Frau, die neu für mich ist, im Vorspiel des Liebesaktes so viel Vergnügen, als wäre sie die erste, mit der ich es tue. Ich fühle mich, als hätte ich nie zuvor solch sinnliches Glück genossen wie in diesem Moment, ganz zu schweigen von dem, was noch folgen würde.

Hat die Frau bereits vor, sich von dem Mann besitzen zu lassen, wenn sie sich mit ihm trifft, oder erst von dem Augenblick an, da er ihre Möse berührt, oder wenn, oder überhaupt, oder läßt sie sich unbewußt darauf ein und gibt dann allmählich nach, während die Gefühle alle Sinne außer dem der fleischlichen Lust überlagern? – Gehen ihr Visionen von seinem Pimmel, wie er das bis dato unberührte Revier ihrer

Möse betritt, durch den Kopf, während er sie sanft masturbiert? Nur wenige Frauen können dies selbst beantworten, wie ich festgestellt habe.]

Vertieft in das Befühlen ihrer Möse und das Entzücken, dem süßen Wesen Vergnügen zu bereiten, und darüber nachdenkend, ob ich es wagen sollte, meinen Finger weiter nach unten zu führen und die Passage auszuprobieren, kitzelte ich sie schweigend. Alles war jetzt still, abgesehen von dem Schmatzen meiner Küsse auf ihrer Wange und den mir zugewandten Lippen. Ich rieb sanft zwischen fest geschlossenen Schenkeln, bis zu dem reizenden Moment, wenn eine Frau die ersten Schauer verspürt, die den nahenden Höhepunkt ankündigen, und ihre Gefühle nicht zeigen will; erschrocken erhob sie ihr Gesicht von meiner Schulter. – »Oho! Aha! Halt ein. – Das wirst du nicht!« Und mit einem Ruck ihres Hinterteils entzog sie sich einen Moment lang meinem Finger. Ich begann sofort von neuem, rieb schneller, noch schneller, fester. Jetzt hörte ich mit dem Küssen auf. »Komm, Darling, komm, meine Liebe«, sagte ich und sah ihr ins Gesicht, das wieder an meiner Schulter lag. – Ihre Augen waren geschlossen, ihr Mund leicht geöffnet, schnelle Atemzüge und kleine Seufzer entschlüpften ihr. – Ah, dieses Zittern von Schenkeln und Bauch, der tremolierende Schauer in ihrem Busen, ich kannte das gut, und das Zusammenpressen ihrer Schenkel um meine Hand – eine Sekunde lang ganz fest – dann das konvulsivische Öffnen derselben, wieder der enge Zusammenschluß und dann das matte Öffnen der fleischigen Säulen. – Ich kannte es gut, denn ich habe Dutzende der Engel masturbiert und wußte, daß Madeline gekommen war.

Während ihre Schenkel in sinnlicher Trägheit entspannt dalagen, schob ich meine Hand dazwischen und bedeckte damit ihre gesamte Möse, wobei meine Finger zwischen den Lippen lagen. Sie schrak auf und stieß meine Hand weg.

Darauf befanden sich, als ich sie wegzog, die ausgiebigen Spuren ihres Genusses. – »Du bist gekommen, meine Liebe. – Ich habe dich masturbiert. – Ah! Wenn mein Schniedel in dir gewesen wäre, wie viel größer wäre der Genuß dann für dich gewesen! Komm mit in das andere Zimmer, laß uns – komm.« Sie saß da und blickte mir voll ins Gesicht. Woran sie wohl dachte? Wieder knuddelte, küßte und schmuste ich, wieder berührte mein Finger ihre Klitoris. Sie verhielt sich passiv, meine Finger bewegten sich über die gesamte feuchte Oberfläche, und dann schlossen sich ihre Schenkel wieder. – »Komm mit mir, komm!« – Sanft und ununterbrochen rieb ich weiter, wobei ich murmelte: »Komm, mein Schatz«, bis sie plötzlich aufschrak, meine Hand wegstieß und langsam und zögernd keuchte: »Nein – ich – kann – nicht.«

»Dann fühl meinen Schniedel«, und ich legte ihre Hand darum. Nun seufzte sie, ihr Kopf fiel wieder gegen meine Schulter, die Augen geschlossen, mein Pimmel in ihrer Hand, während ich sie wieder zu reiben begann. – »Oh, hör auf, ich kann nicht.« – »Komm mit ins Bett, oder ich dekke dich wieder mit meiner Soße ein. – O wie feucht deine Möse ist. Meine Liebe, laß uns gehen, sonst komme ich.« – Sie war fast unempfänglich für alles außer Wollust und antwortete nicht. Ich erhob mich, ergriff ihre Hände und zog sie sanft hoch. – »Komm.« – »Nein.« – Doch langsam und vorsichtig gelang es mir, sie in das Schlafzimmer zu führen. – Auf das Bett aber wollte sie nicht. – »Das laß ich nicht zu.« – »Was für ein Unsinn, dann verlasse ich dich – na komm schon, mein Schatz, ich mach es auch nur mit dem Finger.« – Schon war sie auf dem Bett.

Ich stieg ebenfalls aufs Bett und knöpfte gleichzeitig meine Hose auf. Licht gab es nicht, außer dem, was durch die Tür zum Salon hereinfiel. Ein Weilchen rieb ich sie, wobei ich sie langsam in Rückenlage brachte, dann stieg ich langsam auf sie drauf. – »Ich mache es so. – Ich werde auf deinem Schenkel kommen und dich nachher befriedigen, sei still, mein Schatz.« – Sie wußte, was kommen würde, und fürchtete sich davor. – Mit meinen Beinen drückte ich ihre Schenkel auseinander, setzte meinen Riemen an und gab einen sanften Stoß, doch zu meiner Überraschung drang er nicht ein. – Sie wackelte ein wenig mit dem Po und murmelte: »Nein, tu das nicht.« – Dann ist sie noch Jungfrau! – Oh, was für ein Entzücken, als ich ihre Hinterbacken umfaßte, um zu einem kräftigen Stoß anzusetzen, sie fest in der Hand hielt und meinen Pimmel tief nach unten führte (ich kenne den Eingangspunkt genau) und zustieß. – »Oho! – Oha!« Stoß. – »Oho!« – Stoß. – »Oh, nicht!« – Ich erlebte dieses unvergeßliche Gefühl, das ein zerreißendes Jungfernhäutchen dem Schniedel vermittelt, wenn sich der Ring um ihn schließt, dann das Nachgeben, und im nächsten Augenblick steckte der Schaft bis zur Wurzel in ihrer Möse.

Das war eine kurze Affäre, aber kein schneller Fick, denn ich hatte in der Nacht zuvor gevögelt. – Ich genoß sowohl die Empfindung als auch die Idee der jungfräulichen Mose, die ich geknackt hatte, fickte aber langsam, bis mich die Natur zu schnellerem Vorgehen trieb und ich kam, während ihr Gefäß sich verengte und ihr Freudengeflüster mein Ohr erreichte, als mein Kopf auf ihre Schulter sank. Als ich wieder zu mir kam, spürte ich meinen Stengel, der noch immer in ihr steckte, und sah den Beweis in Form ihres Blutes. »Du bist noch nie gefickt worden«, sagte ich. – »Was?« entgegnete sie überrascht.

[Einige Männer und manche Frauen behaupten, daß das Weiblein bei dem Fick nicht kommt, der ihm die Jungfräulichkeit nimmt, und das ist gewöhnlich auch so, aber ich habe des öfteren das Gegenteil erlebt und kann es beschwören.]

Ich verschloß die Schlafzimmertür, was ich vorher nicht

getan hatte, zündete Kerzen an, wischte ihre Möse selbst mit einem Handtuch ab und begutachtete ihren zerklüfteten Schlitz. – Sie erhob Einwände, und fast gebrauchte ich Gewalt. – »Laß den Blödsinn, schließlich bin ich der Mann, der dich gerade gefickt hat.« – Das schien sie einzuschüchtern. – Wir gingen hinüber in den Salon, ich gab ihr Wein, und sie saß da, drückte mein Taschentuch gegen ihre Möse, denn sie blutete ungewöhnlich reichlich. – Nach einer Stunde trieben wir es nochmals, und bald danach ging sie, immer noch blutend. Sie wollte beizeiten nach Hause kommen; ich verbrachte die Nacht im Hotel.

Am nächsten Abend konnte sie mich nicht treffen, am Abend danach aber wohl. Ich konnte nicht wieder in dasselbe Hotel gehen, kannte aber drei, in denen man beide Augen zudrückte. – In einem nahm ich ein Schlaf- und Wohnzimmer. Das Dinner war nicht so gut, aber bekömmlich, und der Wein exzellent. – Wir genossen ein reizendes Mahl zu zweit, und dann war da ein komfortables Bett, um hinterher hineinzusteigen. »Gleich gehen wir ins Bett, Madeline.« – »O nein!« – »O doch, das werden wir!« – und so geschah es dann auch. Was für ein Theater sie machte, aber schließlich zwang ich sie auf das Bett, sie nur noch im Unterkleid und ich im Hemd, und indem ich ihr Kleid ebenso schnell nach oben warf, wie sie es wieder hinunterschob, und auf mein Recht pochte, drückte ich ihre Schenkel weit auseinander, bestaunte ihre privaten Reize und küßte sie und roch daran (denn ich liebte den Geruch ihrer Möse), bis mein ungeduldiger Pfriemel mich nicht länger nur mit den Augen schmausen ließ. Da schlüpfte ich ins Bett, schob unser beider Kleid und Hemd bis zum Hals nach oben und bedeckte ihren süßen, schönen Körper mit meinem.

Ich kann mich an nichts Schöneres in meinem Leben erinnern als den Augenblick, als mein Schniedel zum zweiten Mal in dieser Nacht ihre Höhle hinaufglitt, und zwar in einer langsamen Bewegung, an der ich Gefallen empfand. Zoll für Zoll hinein, mit einer Pause zwischen den einzelnen Stößen, wobei ich ihr Gesicht betrachtete, den leisen Schmerzensschrei vernahm, den die ausgefranste und immer noch wunde Stelle in ihrer Möse ihr entlockte, während sich gleichzeitig weiter oben schon wollüstige Gefühle meldeten und in Liebesstöhnen Ausdruck fanden. Ein Stöhnen, das vor allem den Genuß anzeigte, den das Ficken ihr vermittelte. Ihre entzündete, erhitzte, mit meiner Soße gefüllte Vagina sehnte sich danach, Erleichterung zu finden durch eine Entladung ihres Schmieröls, um meiner spermatischen Injektion zu begegnen, und ließ sie vor brennender Lust erschauern. Ich lag eine Minute nur da, ließ sie die vollständige Ausdehnung ihrer Möse genießen, dieser hübschen kleinen Möse, eng, gedehnt und angefüllt mit meinem Schniedel, der nie größer oder steifer war. Dann stieß ich hart zu, stieß seinen roten Kopf gegen das Portal ihrer Gebärmutter, was ihren Hintern zurückzucken ließ, sie aber auch zu einem genußvollen Höhepunkt brachte. – Die ganze Zeit über wunderte ich mich über mein Glück, sie als Jungfrau gehabt zu haben, und meine Dummheit, sie nicht für eine gehalten zu haben. So lag ich in ihren Armen, sie kosend und küssend, und folgte dem Ansturm lüsterner Gedanken, die mir immer dann durch den Kopf jagen, wenn mein Riemen in einer Möse steckt.

Nach unserem zweiten Fick, als wir uns von unseren himmlischen Freuden erholten, lag ich still zwischen ihren glatten, weichen Beinen und begann rastlos ihre seidige Haut von den Hüften bis zu den Schenkeln und weiter unten zu befühlen, da bemerkte ich eine gewisse Härte im unteren Teil ihrer Hinterbacken; und noch später, nachdem wir uns einer in des anderen Armen völlig erschöpft hatten und sie sich gewaschen hatte und sich anziehen wollte, betastete ich all ihre fleischigen Stellen und küßte ihre hübschen Halbkugeln, und stellte abermals fest, daß ihr Hintern ungewöhnlich hart war, von einer Härte, die weit über das hinausging, was man fest nennen würde, ja, in seiner Festigkeit sogar marmorn war; so, wie ich es vielleicht bei einem halben Dutzend Frauen gefunden habe, keinesfalls mehr.

Sie war sich dessen bewußt. Er war schon fest gewesen, als sie noch ein kleines Mädchen war, und auch beim Erblühen der Weiblichkeit, wenn sie mit anderen jungen Frauen zusammen geschlafen hatte, war ihr harter Hintern bemerkt worden. – Ich nehme an, sie haben sich dann gegenseitig betastet, warum auch nicht? – Ich hatte dieses kräftige Sitzfleisch bisher immer wieder an den Ärschen von stärkeren, gröber gebauten Frauen festgestellt. Bei diesem leichteren, zarteren städtischen Typus einer Frau war es eine angenehme Neuigkeit. Sie hatte mir erzählt, daß ihre Mutter ihr einst in einem Moment der Scherzhaftigkeit gesagt habe, daß sie selbst ebenfalls einen der härtesten Hintern besäße, und wenn man eine Walnuß auf einen hölzernen Stuhl legte und sie sich mit nacktem Hintern daraufsetze, könne sie diese knacken. – Das war, so nehme ich an, eher bildlich gemeint, könnte aber wahr sein. Also hatte Madeline die festen Hinterbacken von ihrer Mutter geerbt. Ich bin mir nicht sicher, daß so hartes Fleisch etwas Schönes ist. Ich denke, daß etwas weniger Festigkeit und dafür mehr Elastizität sich besser anfühlt. Es ist angenehmer, beim Ficken einen elastischen als einen unelastischen Arsch anzupacken.

Sie war ein Wesen von wunderschöner Gestalt; schlank, von feinem, zart bedecktem Knochenbau, und ihr Fuß war höchst exquisit in Größe und Form. Ihre Möse sah klein aus und fühlte sich ebenso an und war nur spärlich behaart. – In ihren Achselhöhlen war kaum ein Haar zu erkennen. Ich kann mich nicht erinnern, jemals zuvor eine Frau ihres Alters ohne Haare an dieser Stelle gesehen zu haben, wenn auch die eine oder andere mit sehr wenig davon. Ich habe noch nie einen ausgefransteren, gezackteren, kantigeren Riß als den gesehen, den mein Schniedel in ihrem Hymen hinterlassen hatte. Sie erzählte mir, daß sie, bevor sie mit mir fickte, die Spitze ihres kleinen Fingers nicht ganz in die Öffnung einführen konnte, durch die ihr Monatsblut abfloß. Sie besaß eine ordentliche Klitoris und winzige innere Schamlippen, und das ist alles, was zu ihrer Möse zu sagen ist.

Am nächsten Abend konnte sie nicht weg, aber am übernächsten trafen wir uns wieder. – Wir dinierten wie zuvor und gaben uns gleich danach unseren Vergnügungen hin. – Was für ein Unterschied in ihrem Verhalten! In der Kutsche befühlte ich ihre Möse und tat, was mir gerade einfiel, es gab kein Aufhebens mehr wegen der Fummelei, und bis wir das Hotel erreichten, hatten wir uns gegenseitig begrapscht, bis ich steif war und sie feucht und lüstern. – Wie reizend, beim Dinner diesem hübschen Wesen gegenüberzusitzen, in dem Wissen, was folgen würde, daß es keinen Teil ihres schönen Körpers mehr gab, den ich nicht schon gesehen hatte, daß sie das Format meines Pimmels kannte, vom normalen Ruhezustand bis zu dem seiner äußersten Steifheit, wenn in Aktion. Derlei Gedanken gingen *mir* durch den Kopf, und ähnliche zweifellos auch *ihr*, obwohl sie das mit der unter Frauen so verbreiteten Bigotterie abstritt, als ich sie fragte.

Sie konnte nicht mehr bis elf Uhr wegbleiben, denn ihre Eltern begannen Fragen zu stellen. Doch eine Frau, die ficken will, riskiert alles dafür. So verließ sie in der Folge ihre Arbeit unter einem Vorwand früher, und wir gingen in ein Bordell, und eine oder zwei Wochen lang hatte ich sie fast jeden Abend. Oft reichte es nur für einen Fick. Ungeduldig wartete ich jeden Abend auf sie, so frisch und munter war sie, so intensiv genoß sie mich und ich sie, während ich ihr Stellungen und die Kunst der Liebe in all ihren Formen und

Variationen beibrachte. Dann nahm ich sie wieder mit zum Dinner in ein Hotel, im Bett begannen wir über die Zukunft zu reden, und dabei fiel auch der Name von Richard.

Sie sagte: »Es wäre nutzlos, wenn Richard jetzt wieder hinter mir her wäre, denn er würde merken, daß ich es getan habe, und ich könnte ihn nicht mehr heiraten.« Ich sagte ihr, daß die Hälfte der Männer nie eine Jungfrau bekämen, oder wenn, dann nur einmal in einem Zustand höchster Erregung, und mit ein wenig Kunstfertigkeit könne sie ihn täuschen. – Er hatte nicht nur sie, sondern auch seine frühere Wohnung verlassen, und hatte sich mit ihrer Putzmacher-Freundin, Mrs. B..t.n, überworfen, von der sie gehört hatte, sie habe Richard erzählt, daß sie (Madeline) mit einem richtig feinen Pinkel (nämlich mir) essen gegangen sei, nachdem sie sich mit ihm im Palace verabredet hatten. Das hatte Richard ihr geschrieben. – Mrs. B..t.n war eifersüchtig auf sie, denn Richard war ein feiner Bursche. Dann verliebte sich Madeline in mich und machte Andeutungen in Richtung einer festen Beziehung. Ich sagte, ich wolle nach Paris hinüber (was ich in der Tat vorhatte, um ein letztes Mal die französische Dame zu treffen, von deren Hingerissenheit ich bereits berichtet habe). Sie brach in Tränen aus und sagte, sie hoffe, sie sei nicht schwanger. – Ich entgegnete, daß ich, wenn dieser Fall eintrete und sie ihre berufliche Laufbahn nicht fortsetzen könne, für sie sorgen würde (und das hätte ich auch getan). Aber sie hatte das Ficken nun liebgewonnen, so daß ich innerlich fürchtete, sie würde, wenn ich weg war, einen anderen Pimmel statt meines finden. Nachdem ich sie davor gewarnt hatte, fuhr ich nach Paris.

Ich war fast drei Wochen weg, doch gleich nach meiner Rückkehr bat ich sie schriftlich, sich mit mir zu treffen, was sie auch tat. – Zuerst wollte sie mit mir kein Haus aufsuchen. – Als wir dann doch in einem waren, setzte ich mich auf einen Stuhl und zog sie, ihren nackten Hintern mit beiden Händen umfassend, an mich heran. Ich fragte sie, ob sie nicht Lust auf einen Fick hätte und wie oft sie sich in meiner Absicht selbst befriedigt habe, doch sie, immer noch stehend und mit Hut auf dem Kopf, sagte, sie könne es mich nicht mehr tun lassen. – Nein, es sei nicht ihre Kränklichkeit, und sie sei, Gott sei Dank!, auch nicht schwanger und wollte es auch nicht werden, denn Richard sei zu ihr zurückgekehrt und würde sie in einem Jahr heiraten.

Ich freute mich für sie, aber nun wollte ich sie mehr denn je noch einmal vögeln.– »Nun nimm doch mal deinen Hut ab.« – »Ein kleines Weilchen, aber ich lasse dich nicht.« – Ein Kuß und eine Knuddelei auf dem Sofa folgten. – »Laß uns ein bißchen fummeln, nein, warte, ich will erst einen Blick darauf werfen. – Oh, was für eine süße kleine Muschi!« – und ich küßte sie wieder und wieder. Dann befummelte ich sie und sie mich, unsere Zungen begegneten sich, sonderten ihre Säfte ab, und beide seufzten wir unter den trägen Freuden, die wir uns mit den Händen gaben. »Ich werde in deiner Hand kommen.« – »Nein, tu das nicht.« – »Dann in deiner Möse.« – »O nein. – Ich komme, Walter«, denn sie kannte meinen Namen – ich hörte auf, denn ich wollte nicht, daß sie kam. Das sanfte Hin-und-her-Winden ihres Pos und Bauchs hörte auf, ihre Schenkel lagen still, wir ließen von den Genitalien des anderen ab und blickten einander lüstern an, sie mit ihren Petticoats auf halber Höhe ihrer Schenkel, ich mit meinem aufgerichteten Schniedel. – »Laß es uns tun, und ich werde ihn herausziehen, wenn die Soße kommt.« – »Tu es aber ganz bestimmt, denn wenn ich schwanger werde, ist es aus mit mir.« – So behende sie konnte, stieg sie aufs Bett, denn ihre Möse sehnte sich nach einem Stretch, war heiß und feucht vor Sehnsucht nach ihrem männlichen Gegenstück.

Die Pause ließ unsere Saftproduktion abklingen, aber

bald brachte die angenehme Reibung von Penis und Möse sie erneut in Gang. – »Ich komme, mein Liebling, und du?« »Ah – ja – ah – nicht in mich rein – ah.« – »Nein – ah.« – »Ich kom-me!« – Im Eifer des Gefechts vergaßen wir es beide. Sie drückte mich an sich, ihre Möse hielt meinen Meißel in jenem besonderen, mahlenden Griff, den eine Möse ausübt, wenn sie kommt, während mein Schniedel mit kurzen, wedelnden Bewegungen meine Soße dahin schoß, wo sie hingehörte.

»Steh auf und wasch dich, schnell«, sagte ich, noch ehe der Genuß ganz ausgekostet war und mein Penis zu Ende gespritzt hatte. Ich stand mit ihr auf, stellte die Waschschüssel auf den Boden, goß Wasser hinein und sah bald das klumpige, fadenartige Sperma, das eigentlich noch ihre Möse hätte erfreuen sollen, am Boden der Schüssel. Sie sah ebenso hin wie ich, der ihre Möse mit einem Handtuch abrieb und hoffte, daß alles herausgekommen war. – »Das ist das Zeug, das aus dem Dingsbums des Mannes herauskommt?« – »Du hast es noch nie gesehen?« – »Nie.« – »Auf deinem Schenkel vor fünf Wochen war mehr davon.« – »Aber es war alles an meinem Hemd, als ich nachsah.« Sie nahm die Schüssel auf und sah sich neugierig meinen Samen an. – »Ich hoffe, es ist alles heraus, du hast dein Versprechen nicht gehalten.« – »Ich konnte nicht, deine Möse hat meinen Pimmel so festgehalten. – Du hättest mich rausschmeißen sollen, als du merktest, daß ich komme.« – Gewiß hatte Madeline damals noch nicht genügend Erfahrung, um auf die Sekunde genau zu wissen, wann es bei einem Mann soweit war; ich möchte behaupten, daß sie es inzwischen weiß.

Nachdem nun die Leidenschaften beschwichtigt waren, redeten wir. »Nein, nicht noch einmal« – doch das Manipulieren begann von neuem und änderte ihre Meinung. – Ich rief nach der Bedienung und bat sie, ein Kondom, ein Stück Schwamm und einen Bindfaden zu bringen. – Alles wurde gebracht, und das Mädchen lachte. Ich ließ Madeline Bekanntschaft mit einem von einem Stück Schafsdarm bedeckten Penis schließen, doch keinem von uns gefiel das. Also zog ich den Darm wieder ab, wir fickten, bis der Höhepunkt nahte, dann zog ich ihn wieder auf. Das gleiche probierten wir mit dem Schwamm. Ich befestigte ihn am Bindfaden und schob ihn ein Stück weit in ihre Möse, sie schob ihn dann selbst noch weiter hinein und mein Schniedel dann bis zum Ende – und so fickten wir weiter bis zur freudenspendenden Entladung. Als ich den Schwamm herauszog, der mein Sperma aufgesogen hatte, und sie sich wieder ihre Möse ausgewaschen hatte, stimmten wir darin überein, daß uns der Genuß doch gewaltig verdorben worden war, sowohl durch das Gedärm als auch durch den Zoophyten – Madeline aber hatte an diesem Abend etwas gelernt. Ich frage mich, ob sie dieses Wissen seitdem noch einmal benutzt hat.

Das Vögeln schafft derart ein Band zwischen Mann und Frau, daß sie, obwohl sie sagte, wir würden uns nie wieder treffen, doch noch hinzufügte: »Das dürfte das beste sein, oder?« und obwohl ich damit einverstanden war, sie nicht darum zu bitten, tat ich dies doch einige Tage später in einem Brief. – Sie kam und war heiß – ich erkannte das an ihrem Aussehen und ihrem Verhalten und sagte zu ihr, sie sei geil. Sie lachte, wurde rot und meinte, sie hätte wohl Lust auf mich. – Diesmal nahm ich, weil ich sie nicht verletzen wollte, einen hübschen kleinen runden Schwamm, und mein Sperma schoß in dieses Absorptionsmedium, aber ich steckte ihn ihr erst später hinein, als wir mit dem Ficken halb durch waren. Ich führte sie an diesem Abend zum Essen aus, und wir waren beide in guter Verfassung. Ihren Eltern hatte sie gesagt, daß sie bis spät arbeiten müsse (die übliche Ausrede der Putzmacherinnen), und ich gab ihr eine gesunde Vögelei. Sie rechnete jeden Augenblick mit dem Eintreten ihrer Monatsblutung, und unsere erhitzten Genitalien gerieten in einen derartigen Zustand der Lüsternheit, daß wir den letzten Fick ohne Schwamm machten, denn diesmal konnte ich mit dem Schwamm in ihrer Scheide nicht kommen. – Als mein Höhepunkt nahte und meine Eichel den Schwamm berührte, war diese so empfindlich, daß es mich am Losspritzen hinderte. – Als es mir dann kam, zog ich meinen Priapus bis fast an den Eingang zurück und spritze dort, sie wusch sich gleich danach, und es passierte nichts.

In dieser Nacht trennten wir uns endgültig, und ich brachte sie dazu, zehn Pfund von mir anzunehmen – allerdings sollte ich sie einige Zeit später per Zufall noch einmal treffen.

Nun, da seit dieser Intrige einige Jahre verstrichen sind, neige ich zu der Meinung, daß Madeline zu dem zweiten Dinner mit mir in der Absicht kam, sich von mir haben zu lassen. – Ihre kleinen Kabbeleien und Abwehrgefechte waren entweder Heuchelei oder Schüchternheit im letzten Augenblick, als mein Sieg schon nahe war. War es Ärger über den Verlust ihres Liebhabers, der Wunsch nach Veränderung, eine Spekulation darauf, meine Geliebte oder sogar Gemahlin zu werden – oder Lüsternheit? Lüsternheit beeinflußt Frauen, bevor sie ihre Jungfernschaft verloren haben, normalerweise nicht so sehr wie Männer (es sei denn, ihre Möse ist von Natur aus heiß, was aber nur selten vorkommt). Sie beeinflußt sie mehr hinterher, wenn sie die Freuden eines in die Möse gestopften Pimmels kennengelernt haben. Neugier ist ihre starke Seite, und oft erliegen sie einer falschen Einschätzung ihrer Widerstandskraft. »Ich hatte nicht vor, es ihn tun zu lassen, gegen das Herumalbern und Fummeln hatte ich ja nichts einzuwenden«, sagte Maria XXX einmal zu mir. Viele haben das gleiche gesagt, wenn ich sie richtig ins Gebet genommen habe. – Und damit hat sich's. – Der Gedanke, den Mann zu befummeln und sich von ihm befummeln zu lassen, wobei der sinnliche Genuß noch durch das Verbotene des Tuns erhöht wird – ein paar obszöne Neckereien über das Miteinanderschlafen und so weiter –, all das ist erlaubt. Sogar das hastige Berühren, der Seitenblick auf den steifen Pimmel hat seine Reize, und alles ist gut. Aber sie rechnen nicht mit den Folgen, die es nach sich zieht, wenn er Gelegenheit bekommt, seine Finger auf ihre Klitoris zu legen, und sie sie dort nicht mehr wegbekommen. – Fünf Minuten gut gerieben, während die Frau geküßt wird, dazu von dem Manne geflüsterte lüsterne Anspielungen, das schafft die meisten Frauen. Dies ist meine Erfahrung. Halb bereit zu kommen, lüsterne Bilder im Kopf, die Neugier am Wirken, überlassen sie sich fast hilflos dem Willen des Mannes. – »Schenkel geöffnet – Pimmel hinein – Hymen heraus. – Alles vorbei, meine Liebe. Wisch das blutbefleckte Sperma von der Möse und bereite dich auf die nächste Rammelei vor. Du bist jetzt eine Frau, wer A sagt, muß auch B sagen. Die Tore zu den Freuden sind geöffnet, laß die Spaziergänger herein.«

Das war in der Tat die Quintessenz von Madelines Bekenntnissen, als wir über die Affäre sprachen. Sie glaubte einfach nicht, daß ich es wagen würde, zu versuchen, was ich dann tat. »Warum bist du wiedergekommen?« – »Ich weiß nicht recht, ich wollte kommen und auch wieder nicht, es gefällt mir, mit dir zu speisen. Ich fragte mich, was du tun würdest.« – »Du glaubtest doch nicht, daß ich still und respektvoll auf Distanz bleiben würde?« – »Nein – ich weiß nicht recht, dachte aber, du würdest deine Hände unter meine Kleider stecken, das dachte ich wirklich.« – »Und dir meinen Pimmel zeigen?« – »Ja, das dachte ich.« – »Du warst geil und wolltest gefickt werden.« – »Nein, ich schwöre zum Himmel, das tat ich nicht, denn ich hatte beschlossen, wenn du das tätest, was du vorher getan hattest, würde ich aus dem Haus laufen.« – Sie wußte nicht, wie weit ihre eigene Widerstandskraft ging, und so ist es mit fast allen Frauen. Die Natur hat sie so gemacht. – Der Phallus bedeutet Macht. – Auch wenn eine Frau sich weniger dafür interessiert, einen Pimmel zu sehen oder zu befühlen als ein Mann eine Möse (denn Frauen haben ihr ganzes Leben lang Pimmel gesehen, das ergibt sich nebenher aus ihrer Rolle als Kindermädchen, und sie sehen sie von Kindheit an), so ist doch ein steifer Ständer, der in dem Moment vorgezeigt wird, da die Finger mittels der Klitoris ihre Lüsternheit erregt haben, ein unwiderstehliches Überredungsmittel. »Öffne dich, Sesam«, und das Weiblein öffnet sich. – Es ist ihr Schicksal.

Dawn Porter

Internet Lover

Mein erotisches Tagebuch
Deutsche Erstausgabe

ISBN 978-3-548-26496-7
www.ullstein-buchverlage.de

Ein Inserat auf einer Internet-Dating-Seite wird für Dawn zum Beginn einer aufregenden erotischen Reise durch die Männerwelt: ein Kurztrip führt sie nach New York, sie entdeckt ihre Vorliebe für Latex-Anzüge, lässt sich auf eine entzückende Ménage à trois ein und erfährt, warum man unbedingt einen französischen Liebhaber braucht …

In ihrem erotischen Tagebuch beschreibt Dawn Porter freizügig ihre abenteuerlichen Streifzüge durch den Dschungel des Großstadtdatens.

Valérie Tasso

Paris bei Nacht

Deutsche Erstausgabe

ISBN 978-3-548-36838-2
www.ullstein-buchverlage.de

Eigentlich ist Valérie Tasso zum Studium nach Paris gezogen. Aber schon bald gerät sie in den Sog der Leidenschaften und erotischen Spielarten, die diese Stadt zu bieten hat – vor allem nach Sonnenuntergang. In der Hitze der Nacht wird jeder Körper zum Lustobjekt, lauert die Verführung, wohin der Blick sich richtet. Und Valérie lässt sich nur zu gerne verführen …
Von der Autorin des Bestsellers *Tagebuch einer Nymphomanin*

US231

ullstein

Valérie Tasso

Tagebuch einer Nymphomanin

Deutsche Erstausgabe

ISBN 978-3-548-36780-4
www.ullstein-buchverlage.de

Sex ist ihr Lebenselixier. Und Valérie Tasso lässt keine Gelegenheit aus, um ihren Trieben freien Lauf zu lassen – mit verschiedenen Männern, an verschiedenen Orten. Die erste Liebe ihres Lebens indes entpuppt sich als fataler Irrtum. Schließlich macht sie ihre Leidenschaft zum Beruf: Als Edelprostituierte erlebt sie alle Facetten der käuflichen Liebe. In mitreißender Offenheit schildert Valérie Tasso ein Leben im Zeichen purer Lust, vergeblicher Sehnsüchte – und voller Überraschungen.

Der Skandalbestseller aus Spanien

US264

ullstein